LES MURS BLANCS

LÉA et HUGO DOMENACH

LES MURS BLANCS

BERNARD GRASSET
PARIS

Photo de la bande : © Damien Boisson Berçu.

ISBN : 978-2-246-81453-5

Aux enfants des Murs Blancs
et à tous ceux qui les ont aidés à grandir

29 décembre 1999, 16 heures

Depuis l'appartement du rez-de-chaussée de la maison blanche, Nicole Domenach observe de sa fenêtre le spectacle de son parc ravagé par la violente tempête. Devant ses yeux, sur un hectare six cents, des dizaines d'arbres qui furent un temps les majestueux gardiens de la propriété, jonchent le sol. La pelouse est retournée, les fleurs et les fruits du verger se mêlent par terre aux tuiles arrachées des toits. Les pierres des murs d'enceinte tombées sur le sol forment des cratères de boue. Les brasiers allumés ici et là, pour faire disparaître les débris végétaux, augmentent la dimension apocalyptique de ce spectacle.

Paul Ricœur, l'ami, le voisin, la rejoint près de la fenêtre, ému. Nicole lui pose doucement la main sur l'épaule : « Je suis contente que Jean n'ait pas eu à voir ça », lui confie-t-elle, un sanglot dans la voix.

Assis sur le canapé, nous assistons à cette scène, étonnés. Jean, c'était « Jim », surnom enfantin de Jean-Marie

Domenach, notre grand-père, disparu deux ans plus tôt. Notre grand-mère, Nicole, surnommée Mamita, préférait donc son mari enterré plutôt que spectateur de la destruction de ces arbres, qui pouvaient, contrairement à lui, être remplacés.

C'est la première fois que nous, alors jeunes adolescents, prenions conscience que ce lieu était pour les habitants des Murs Blancs plus qu'un simple parc. Ces arbres n'étaient pas que des arbres, mais les témoins d'une histoire en train de disparaître. Une histoire qu'on ne nous avait jamais racontée.

PREMIÈRE PARTIE

CHAPITRE 1

Pèlerinage intérieur

« Mais vous allez raconter quoi exactement, dans votre livre ? »

Nos cousins

Nous n'imaginions pas écrire l'histoire des Murs Blancs sans l'annoncer à nos cousins, du moins ceux avec qui nous nous entendons bien et qui vivent à Paris ou pas trop loin. Comme nous, la plupart ont passé une partie de leur enfance dans ce parc. Nous partageons avec eux une foule de souvenirs et un héritage lourd en silence. Pour leur exposer notre projet et revoir l'appartement de nos grands-parents, nous leur avons donné rendez-vous à Châtenay-Malabry, devant la propriété, un dimanche après-midi de juin 2017. Beaucoup d'entre nous n'y étaient pas revenus depuis l'enterrement de notre grand-mère Mamita, Nicole Domenach dans le civil, en février 2011.

Après toutes ces années, cela nous remue de franchir à nouveau le grand portail vert du 19 de la rue

Henri-Irénée-Marrou. À côté du portail, la petite porte d'entrée en bois surmontée d'un panneau gravé noir et blanc, « Les Murs Blancs », s'ouvre désormais à l'aide d'un code et d'une clé. Avant, tout était toujours ouvert. Avant aussi, il y avait une petite plaque marron, juste à gauche du portail, où étaient inscrits les noms des six familles qui ont fait ce lieu et dont les hommes ont tous été des membres éminents de la revue *Esprit*, une revue qui existe encore aujourd'hui : Mounier, Fraisse, Domenach, Baboulène, Marrou, Ricœur.

Sur la gauche, près de l'entrée, l'imposante maison jaune, avec ses balcons arrondis sur deux étages, ses deux tourelles pointues, ses colombages en bois foncé. Face à elle, notre ancienne salle de ping-pong installée dans ce qui fut la maison du gardien : une petite bâtisse blanche d'un étage dont les fenêtres et les volets ont été fraîchement repeints en bleu. Cette salle avait un jour servi de salle de réunion à la revue *Esprit*. À l'époque, ce n'étaient pas les balles, mais les idées qui fusaient. Des décennies d'histoire de France ont contemplé nos parties endiablées avec comme mirador au premier étage, la « bibliothèque Emmanuel Mounier ». Une pièce où étaient réunis tous les ouvrages du philosophe et fondateur du lieu, ceux des habitants des Murs Blancs et tout ce qui concernait la philosophie personnaliste, dont Mounier était l'un des théoriciens. En activité jusqu'en 2010, cette petite pièce monacale, avec un lit d'appoint, servait aussi à loger des étudiants de passage venus faire des recherches.

Depuis le portail, nous empruntons le chemin pavé qui se transforme en un sentier de terre circulaire menant à la maison blanche, notre maison. Sensation bizarre… Il manque quelque chose. L'immense hêtre pourpre qui surplombait la pelouse et veillait sur la maison blanche n'est plus là. Nous apprendrons que l'arbre malade a été coupé car il menaçait de s'effondrer sur l'un des toits.

Nous sommes à présent une dizaine, assis sur l'étendue d'herbe, face au perron de l'ancien appartement de nos grands-parents. Les arbres immenses nous offrent toujours la perspective d'un espace infini. Depuis nos nappes de pique-nique, nous ne pouvons distinguer le bout de ce parc que nous connaissons pourtant par cœur. Chaque buisson nous a servi de cabane, chaque mur a fait rebondir nos ballons, chaque arbre nous a abrités lors de nos parties de cache-cache. Derrière la maison blanche, le bac à sable que nous nous efforcions de vider avec application pour faire enrager les adultes est toujours là, ainsi que la balançoire au fond du jardin. Les ruines d'une ancienne petite chapelle, que nous avons longtemps cru être celles de la maison de Blanche-Neige, ont disparu, ainsi que notre cabane préférée au-dessus du garage. Le verger au fond du parc, où nous nous précipitions pour dévaliser les arbres fruitiers, est toujours prolifique et nous offre encore quelques cerises épargnées par les oiseaux.

Nous prenons des nouvelles de nos cousines et cousins, pendant que leurs enfants jouent sur la pelouse, comme nos parents et nous l'avons fait avant eux. Notre père Nicolas et nos oncles et tante, Jean-Luc, Vincent et Fanny, ont grandi dans cette propriété. Si, à l'époque, nous savions que notre grand-père était quelqu'un de célèbre, puisque à l'école on nous demandait régulièrement si nous avions un lien avec lui, nous ignorions que l'« oncle Paul », le vieil homme qui vivait au rez-de-chaussée de la maison jaune et qui venait parfois partager le café avec nous, était l'un des philosophes les plus importants de sa génération : Paul Ricœur. Nous ne savions pas non plus que tous les habitants des Murs Blancs avaient été des intellectuels connus et reconnus, qu'ils n'avaient pas choisi de vivre ensemble par hasard et que dans cette communauté s'étaient jouées certaines des plus grandes batailles politiques et idéologiques de l'après-guerre. Que ces femmes et ces hommes avaient formé des générations de chercheurs, philosophes, journalistes, écrivains, artistes, hommes politiques, qui ont construit le monde des idées dans lequel nous vivons aujourd'hui. Nous ne l'apprendrons que bien plus tard par bribes, que nous avons fini par assembler seulement la trentaine passée, en écrivant ces lignes.

Depuis la fenêtre du troisième et dernier étage de la maison blanche, un homme nous observe. Le sourire aux lèvres, Grégory Lambert, le voisin du dessus, engage la conversation. D'origine belge, ses parents étaient des amis de Paulette Mounier, l'épouse d'Emmanuel. Ce père de famille quadragénaire a vécu une partie de son adolescence dans un immeuble situé derrière notre parc où il venait souvent jouer : « J'étais amoureux d'une des filles des Murs Blancs... », nous glisse-t-il, amusé. Grégory connaît bien l'histoire des lieux. Il habite avec sa femme et ses enfants dans l'appartement où vécut la famille Mounier. Il a réuni dans sa bibliothèque la collection des livres écrits par tous les gens qui ont vécu ici. Nous trouvons cette lubie sympathique, d'autant qu'il se fait un plaisir de nous transmettre des documents sur l'histoire de la propriété. C'est grâce à François Denoël, dont il est le neveu et le filleul, qu'il est venu s'installer ici. Denoël a occupé l'appartement du troisième étage de la maison jaune, là où vécut la famille Marrou. Quand il est parti, il a voulu faire perdurer la tradition du lieu en « recrutant » des habitants liés à son histoire, comme il l'avait lui-même été. Une cooptation qui s'est arrêtée il y a quelques années. Aujourd'hui, on ne parle plus de « communauté » des Murs Blancs mais bien de copropriété. Depuis quand ? Grégory ne sait pas. Depuis 2005 et la mort de Paul Ricœur, peut-être ? « Revenez quand vous voulez. Vous êtes ici chez vous », nous lance-t-il, avant de refermer sa fenêtre. Nous lui promettons d'honorer sa proposition. Les Murs sont bien gardés.

L'ambiance est plus sombre dans l'ancien appartement de nos grands-parents. Incapables de se mettre d'accord sur le partage de la maison, notre père, nos deux oncles et notre tante le laissent dépérir depuis la mort de notre grand-mère. Ils n'ont rien fait pour protéger les lieux, pas mis de couverture sur les meubles, ni même rangé les livres dans des cartons. À tâtons, dans l'obscurité, nous affrontons la saleté, la poussière et les toiles d'araignée pour ouvrir les volets et faire entrer la lumière dans cette maison hantée par nos souvenirs. Tout est resté à la même place. Dans la salle à manger, la grande table en bois noir, plantée au milieu de la pièce, nous rappelle les interminables déjeuners, où Jim, notre grand-père, dissertait, pendant que Mamita s'activait aux fourneaux. Les appareils ménagers, la vaisselle ancienne et même les condiments n'ont pas bougé de la cuisine. Dans la petite chambre où nous allions jouer par temps de pluie, les jouets ont disparu, mais des draps froissés sont toujours sur le lit, comme si quelqu'un y avait dormi la veille. Nous avons l'étrange impression de cambrioler notre propre maison. Dans la chambre à coucher, de l'autre côté du petit couloir contigu au salon, le parfum de notre grand-mère se mêle à l'odeur rance des boiseries vermoulues. Dans le coin droit, en face du lit, une table posée sur un tapis afghan accueille ses objets familiers : un joli coffret à cigares en fer beige. Nous ne l'ouvrons pas. Les morts aussi ont droit à leur intimité.

L'ancien bureau de Jim se trouve à l'extérieur de l'appartement principal. De son vivant, nous osions peu nous y aventurer, pourtant c'est notre pièce préférée.

Avec ses centaines de livres rangés par thème dans des immenses bibliothèques en bois, accessibles grâce à une échelle en bambou, elle plonge le visiteur dans cette atmosphère chaleureuse si commune à tous les lieux baignés de culture. Ses grandes baies vitrées en font un poste d'observation privilégié sur l'entrée du parc. Son état de délabrement nous rend tristes. Toute la collection de la revue *Esprit* pourrit sur les rayonnages, ainsi que de nombreux ouvrages des auteurs qui ont compté pour les habitants des Murs Blancs : Samuel Beckett, Eugène Ionesco, Émile Durkheim, René Girard, Pierre Masset, Michel Foucault, Pierre Emmanuel… tous dédicacés. Sur le bureau en pin recouvert de poussière repose une biographie de Charles Péguy, l'un des maîtres à penser des habitants de la communauté, écrite par Simone Fraisse, l'ancienne voisine du dessus.

Jim avait rangé la littérature catholique juste au-dessus de son bureau, sur des étagères qui commencent à s'écrouler sous le poids des années. Catholique croyant, il devait se sentir protégé avec ces « saints » au-dessus de lui.

Dans un coin de la pièce, des mauvaises herbes poussent autour d'une petite commode sur laquelle une vieille platine est posée. Ces plantes sont pour nous un symbole dramatique : comme dans les films d'anticipation catastrophes, la nature a repris ses droits. Incapables de mettre leurs querelles de côté, nos humains ont échoué à préserver leur culture et leur civilisation.

La nuit tombe. C'est le moment de partir. Chacun emporte un livre, un tableau, un objet. Nous refermons les volets avec la désagréable impression de les condamner pour toujours. Avant de se quitter quelqu'un nous pose une question : « Au fait, vous allez parler de quoi exactement dans votre livre ? » Nous avions réuni nos cousins pour leur exposer notre projet littéraire, nous ne l'avons même pas évoqué, trop pris dans la toile de ces Murs qui ont une capacité à suspendre le temps et la parole. Comment résumer en quelques minutes ce projet pharaonique ? « Vous allez vraiment tout raconter ? Vous allez voir Macron ? » Puisque le chef de l'État franchissait régulièrement le portail vert, jusqu'au pavillon jaune où Ricœur vécut jusqu'à sa mort, il fait, lui aussi, partie de cette histoire. Macron pourrait nous raconter ce qu'il a retenu de ce lieu, de celui qu'il considérait comme son mentor et dont il fut l'assistant lors de la rédaction de son œuvre *La Mémoire, l'histoire, l'oubli.* Cela permettrait aussi de mettre fin à une polémique concernant la véritable nature de son lien avec le philosophe : avait-il usurpé, comme certains le prétendent, une filiation avec Ricœur pour se créer une stature de présidentiable ? « Il essaye désespérément de nous voir mais on n'a pas encore dit oui », répond l'un de nous deux. Une plaisanterie qui cache une certaine gêne : cela fait déjà plusieurs mois que nous tentons d'obtenir un rendez-vous, en vain. Entre nos contacts personnels et professionnels, nous avons multiplié les messagers. Tous nous ont certifié avoir obtenu un

« oui » de principe sans pour autant recevoir de nouvelles claires de l'Élysée. Nous lui avons donc écrit une première lettre pour appuyer et officialiser notre demande :

Monsieur le Président de la République,

Cela fait maintenant un an et demi que nous sollicitons un entretien auprès de vous pour notre livre sur les Murs Blancs de Châtenay-Malabry.

Conscients que vous êtes occupé à préserver l'Europe du populisme, gérer la crise migratoire, réformer la France et protéger nos concitoyens du terrorisme, nous aurions nous-même trouvé suspect que vous acceptiez de nous rencontrer dans un bref délai. Nous nous permettons toutefois d'insister.

Si l'histoire des Murs Blancs nous touche personnellement en tant que petits-enfants de Nicole et Jean-Marie Domenach, nous la ressuscitons pour restituer un patrimoine dont vous êtes aussi l'héritier. Cette aventure a eu une importance retentissante dans l'histoire des idées qui ont façonné la France depuis la moitié du XXe siècle. Pourtant, elle n'a jamais été racontée.

Nous sommes persuadés que vous ne nous parlerez pas de la même façon qu'aux journalistes à qui vous avez déjà raconté votre relation avec Paul Ricœur et votre attachement à ce lieu, pour la bonne raison que nous faisons nous aussi partie de cette histoire. Les Murs Blancs ont été notre maison de famille. Comme pour tous ses habitants, Paul

Ricœur était pour nous l'« oncle Paul », avant d'être le philosophe que l'on connaît.

Dans l'attente de votre réponse que nous espérons positive, nous vous prions d'agréer, monsieur le Président de la République, l'expression de notre profond respect.

Léa et Hugo Domenach

CHAPITRE 2

Un nouveau monde

> « Les Murs Blancs, c'est quand il était encore possible de penser du possible. »
>
> Alain Touraine

Avant de nous plonger dans cette histoire, nous devons passer par une étape cruciale et complexe : définir la communauté des Murs Blancs, loin des clichés que convoque de façon presque systématique le terme de communauté. Non, les Murs Blancs n'étaient pas un groupe de hippies libertaires qui rêvaient d'un monde meilleur. Ce n'était pas non plus un monastère avec des règles strictes et des prières à toute heure, ou une secte reculée du monde à la botte d'un gourou. Ni un phalanstère, ces tentatives de communauté de la taille d'un village, où l'autosubsistance était le modèle à atteindre, ou un kibboutz, ces collectivité sionistes créées au début du XXe siècle par des juifs russes en Palestine. Les Murs Blancs n'étaient rien de cela et un peu de tout cela en même temps. C'était un laboratoire, un modèle unique.

Pour concevoir la genèse de ce lieu, il faut se remettre dans le contexte d'une époque où ce mot de communauté n'évoquait rien ou si peu, les années 1930 : une époque où « il était encore possible de penser du possible », nous a expliqué le sociologue Alain Touraine, ancien habitué des Murs Blancs. Puis d'ajouter dans un soupir désolé pour nous : « Aujourd'hui il n'est plus possible de penser du possible. C'est pour ça que cette histoire des Murs Blancs est aussi importante. » Comprendre donc, que cette aventure n'aurait pas pu prendre racine aujourd'hui, dans une génération désenchantée comme la nôtre : « Emmanuel Mounier [le fondateur du lieu] appartenait à cette génération d'avant guerre où les gens ne se contentaient pas de faire des dénonciations, ou des condamnations, mais cherchaient à traduire dans les actes et dans les structures une autre vision de la société et de l'homme », résuma notre grand-père dans la biographie qu'il lui a consacrée.

« Penser du possible » c'est ce à quoi travaillait le philosophe Emmanuel Mounier, ainsi que les premiers contributeurs de la revue *Esprit* et toute sa génération d'intellectuels, qui fut baptisée par les historiens les « non-conformistes des années 1930 ». Sartre, Nizan, Aron ou Camus sont nés en 1905, la même année que lui : « Une génération sérieuse, grave, occupée de problèmes, inquiète d'avenir », comme la décrivait Mounier. Pas si étonnant quand on pense qu'ils ont connu enfants les affres d'un premier conflit mondial, ont subi de plein fouet la crise économique américaine de 1929 et qu'un deuxième conflit se prépare sous leurs yeux.

Pour se faire entendre, cette jeunesse publie des revues. À l'image de nos vidéos YouTube d'aujourd'hui, elles représentent un moyen peu coûteux et efficace pour peser dans le débat public : *Réaction, Les Cahiers, La Revue française, Jeune droite, La Revue du siècle, Plans, L'Ordre nouveau*… Toutes ont pour point commun de refuser les systèmes établis. Mounier crée la sienne, *Esprit*, en 1932 avec un groupe d'amis, l'avocat Georges Izard, l'historien médiéviste André Déléage, et l'architecte Louis-Émile Galey, qui décident de lui en confier la direction. À l'image d'autres publications comme *Jeune droite* et *L'Ordre nouveau*, *Esprit* est aussi un « mouvement ». Ses plumes ont autant d'importance que les « groupes » qui gravitent autour d'elle. Ce qui compte avant tout pour Mounier, c'est de fédérer « savants, militants, artistes et travailleurs pour édifier la base de la cité intégrale et de la vie authentique ». Et avec eux, reconstruire une société nouvelle, rompre avec le « désordre établi ». Comprendre modestement : changer le monde.

Quel que soit leur bord politique, ces jeunes s'inscrivent avant tout dans une quête de sens par rapport à leurs aînés et affichent une réelle volonté de rupture avec les modèles politiques, économiques et spirituels qu'on leur impose. Ils veulent reprendre leur destin en main. C'est ce qu'a fait Mounier en refusant de faire médecine comme le souhaitait son père pour choisir la philosophie, puis en tournant le dos à la carrière toute tracée d'universitaire, une fois son agrégation en poche. En 1929, à vingt-quatre ans, le jeune homme constate déjà qu'un « cycle de création est bouclé » : « Il faut à tout prix que nous fassions quelque chose de notre vie. Non pas ce que les autres voient et admirent, mais ce tour de force qui consiste à y imprimer l'Infini. » C'est à eux de prendre la place et de tout réinventer. D'autant que cette place est souvent vacante : cette génération est une génération « sans père ». Nés avant la Première Guerre mondiale, la plupart de ces jeunes gens ont perdu leur géniteur au combat. Ce qui laisse un espace pour exister sans avoir besoin de tuer la figure paternelle, mais aussi un vide de figure d'autorité et d'empreinte idéologique. Il est donc logique, en ces temps d'instabilité économique et politique, qu'elle soit en demande de figures fortes, voire autoritaires, voire fascistes. Mounier, s'il renvoie dos à dos marxisme et libéralisme, rejette, lui, le fascisme. Pourtant dans son style, il va répondre à cette demande d'incarnation. Et c'est là où se situe la genèse de l'aventure des Murs Blancs : la rencontre d'une personnalité hors du commun avec son époque.

CHAPITRE 3

Un gourou

« Il avait un don. »

Alfred Grosser

Si les Murs Blancs n'étaient pas une secte, ils avaient bien un gourou, car c'est d'abord pour suivre Emmanuel Mounier que six familles ont accepté d'y vivre.

Un jour de juillet 2009, aux Murs Blancs, « là où il avait tant de bons souvenirs », Alfred Grosser, notre seul témoin à avoir côtoyé Mounier de son vivant, nous a raconté leur première rencontre avec émotion. C'était en 1947. Le politologue venait d'écrire une série d'articles sur l'Allemagne dans la revue résistante *Combat*[1] et le fondateur d'*Esprit* voulait lui proposer de monter

1. Quotidien français clandestin né pendant la Seconde Guerre mondiale comme organe de presse du mouvement de résistance Combat. Il paraît jusqu'en 1974 et une grande partie de sa rédaction fut à l'origine du *Quotidien de Paris*.

un comité d'échange franco-allemand. Mounier était, d'après lui, de ces hommes qui écrivent les légendes : « Il avait un don. Une douceur et une sensibilité qu'il était rare de rencontrer chez des hommes de cette trempe. Il savait toujours trouver la juste place face à son interlocuteur. »

Dans les nombreux groupes *Esprit* qu'il avait fréquentés lorsqu'il était directeur de la revue entre 1977 et 1989, Paul Thibaud[1] était toujours étonné d'entendre ceux qui avaient connu Mounier, même le temps d'une poignée de main, lui dire « il a compté dans ma vie ». Même sans le vouloir, nous a-t-il raconté, « Mounier prenait tout de suite une place dans la vie des gens », jusqu'à ce qu'ils lui vouent un véritable culte. À tel point qu'à sa mort, une demande faite par des ecclésiastiques a été déposée au Saint-Siège pour qu'il soit canonisé.

Fervent catholique, sa foi faisait aussi sa force. Une foi en Dieu, en l'homme et en lui-même. Pourtant, Mounier n'a pas eu comme nous une mère aimante et juive tunisienne pour lui donner à ce point confiance en lui. En nous plongeant dans la biographie à tendance hagiographique que lui a consacrée notre grand-père, nous avons découvert un petit-fils de paysans du Dauphiné, né d'un père pharmacien et d'une mère femme au foyer, tous les deux catholiques « sans être dogmatiques ». Aveugle d'un œil et sourd d'une oreille, il a fait de ses handicaps une force et, dès l'enfance, montre

1. Philosophe français, ancien directeur de la revue *Esprit*.

des prédispositions et une agilité intellectuelle que ses parents préfèrent ignorer. Ils gardent le petit Emmanuel éloigné des livres et du savoir le plus longtemps possible, afin qu'il puisse « jouir d'une enfance heureuse », écrit-il dans sa correspondance. Raté : le philosophe n'aura de cesse de décrire son enfance comme une longue traversée au pays de l'ennui. Il en tire son parti, développe des capacités de méditation plus importantes que la moyenne et se passionne pour la littérature et la philosophie. Peut-être est-ce grâce à cela qu'il conserve un regard d'enfant sur ce qui l'entoure. À l'âge où les jeunes adultes se conforment au monde, Mounier décide, lui, que c'est le monde qui doit changer. Une « vertu d'enfance » dont notre grand-père s'émerveille à chaque page de son livre.

Mounier aurait pu détourner ses pouvoirs pour satisfaire une ambition personnelle, mais il ne semble intéressé ni par l'argent, ni par la politique. Sa révolution à lui est avant tout spirituelle, d'ailleurs il ne se voit pas comme un homme d'action, ce sont les événements qui ont précipité l'action chez lui : « Laissé à moi-même, je passerais ma vie à faire d'*Esprit* un pur témoignage, je donnerais ma vie pour que ce témoignage ne cesse pas ; mais organiser une tactique, des attaques, une révolution en un mot, je ne vaux rien pour cela », expliquait-il à Georges Izard et André Déléage, lors du premier congrès d'*Esprit* à Font-Romeu en 1932. Un an plus tard, les deux cofondateurs de la revue en manque d'actions concrètes font sécession avec *Esprit* pour fonder leur parti politique, Troisième force[1]. C'est Mounier qui garde les rênes de la revue. Et pour cause, il a déjà réussi à rassembler autour de sa personnalité bon nombre de forces vives décrit par notre grand-père comme : « Une équipe d'hommes à la peau dure qui se sachent et se sentent en état de guerre spirituelle et ont les uns pour les autres une sorte de sévérité militaire sous le regard unique de l'amitié. » Mounier jouit de cette incroyable capacité à fédérer autour de sa personne. Toujours tourné vers les autres, il suscite amour et dévotion, persuade hommes, femmes et enfants de se rassembler autour de son projet révolutionnaire. Parmi eux, Paul Fraisse, l'homme sans qui l'aventure des Murs Blancs n'aurait jamais pu se concrétiser.

1. Parti politique créé en 1933 pour une troisième voie entre le marxisme et le capitalisme, Troisième force se rapproche vite du Front commun contre le fascisme avec lequel il fusionne en 1934 pour devenir le Parti frontiste, qui périclite en 1936.

CHAPITRE 4

Une histoire d'amour

> « Entre Emmanuel Mounier et moi, ce fut le coup de foudre. »
>
> Paul FRAISSE

Un document retrouvé dans le bureau de notre grand-père nous a aidés à comprendre la relation entre Paul Fraisse et Emmanuel Mounier : les *Souvenirs* de Paul Fraisse, un joli mémoire relié à destination des habitants des Murs Blancs. Fraisse y décrit un lien fusionnel avec Mounier. Son amour pour lui semble plus fort que celui qu'il porte à Simone, sa deuxième femme, la mère de ses enfants. Il dit se souvenir avec plus de précision de sa première rencontre avec son maître à penser que de son premier baiser échangé avec elle. « Mon père était amoureux de Mounier », nous confirme sa fille Geneviève Fraisse : « Lorsqu'il entrait dans la pièce, son visage se transformait. » Cet amour était-il réciproque ? Si Mounier avait une affection particulière pour Fraisse, contrairement à lui, il n'utilisait le lexique amoureux que dans sa correspondance avec sa femme et n'a jamais décrit leur relation autrement que comme une amitié, certes un peu fusionnelle, mais en aucun cas comme une histoire d'amour.

Chez Paul, la flamme commence à brûler en 1932, à la chambre de commerce de Lyon. À l'époque, Fraisse n'est encore qu'un timide étudiant en philosophie. Avec son nez droit et fin, son grand front et ses lunettes cerclées de noir, il inspire la sévérité. Mounier, jeune agrégé de philosophie, vient de publier le premier numéro de sa revue *Esprit*. À cette occasion, le philosophe donne une conférence sur le thème : « Dissocier le spirituel du réactionnaire ». Ce moment marque Fraisse pour toujours. Le discours tenu par ce jeune homme à peine plus vieux que lui, lui ouvre de nouvelles perspectives. Si Mounier fustige le libéralisme, l'individualisme et le marxisme « petite sœur malade du capitalisme », responsables, selon lui, de la crise économique actuelle, fruit d'une véritable crise de civilisation, le philosophe, raie sur le côté, nœud papillon noir et regard bleu d'acier, s'oppose avec fougue à toute forme de fascisme.

Mounier, fervent catholique comme Fraisse, est d'autant plus touché par cette crise qu'il accuse l'Église de l'avoir laissée s'installer. Il milite pour une refonte spirituelle de la France, en puisant dans des valeurs humaines fortes, que Paul identifie comme le socle de sa foi chrétienne. Un renouveau rafraîchissant pour le jeune homme et un véritable pied de nez à la société bourgeoise, à l'Action française[1] et aux catholiques réactionnaires dont certaines pensées ont commencé à gangrener la société : Mounier lui démontre enfin qu'on peut être catholique ET révolutionnaire. Fraisse n'avait jamais éprouvé un tel vertige spirituel. Même sa rencontre avec le père Chaîne, aumônier à Lyon, qui lui avait ouvert les portes de la foi dans son adolescence, ne l'avait pas autant remué. Il avait tenté alors d'intégrer le corps jésuite, mais en avait été renvoyé à cause de sa grande nervosité et de ses migraines à répétition. Encore frustré de cet échec, il cherche une cause à épouser.

Dans un amphithéâtre rempli d'une centaine d'étudiants conquis dont Paul, subjugué, Mounier appelle à construire une société nouvelle, dont l'axe ne serait plus l'individu, être isolé, élément d'une masse, dévoyé par la société bourgeoise, mais la « personne », engagée dans une communauté dès sa naissance : pour lui, la société est dans l'homme, autant que l'homme est dans la société. Mounier veut « refaire la Renaissance ». Venu de n'importe qui, cet ambitieux projet aurait pu paraître prétentieux, mais la persuasion repose sur le charisme et Mounier n'en manque pas. À la fin de la conférence, Fraisse n'a plus qu'une idée en tête, se rapprocher de sa nouvelle idole, sans oser encore l'aborder.

---

1. Mouvement politique nationaliste, royaliste et d'extrême droite fondé en 1898.

Fraisse commence à participer aux réunions du groupe *Esprit* de Lyon, animées par Charles Devivaise, son ancien professeur de philosophie, lui-même collaborateur de la revue. Une manière de s'imprégner de loin des lumières de Mounier. Sauf que les débats, certes passionnés, y sont toujours très théoriques, trop pour ce jeune homme avide d'action déjà investi à la Jeunesse étudiante chrétienne (JEC)[1], dont il devient très vite le responsable dans la ville de Lyon.

Contraint de partir en Belgique, pour se spécialiser en psychologie expérimentale à l'université de Louvain, il s'éloigne du philosophe. Pourtant, il continue de suivre la revue et se réjouit de constater qu'elle devient plus engagée. Alors que Mounier refusait l'action politique, les aléas de l'Histoire le poussent à prendre parti. Dès 1934, *Esprit* dénonce l'antisémitisme grandissant en Europe, la guerre en Éthiopie, la colonisation… Puis en 1936, pour la première fois, *Esprit* prend des positions politiques claires et tranchées en faveur des républicains espagnols. Malgré la position de l'Église, du côté des nationalistes, le philosophe s'engage contre la coalition nationaliste de Franco. Il évoque « une Église à l'ombre de l'épée » pour critiquer sa lâcheté. Dans le

1. Association de jeunes chrétiens du monde étudiant, qui existe dans le monde entier. Très influente en France à l'aube de la Seconde Guerre mondiale, elle prit part de manière active à la Résistance pendant l'Occupation et fut un véritable vivier de collaborateurs pour la revue *Esprit*.

même numéro, *Esprit* se félicite de la victoire en France du Front populaire et publie deux lettres de Victor Serge, révolutionnaire libertaire russe à peine libéré des bagnes de Sibérie, qui dénoncent les procès de Moscou et les camps de Staline. En 1937, Mounier publie dans *Esprit* un texte « Contre tous les fascismes » où il renvoie dos à dos Staline, Hitler, Franco et Mussolini. Conscient du tournant qu'il fait prendre à la revue, il écrit : « Nous avons fermement décidé de poursuivre la vérité sous tous ses aspects, contre tous les conformismes. »

Fraisse revient en France, deux ans plus tard, pour suivre son doctorat. Il devient maître de conférences auprès des Facultés catholiques de Lyon, mais passe le plus clair de son temps à Paris, où il est boursier, pour ses recherches en psychologie expérimentale. Responsable national de la JEC de la capitale, il y rencontre Renée Dupuy, responsable de la JEC féminine, et l'épouse en 1937 contre l'avis de ses parents, qui considèrent Renée comme une « femme de mauvaise vie ». Leur union est calamiteuse. Fraisse, qui a souffert du manque d'amour entre ses parents, se retrouve avec une épouse qui lui avoue être incapable de l'aimer, mais en bon catholique, il endure ce coup du destin sans nourrir de ressentiment. Renée meurt un an plus tard, en septembre 1938, au cours d'un accouchement qui emporte aussi Bernard, leur nouveau-né. Dans son journal intime, « Les bras étendus », la jeune femme n'épargne pas son mari. Elle confesse son homosexualité et précise que son seul véritable amour se nomme Jésus-Christ. Ce qui n'a pas empêché Fraisse de le publier, en 1948, pour lui rendre hommage. Peut-être voulait-il éviter de se retrouver seul face à sa douleur ? Désormais, il n'a plus grand monde avec qui la partager. Il décide donc de se tourner vers celui pour qui son cœur bat encore : Emmanuel Mounier.

16 novembre 1938, 16 h 37

Emmanuel Mounier est assis à son bureau dans les locaux d'*Esprit*, au 137 de la rue du Faubourg-Saint-Denis dans le Xe arrondissement de Paris. À trente-trois ans, le philosophe est désormais le directeur d'une revue qui compte. Plusieurs numéros spéciaux et articles, « L'argent, misère du pauvre, misère du riche », « Des pseudo-valeurs spirituelles fascistes », ou « La femme est aussi une personne », ont fait du bruit bien au-delà de la communauté catholique et même de la France, concrétisant le rêve de Mounier de faire d'*Esprit* une revue internationale. Des plumes de renom venues de toute l'Europe y collaborent désormais et sont entrées au comité directeur : Nicolas Berdiaev[1], Paul-Louis

1. Philosophe existentialiste chrétien russe (1874-1948). Expulsé de Russie en 1922.

Landsberg[1], Pierre-Aimé Touchard[2], Wladimir Rabinovitch[3], José María Semprún[4], Victor Serge[5], pour ne citer qu'eux. Mounier a aussi publié son *Manifeste au service du personnalisme* deux ans plus tôt. Il s'est marié en 1935 avec Elsa Leclercq, surnommée Paulette, qui travaille comme assistante en histoire de l'art et d'ethnologie au musée d'Art et d'Histoire de Bruxelles. Elle vient de donner naissance à une petite Françoise. S'il habite avec sa femme et sa fille dans la capitale belge, où il donne des cours au lycée français, Mounier se rend souvent à Paris pour sa revue.

Absorbé par la relecture de son texte pour le numéro de la revue de décembre consacré au « préfascisme français », il est interrompu par quelqu'un qui frappe à la porte. Un jeune homme se précipite dans la pièce : « Je m'appelle Paul Fraisse. J'aimerais travailler avec vous ! », déclare-t-il à toute vitesse. Surpris par la fougue de ce garçon aux allures de séminariste, Mounier l'accueille

1. Philosophe allemand existentialiste d'origine juive (1901-1944). Ami intime d'Emmanuel Mounier.

2. Écrivain français, homme de théâtre, futur directeur de la Comédie-Française (1903-1987).

3. Juriste, écrivain français, historien du judaïsme, d'origine juive lituanienne (1906-1981).

4. Homme politique et écrivain espagnol (1893-1966). Père de l'écrivain résistant Jorge Semprún (1923-2011).

5. Révolutionnaire libertaire et écrivain francophone, déclaré apatride (1890-1947).

avec bienveillance. Paul Fraisse tombe bien : toujours entre deux trains, débordé par ses travaux d'écriture, Mounier cherche de l'aide pour gérer les contingences pratiques de la revue *Esprit.* D'autant qu'il vient de créer *Le Voltigeur*, un feuillet politique bimensuel qui va accompagner la revue et mener des combats d'idées plus politiques et moins théoriques. Il a écrit fiévreusement le premier numéro le soir des accords de Munich, pour critiquer la position de la France. Ce traité a permis à Hitler d'annexer une partie de la Tchécoslovaquie. La France l'a signé dans l'espoir d'éviter la guerre. Cette position « anti-munichoise » lui a valu l'ire des pacifistes, et a créé des divisions au sein d'*Esprit.* D'autre part, Mounier a un projet en tête : « J'ai besoin de quelqu'un pour m'aider à créer un centre *Esprit*. Un endroit où nous pourrions mettre notre théorie en pratique, montrer que le personnalisme n'est pas qu'une utopie », lui confie-t-il.

Enhardi d'être inclus d'office dans ce projet d'envergure, Fraisse ne peut s'empêcher de le couper pour lui montrer qu'il connaît ses textes par cœur : « La révolution personnaliste est aussi communautaire ! » Mounier plonge son regard bleu métallique dans le sien et lui pose la main sur l'épaule.

« Entre Emmanuel Mounier et moi, ce fut le coup de foudre », écrira Fraisse dans ses *Souvenirs*, quarante ans plus tard.

CHAPITRE 5

Dessine-moi une maison

> « De meilleurs hommes créent une meilleure société qui crée de meilleurs hommes. »
>
> Georges Izard

Mounier sait ce qu'il veut pour son centre *Esprit.* Un lieu « loin de l'anonymat fonctionnel des HLM et de l'égoïsme de la petite bourgeoisie urbaine, mais assez près de Paris, dix ou douze kilomètres au maximum, pour éviter le surmenage de chacun » ; de la nature et un verger pour subvenir à leurs besoins. La propriété doit être assez grande pour qu'il puisse y vivre avec ses amis et leurs familles, abriter le centre névralgique de la revue et du mouvement *Esprit,* ainsi qu'un centre pédagogique pour former les générations futures à la société idéale qu'il imagine.

Ce projet pédagogique, un foyer destiné à rééduquer une quinzaine d'enfants et d'adolescents atteints de troubles mentaux et de difficultés relationnelles et scolaires, nous a mis mal à l'aise. Mounier l'a imaginé avec son ami suisse Émile-Albert Niklaus, conservateur au musée de Bruxelles, qu'il décrit comme un « féru de pédopsychologie ». Rien que cette expression indique une passion (singulière) pour laquelle l'homme n'a aucune qualification.

Pour diriger le centre, Mounier a choisi Jacques Lefrancq, un médecin belge, expert (un vrai cette fois), en pédopsychologie avec qui il partage déjà un immeuble communautaire à Bruxelles. Fraisse, qui s'est spécialisé en psychologie à l'université de Louvain, serait chargé des tests psychomoteurs sur les enfants. De son côté, Mounier ne souhaite pas particulièrement s'y impliquer. Faute d'expérience, il se sent « plus à l'aise avec les adultes et les idées formées, qu'avec les formes chaotiques de l'adolescence ». Un point commun que nous retrouverons chez tous les futurs habitants des Murs Blancs.

Pourtant, c'est un projet qui lui tient à cœur. D'abord parce que sa fille Françoise est atteinte d'un lourd handicap mental depuis ses sept mois, conséquence d'un vaccin contre la variole, et qu'il cherche un lieu où il pourrait l'accueillir et peut-être la « sauver ». Ensuite parce que, s'il souhaite mettre en pratique sa conception d'un personnalisme communautaire où « de meilleurs hommes créent une meilleure société qui crée de meilleurs hommes[1] », il faut commencer par leur éduca-

1. Georges Izard, « Sur le personnalisme », *L'Express*, mai 1960.

tion ou plutôt leur « rééducation ». Conscient du danger de faire tomber ces enfants dans le « conformisme », Mounier prévoit d'inviter régulièrement des intervenants extérieurs. N'empêche, le projet de créer des petits soldats du personnalisme a quelque chose d'orwellien. Le nom même des Murs Blancs que pourtant Mounier n'a pas choisi, prend tout à coup une teinte un peu… glaçante. Surtout en lisant l'article de Mounier sur cette nouvelle réalisation du centre *Esprit*, pour convaincre de la nécessité de créer un tel lieu (et que les lecteurs y envoient leurs enfants). Sa conclusion est quasi menaçante : « Sauvons nos enfants : c'est en cet été 1939 un devoir d'espérance, le seul peut-être qui soit capable d'exorciser la peur. »

CHAPITRE 6

Un havre de paix

« C'est vraiment la campagne. »

Paul FRAISSE

Si les critères de Mounier sont exigeants, la mission est loin d'être impossible. En 1939, l'offre dépasse la demande, les promoteurs n'existent pas et les grandes propriétés, souvent des résidences secondaires, sont des charges trop lourdes à porter pour les familles. D'autant que le philosophe peut désormais se reposer sur Fraisse. Les deux hommes sont devenus inséparables depuis leur première rencontre. Lorsque Mounier se rend à Paris, Fraisse lui offre le gîte et tous deux se retrouvent le soir pour prier ensemble au retour des comités de rédaction d'*Esprit*. Fraisse est aux anges. Seule ombre au tableau, les articles qu'il écrit pour *Esprit*, où la verve et la fougue dont il imprègne ses nombreuses correspondances sont absentes. Ses publications sont trop techniques au goût de Mounier. En revanche, Paul se distingue comme intendant. En quelques semaines à peine, il se rend indispensable pour gérer la revue et chercher ce fameux lieu avec l'aide de Jean-Marie Soutou[1], un autre fidèle du directeur d'*Esprit*, qui avait déjà entamé des démarches depuis son Pau natal.

Les deux hommes écrivent à plusieurs mairies de la banlieue sud de Paris. Trois réponses positives retiennent leur attention : une propriété à Meudon-Bellevue, une à L'Haÿ-les-Roses, et une troisième à Châtenay-Malabry. Si Fraisse évoque ces deux premières visites dans ses *Souvenirs*, il ne s'attarde pas sur leur description, probablement parce qu'elles sont devenues insignifiantes après leur découverte des Murs Blancs. Celle-ci a lieu en mai 1939.

Avant même d'arriver au 19 rue d'Antony à Châtenay-Malabry, Fraisse et Mounier fantasment déjà sur cette propriété chargée d'histoire. Délimité sur le terrain des chasses royales en 1764, le parc est une ancienne portion de l'abbaye de Saint-Germain-des-Prés, passée au domaine du duc et de la duchesse du Maine, seigneurs de Sceaux à qui appartenait l'ensemble du parc de Sceaux, situé à quelques centaines de mètres. Les Murs Blancs ont ensuite été nationalisés avec l'ensemble du parc en 1792, puis rachetés en 1938 par des particuliers. Tout autour de la propriété, des champs maraîchers s'étendent sur plus de six cents hectares. Malgré la construction de

---

1. Animateur du groupe *Esprit* de Pau, il deviendra secrétaire de rédaction de la revue entre 1939 et 1940 (1912-2003).

la cité-jardin de la Butte-Rouge, deux ans plus tôt, les derniers fermiers du vieux Châtenay élèvent encore des vaches bretonnes. À l'époque, le village compte moins de mille habitants, dont la plupart sont des paysans. « C'est vraiment la campagne ! », se remémore Fraisse dans ses *Souvenirs*.

La propriété est un havre de paix. Un champ peuplé d'arbres parfois rares et souvent gigantesques se dresse à perte de vue : pins, cèdres, séquoias, platanes et même un fleurissant ginko, l'« abricotier d'argent », sacré en Chine, ainsi qu'un imposant tulipier de Virginie qui trône au milieu du domaine, l'arbre préféré de Mounier. Quant au verger, il accueille des dizaines de pommiers, poiriers, cerisiers, noisetiers, noyers, groseilliers, framboisiers en pleine santé. Si le parc est une invitation au voyage, les bâtisses, elles, feraient fuir n'importe quel acquéreur averti. La maison principale, la blanche, tient à peine debout. Construite en 1836, sa forme rappelle les bastides du sud de la France. À l'intérieur il n'y a que des gravats et quelques meubles en bois rongés par les termites. La maison jaune, une ancienne nursery bâtie quarante ans plus tard, elle aussi sur trois étages, n'est pas dans un meilleur état. Il n'y a guère que la petite maison du gardien à l'entrée dont l'étage est à peu près salubre. Il reste aussi un vieux chenil, des clapiers rouillés, une ancienne écurie qui menace de s'effondrer. L'ampleur des travaux ne fait pas peur aux deux hommes, cela leur permettra de tout refaire à leur goût.

Pour Mounier, ces Murs Blancs sont un cadeau de Dieu. Un cadeau, c'est un peu vite dit, car ils ne sont pas sûrs d'avoir les moyens de les acheter. Héritière du bien qui appartient à sa famille depuis un siècle, madame Mauban a cessé d'habiter cette propriété trop grande pour elle et trop chère à entretenir depuis plusieurs années, pour autant elle ne souhaite pas la vendre à n'importe qui. Pour gagner sa confiance, Fraisse se présente chez elle, dans le VIIe arrondissement de Paris, et dépose sa carte de visite sur laquelle est imprimé « maître de conférences aux facultés catholiques de Lyon ». Cette caution bourgeoise est plus efficace qu'un grand discours. Madame Mauban accepte de les recevoir. Reste à négocier le prix.

19 juillet 1939, 11 heures

« Ri-di-cule. » C'est ainsi que madame Mauban, assise face à ses futurs acheteurs devant sa grande table en acajou, qualifie de sa voix aiguë le prix qu'ils proposent pour les Murs Blancs : 200 000 francs. Elle a pris soin de décomposer les trois syllabes du mot pour donner plus de poids à son propos. Fraisse lui fait valoir que la propriété est délaissée depuis une vingtaine d'années. Les maisons sont en ruine, ce qui induit de dépenser une fortune en travaux. Rien à faire. Consciente de la rareté de son bien, elle en exige 50 000 de plus. Il s'agit tout de même de la réplique parfaite du parc de l'écrivain François-René de Chateaubriand, la Vallée-aux-Loups, situé à quelques centaines de mètres. Son grand-père, ami et fervent admirateur de l'écrivain, s'était appliqué à le reproduire à l'identique, en rapportant des spécimens d'arbres et de plantes rares de ses différents voyages à l'étranger. Et puis, ils ne sont pas entourés par n'importe qui. À l'ouest se trouve un pavillon, ancien presbytère devenu la maison du célèbre écrivain Eugène Sue. Au nord, une grande propriété appartient à Gustave Robin, le maire de Châtenay-Malabry qui n'est autre que son cousin, se fait-elle un plaisir de leur rappeler. Cette propriété se mérite !

Fraisse bouillonne de ne pouvoir prendre la parole. Sa tempe droite palpite, signe annonciateur d'une crise de migraine. Désormais habitué aux coups de sang de son ami, Mounier le regarde avec inquiétude. Madame Mauban déclare que « la vente n'est pas pressée » et fait mine de quitter sa chaise. Mounier ne sait pas quoi dire. Il n'a jamais été à l'aise avec l'argent. Enfant, il détestait lorsque son père pharmacien se plaignait de ne pouvoir acheter sa pharmacie ou de gagner tout juste de quoi faire vivre sa famille. Il est d'autant plus inquiet que son futur centre *Esprit* est aussi pour lui une planche de secours financière : la nouvelle amputation du franc rogne sur les gains qu'il touche en Belgique, sur le prix de ses voyages et sur son traitement au lycée français. Les Murs Blancs constituent un logement potentiel ainsi qu'une nouvelle source de nourriture grâce au verger.

Soudain, Paul brandit, à quelques centimètres du nez en trompette de madame Mauban, une lettre de l'ingénieur en chef des Ponts et chaussées attestant qu'une grave servitude pèse sur le terrain principal. Fier de son petit effet, il en lit le contenu à voix haute, singeant le ton d'un huissier : « Le domaine est frappé par le plan d'aménagement de la région parisienne datant de 1905.

Des travaux doivent être réalisés pour garantir l'accès à une gare de chemin de fer qui doit être édifiée sur un terrain appartenant déjà à la SNCF et qui se trouve à l'est du verger. » Puis résume, sans cacher son plaisir : « Le parc va devenir un véritable chantier et à terme, il pourrait bien être traversé par une voie ferrée ! » L'argument frappe la bourgeoise à l'estomac : son père avait évoqué ce projet devant elle, il y a quelques années, mais elle était loin de se douter qu'il était de notoriété publique. Fraisse ne parvient pas à réprimer un léger sourire. Il s'est bien gardé de dire à madame Mauban qu'ils ont reçu de la mairie de Châtenay-Malabry l'assurance que ce plan de 1905 a été abandonné. Convaincue qu'elle a peu de chances d'en tirer un meilleur prix dans ces conditions, madame Mauban abdique, courroucée. Le pacte est conclu.

CHAPITRE 7

Un rêve du bout des doigts

> « Nous avons la totale pauvreté d'où naissent les œuvres. »
>
> Emmanuel MOUNIER

Niklaus, Lefrancq, Mounier et Fraisse possèdent bien quelques économies, mais ils sont loin de pouvoir réunir les 200 000 francs demandés. Mounier n'est pas inquiet. Il a réussi à faire paraître une revue à partir de rien, en comptant principalement sur les fonds de souscriptions de ses camarades et leur dévouement, persuadé que s'ils étaient « assez purs », l'argent suivrait. « Nous avons la totale pauvreté d'où naissent les œuvres », écrit-il à propos d'*Esprit* dans sa correspondance. En ce qui concerne la revue, l'argent a suivi. Pour les Murs Blancs, ce serait la même chose. Il commence par publier un appel aux dons dans le numéro d'*Esprit* de juin 1939 qui lui permet de récolter une petite somme. Avant de multiplier les lettres et les déplacements pour mettre à contribution ses amis, Mounier décide d'utiliser le parc comme argument publicitaire. Il conclut le congrès d'*Esprit* qui se tient à Jouy-en-Josas dans le courant de 1939 par une visite des lieux, pour donner envie à ses collaborateurs d'apporter leur contribution financière. Le stratagème s'avère efficace, les dons affluent et le 15 juin 1939, le groupe est officiellement propriétaire du domaine. Fraisse en devient l'unique l'administrateur.

La maison tout juste achetée, Fraisse et Mounier se lancent dans les travaux. Ils font aménager en priorité le deuxième étage du pavillon jaune pour y accueillir les Mounier. Le fondateur d'*Esprit* et sa femme ont besoin d'un logement en urgence pour recevoir Françoise, leur fille malade. Émile-Albert Niklaus, le fameux « féru de pédopsychologie », doit occuper le petit pavillon blanc du gardien, à l'entrée, avec les siens. Ils décident de reconstruire la cuisine de la maison blanche pour la mettre à disposition de la communauté. Au deuxième étage, ils préparent un petit appartement pour Jacques Lefrancq, le pédopsychiatre et colocataire bruxellois de Mounier, et sa famille, et un autre pour Fraisse, dans les pièces de réception au rez-de-chaussée de la maison blanche. En attendant, Mounier lui offre l'hospitalité. Les deux amis ont l'habitude de la promiscuité. Et s'il pleut de temps en temps en cet été 1939, le parc leur offre suffisamment d'espace.

Début août, Fraisse et Mounier partent à Lescun dans les Pyrénées, avec plusieurs animateurs du groupe *Esprit* de Paris. Pendant le voyage, Paul se rapproche de Simone Bitry, la secrétaire de Mounier, qu'il avait déjà croisée à plusieurs réunions de la revue. Simone est l'opposé de sa première femme, la volcanique Renée. Sa douceur l'apaise. Surtout, il trouve l'agrégée de lettres à la hauteur de sa propre personne. De son côté, Simone aime l'assurance qu'il dégage et s'attache à l'intérêt qu'il lui porte. Elle partage avec lui la même fascination pour Mounier. Le couple attend avec impatience que leur appartement soit terminé aux Murs Blancs pour y fonder un foyer.

En cette deuxième quinzaine d'août, les futurs habitants vivent entre l'excitation de voir leurs projets se réaliser sous leurs yeux et la menace d'une guerre franco-allemande de plus en plus inquiétante. Tous les matins, Mounier se précipite chez le marchand de journaux de Châtenay-Malabry. Le 25 août, à huit heures du matin, il part comme d'habitude faire ses provisions d'actualités. Il revient la mine grave, franchit le portail, et se dirige lentement vers le pavillon jaune. Il frappe à la porte de la chambre de Fraisse, qui travaille au numéro d'*Esprit* de septembre. Mounier déploie sur la table de sa chambre la une du *Petit Parisien*. Le quotidien annonce la signature du pacte germano-soviétique. La guerre semble inévitable. Cela fait des mois que les deux amis redoutent cet instant. Emmanuel n'a même pas trente-cinq ans, Fraisse vingt-huit… ils ont du mal à y croire. Ils sortent faire le tour du parc, peut-être pour la dernière fois. Se reverront-ils un jour ? De retour sur le perron de la maison blanche, ils se font la promesse de revenir vivre aux Murs Blancs. Pendant la guerre, ils s'accrocheront à ce souvenir pour garder espoir, même dans les pires situations.

CHAPITRE 8

L'esprit de résistance

> « Pousser toutes les forces dans le sens de l'homme. »
>
> Emmanuel MOUNIER

Dès la signature du pacte germano-soviétique, Mounier et Fraisse font immédiatement cesser les travaux. Exempté de service militaire à cause de son œil défaillant, le directeur d'*Esprit* est mobilisé, début septembre, comme soldat auxiliaire à Grenoble. Pendant son absence, il confie la direction de la revue à Pierre-Aimé Touchard[1], qui échappe à la mobilisation. Elle continue de paraître jusqu'en juillet 1940, où Touchard, mobilisé à son tour, ne peut plus en assurer la direction. Démo-

1. PAT comme l'appelait ses amis, chroniqueur théâtral depuis les débuts d'*Esprit*, transfère alors le siège d'*Esprit* à Dreux, chez les parents de sa femme, Gelette Touchard, indispensable secrétaire de la revue.

bilisé, Mounier se réfugie à Lyon dans un petit appartement du quartier de la Croix-Rousse avec Paulette et Françoise, dont la maladie s'est révélée incurable.

Une fois à l'abri, Mounier met un point d'honneur à faire reparaître *Esprit* dès le mois de novembre 1940. Cette obstination suscite de vives protestations auprès de ses amis et collaborateurs, nombreux à avoir peur de se compromettre vis-à-vis de l'occupant. Mounier n'en démord pas. Il veut continuer à « nourrir les cœurs et les esprits » pour combattre la propagande vichyste le plus longtemps possible. Il y va du destin de la France ! Malgré le manque de ressources humaines, le philosophe se montre assez pugnace pour faire publier dix numéros entre octobre 1939 et juillet 1941, en s'appuyant sur des plumes fidèles bien connues des lecteurs d'*Esprit* : Touchard, Landsberg et Berdiaev, Lefrancq, Jean Lacroix[1] professeur de philosophie à l'origine de nombreux recrutements décisifs pour la revue, Jacques Madaule, historien qui a consacré plusieurs ouvrages à Paul Claudel et Dante, l'historien et critique musical Henri-Irénée Marrou, Albert Béguin, spécialiste reconnu du romantisme allemand et de la poésie, mais aussi certaines nouvelles recrues comme Marc Beigbeder, philosophe et essayiste, ou Hubert Beuve-Méry, le futur fondateur

1. Philosophe français (1900-1985), professeur de philosophie, l'un des piliers de la revue *Esprit* à laquelle il participe jusqu'en 1980 en animant notamment le groupe *Esprit* de Lyon, pendant trente ans, le « plus vivant » des groupes *Esprit* de province.

du *Monde*. Tous sont hostiles à l'envahisseur allemand et ne peuvent se résoudre à déposer la plume. *Esprit* doit avancer sur une ligne de crête : convaincre le lecteur du danger du régime en se gardant d'aller trop loin pour éviter la censure. Une stratégie d'entrisme idéologique qui n'est pas sans risque. Les proches de Mounier craignent pour sa sécurité. En juin 1940, son ami Henri-Irénée Marrou l'invite à passer quelques jours dans sa maison au Curtillard, un hameau au-dessus de Grenoble, pour le convaincre d'accepter une chaire dans une université américaine. Face à son insistance, le philosophe s'emporte : pas question d'abandonner son pays menacé par la corruption fasciste et la tyrannie. Mounier veut occuper le terrain, « pousser toutes les forces dans le sens de l'homme ». Marrou finit par abdiquer. Lui-même refuse de laisser le pays à l'occupant. Cette confrontation renforcera leur admiration respective et scellera une amitié profonde entre les deux hommes. En 1941, Mounier fera de Marrou le parrain d'Anne, sa deuxième fille et en 1945, ce dernier viendra le rejoindre aux Murs Blancs.

En juillet 1941, après la publication d'un article de Marc Beigbeder, « Supplément aux *Mémoires d'un âne* », qui présente Pétain en vassal pathétique d'Adolf Hitler, *Esprit* est interdite de publication. Paradoxalement, il se réjouit de cette décision. La censure donne raison à Mounier : elle prouve qu'*Esprit* n'est pas un journal à la botte de Vichy. Dans une lettre envoyée à son ami Paul Flamand, directeur des éditions du Seuil, où Mounier publie tous ses manuscrits, il écrit ne jamais avoir « senti

Esprit aussi vivante depuis que l'on a prononcé sa mort ». Pourtant, si Emmanuel Mounier et les amis d'*Esprit* ont déposé la plume, ils ne peuvent se résoudre à abandonner leur combat contre l'envahisseur. Ils savent que leur destin est lié à celui de leur pays. Ils se sentent investis d'une mission : résister. Une nouvelle bataille peut commencer.

CHAPITRE 9

La croisée des chemins

« Les réseaux de résistance ne sortaient pas de nulle part. *Esprit* y contribua. »

Jean-Marie DOMENACH

Dès le mois de septembre 1941, Mounier active les réseaux d'*Esprit* pour créer les groupes d'étude de la résistance zone Sud. Cette aventure va tourner court : il est arrêté chez lui en 1942. On l'accuse d'être le chef du réseau Combat, un important mouvement de résistance lyonnais[1].

Avant son arrestation, le philosophe fait une rencontre décisive pour le futur des Murs Blancs et importante pour nous, puisque c'est elle qui nous lie à cette histoire : Jean-Marie Domenach. Lorsque la guerre éclate, notre grand-père est en classe préparatoire

1. Ce réseau est en fait dirigé par Henri Frenay et Berty Albrecht.

littéraire au prestigieux lycée du Parc, à Lyon. En 1941, il se fait recommander par son professeur de philosophie Jean Lacroix, et demande au directeur d'*Esprit* d'intervenir comme conférencier pour le groupe catholique de sa khâgne, il n'a pas encore dix-neuf ans. Nous avons été surpris de lire sous la plume de Jim qu'il avait été déçu par la prestation de Mounier. Il trouve son discours « intéressant mais trop intellectuel et chargé de références ». Certes, notre grand-père est un penseur, mais il se voit surtout en héros. Pour lui, l'engagement doit passer par l'action. Déjà membre du comité de résistance étudiant Inter-Facs[1], il commence à distribuer tracts et faux papiers et a organisé avec son ami Gilbert Dru une manifestation bruyante lors de la programmation du film antisémite *Le Juif Süss*, au cinéma de la ville.

Après cette conférence de Mounier, Jim tire la conclusion un peu rapide que, si le philosophe peut être une source d'inspiration, il n'est pas un modèle à suivre. Il changera d'avis quelques mois plus tard en assistant à son procès. Face au procureur qui reproche à Mounier d'être « le directeur spirituel de la Résistance », le jeune homme souriant, à la fois révolté et maître de lui, incarne la figure de l'intellectuel combattant que Jean-Marie a toujours rêvé d'être. Sa grève de la faim en prison achève de

1. Cette organisation étudiante catholique, à laquelle participaient Gilbert Dru et Jean-Marie Domenach, éditait et distribuait clandestinement tracts, faux papiers, faux tickets de rationnement.

le convaincre et Jim lance une pétition dans les milieux universitaires pour le faire libérer. Il part peu de temps après rejoindre les maquisards du Vercors, sous le faux nom de Jacques Duplessis, avec la certitude d'avoir enfin trouvé un mentor.

En prison, Mounier expérimente une forme de vie en communauté avec ses codétenus inculpés dans la même « affaire ». Il découvre le partage des colis de denrées alimentaires, les séances d'exercice physique et d'étude sur les grands problèmes du monde qu'il dirige le soir. Et comme l'administration pénitentiaire lui a donné l'autorisation de faire venir ses notes, il rédige dans sa cellule la majeure partie de son *Traité du caractère*, une description philosophique de l'esprit humain, qui deviendra une de ses œuvres majeures. Après dix mois de prison, Mounier obtient finalement sa libération en janvier 1942, grâce à une grève de la faim de douze jours, qui lui fait perdre onze kilos et l'affaiblit de manière considérable.

Dès sa sortie, le philosophe se rend dans la Loire, au prieuré de Montverdun, pour retrouver l'un de ses amis, le père Montuclard, auteur aux *Cahiers de la jeunesse de l'Église*, une revue catholique antinazie. Avant la guerre, ce prêtre qui supporte mal la vie conventuelle vivait à Lyon dans une communauté de laïcs et de religieux d'une quarantaine de personnes, inspirée des préceptes du personnalisme communautaire. Comme Mounier, il brûle de la faire renaître, ce qu'il fera à la Libération, au Petit-Clamart, à deux pas des Murs Blancs. Sa maison deviendra un lieu de passage pour anciens résistants chrétiens, le pendant religieux de la communauté d'Emmanuel Mounier, en quelque sorte. Lorsqu'ils se rejoignent en février 1942, les deux hommes ne savent pas s'ils pourront un jour concrétiser leur projet car l'issue de la guerre est incertaine. Ils décident tout de même de se cacher dans une pension à Dieulefit, au fin fond de la Drôme, pour en poser les bases. Dans ce lieu bien nommé, ils élaborent leur « Carnet de route », un guide pratique de la vie en communauté. Mounier en profite aussi pour terminer son *Traité du caractère* et préparer la renaissance d'*Esprit*.

12 septembre 1943, 18 h 07

Il fait encore beau à Dieulefit en cette fin d'après-midi. Assis sur le perron, Mounier ferme les yeux quelques instants. Il est dans son élément, en face des arbres et de cette nature à perte de vue dont il aime tant s'entourer pour méditer. Lorsqu'il les rouvre, il est surpris par une forme familière et rassurante : la silhouette de Fraisse se dirige droit vers lui. Cela fait quatre ans qu'ils ne se sont pas vus ! Les deux hommes tombent dans les bras l'un de l'autre sans un mot. Ils n'ont ni envie de parler ni de retenir leurs larmes. Leur étreinte est une promesse d'un lendemain.

Si Fraisse est ici, c'est parce que, en septembre 1943, Mounier réussit l'exploit de tenir dans sa retraite un mini-comité directeur de la revue avec ceux qui ont réussi à le rejoindre pour l'occasion : le philosophe Jean Lacroix, le directeur des éditions du Seuil Paul Flamand, le poète Pierre Emmanuel, Paul Fraisse et l'historien

Henri-Irénée Marrou. Le soir au coin du feu, chacun raconte ses aventures. On pleure les amis perdus. On spécule sur la fin de la guerre. Ils n'en reviennent pas de se retrouver tous ensemble, en vie, après s'être battus, avoir été emprisonnés, avoir côtoyé la mort de si près. Désormais, ces frères d'armes sont liés par leurs cicatrices et leurs traumatismes.

Mounier sait que la guerre a déjà changé le projet des Murs Blancs. Il informe Fraisse que Niklaus et Lefrancq, trop éprouvés, ne veulent plus participer à l'aventure. Sans eux, le centre pédagogique n'a plus lieu d'être. Fraisse comprend au son de la voix de son ami que cette nouvelle lui coûte. Mounier va devoir abandonner l'idée de guérir sa fille lui-même et sûrement l'envoyer dans un institut spécialisé. Pour le reste, le philosophe est dans l'expectative. Il ne sait pas dans quel état il va retrouver le lieu, peut-être même n'existe-t-il plus ? Fraisse le rassure : pour l'instant les Murs Blancs sont toujours debout.

CHAPITRE 10

Sauver les Murs

> « Vous voyez vos beaux arbres ? Bientôt il n'y aura plus rien. »
>
> GOUZY

Depuis le début de la guerre, Paul et Simone Fraisse se sont donné pour mission de protéger les Murs Blancs. Dès les premiers jours de sa mobilisation à Lyon, puis aux avant-postes de la ligne Maginot sur la frontière belge, Paul a tout fait pour obtenir une permission et rentrer à Paris. Lorsqu'il l'obtient, un dimanche après-midi de mai 1940, il file directement à Châtenay vérifier que les lieux ne sont pas détruits, comme le lui avait assuré Simone, venue plusieurs fois pendant son absence. Dès son arrivée, il est rassuré : le portail est fermé à clé. Certes, les murs tout juste érigés se lézardent un peu, mais la magie opère toujours. Fraisse commence son inspection minutieuse par le parc. Il constate avec satisfaction que le hêtre pourpre est intact, ainsi que le ginko.

Le tulipier, lui aussi, a toujours fière allure. Il se souvient que le grand cèdre au fond du parc penchait dangereusement. Inquiet, il traverse le champ d'herbes, s'avance vers la forêt, et s'arrête net lorsqu'il aperçoit un inconnu dans la force de l'âge empiler des bûches, aidé par quelques gamins. De loin, il distingue des boucles brunes qui dépassent d'une casquette, un pantalon à carreaux et une chemise noire aux manches retroussées sur d'épais avant-bras poilus. Irrité, Fraisse fond sur l'homme et lui demande d'un ton autoritaire de décliner son identité. Le chapardeur s'appelle Gouzy. Il fait du bois pour le vendre au marché noir car il a besoin d'argent. Fraisse informe Gouzy qu'il se trouve sur une propriété privée dont il est le copropriétaire et lui demande de décamper en laissant son butin. Gouzy ne se démonte pas. Il lui montre une brèche dans le mur, sur la façade est. « Il y a un trou là-bas. Tout le monde va venir faire du bois dans le parc à cause du rationnement. Vous voyez vos beaux arbres ? Bientôt il n'y aura plus rien », lui assure-t-il. Puis il lui propose un marché : si Fraisse le laisse profiter du verger, il veillera sur le parc en son absence. Ses parents sont cafetiers à la Butte-Rouge. Gouzy connaît tout le monde ici. Fraisse s'accorde quelques secondes de réflexion. Dans ses *Souvenirs*, il décrit Gouzy comme « une canaille », « un raté plus ou moins à la charge de ses parents ». Pourtant il se résout à accepter le marché proposé : Gouzy a visé juste en parlant des arbres auxquels Mounier et lui tiennent tant. S'il leur arrivait quoi que ce soit, il ne se le pardonnerait jamais.

Après cette permission, de retour au front, il est fait prisonnier. Comme Mounier, Fraisse aura connu sa première expérience communautaire dans l'enfermement. Il la raconte dans un livre intitulé *Écrits de captivité 1940-1943*, que sa fille, Geneviève Fraisse, nous a confié. Elle ne tient pas les écrits de son père en haute estime, contrairement à ceux de sa mère, mais cet ouvrage (qui n'a rien à voir avec la psychologie, son domaine de prédilection) est pour elle le meilleur qu'il ait jamais écrit, le seul qu'elle ait recommandé à ses enfants. C'est en tout cas le plus personnel. Nous y retrouvons le Fraisse que nous aimons bien. Pas l'inquisiteur colérique décrit par tant de gens qui l'ont côtoyé, mais le superintendant dont la fougue, l'intelligence et la capacité d'organisation ont porté l'aventure que nous relatons.

À partir de juin 1940, le prisonnier Fraisse travaille comme paysan dans un kommando[1] situé à Roisdorf, commune rurale sur le Rhin. Pendant deux ans, il sera l'homme à tout faire : infirmier, professeur d'allemand, syndicaliste, metteur en scène ou acteur de pièces de théâtre, journaliste, organisateur de fêtes. Dans son récit de captivité, nous avons aussi retrouvé le Fraisse passionné, traumatisé par son premier mariage et toujours en manque d'affection. Frustré par sa séparation avec Simone Bitry en plein amour naissant, il lui envoie de nombreuses lettres qu'il signe toujours PaulRenée

1. Unité de travail forcé sous le régime nazi.

en hommage à sa précédente femme disparue. Celles de Simone lui mettent du baume au cœur, mais leurs échanges épistolaires enflammés contrastent avec la froideur et la distance de son amie lorsqu'elle lui rend visite. Cette attitude le blesse, Fraisse brûle de la retrouver, comme il brûle de retrouver les Murs Blancs. Surtout quand il apprend par Simone, en janvier 1942, que la propriété a été réquisitionnée par les Allemands. Si les maisons sont en trop mauvais état pour servir d'habitation, les soldats de la caserne voisine viennent faire leurs exercices matinaux dans le parc. Fraisse le prend comme un affront personnel. Il n'a plus qu'une idée en tête : s'évader. Il échoue une première fois en août 1942, puis, au printemps 1943, son père le place sur la liste de l'armée française comme personnel sanitaire susceptible d'être rapatrié. Ce qui finit par arriver. Le 30 juin 1943, il arrive à la gare du Nord, accueilli par Simone qui se jette dans ses bras. Enfin, l'effusion tant attendue ! Ils se marient et s'installent dans l'ancien appartement de Paul, rue Gassendi, dans le XIVe arrondissement de Paris. Le couple peut enfin passer son temps libre à s'occuper de la propriété. Chaque semaine, ils parcourent une vingtaine de kilomètres à vélo, pénurie d'essence oblige, pour assurer la maintenance des Murs Blancs. Ils bouchent les trous, réparent les arêtiers du toit du pavillon blanc, balayent la poussière… Pour faire face au manque de denrées, ils achètent des fruits et des légumes à Gouzy, qui a transformé le verger en une affaire prospère. Parfois, ils restent dormir au deuxième étage de la maison jaune, dans l'appartement occupé par Mounier en 1939, le seul à peu près salubre de la propriété. Ils ont un peu froid le soir mais ils aiment ces virées champêtres, loin de l'agitation de la capitale occupée. Surtout que les Allemands semblent avoir définitivement abandonné la propriété.

Lorsqu'il retrouve Mounier à Dieulefit en 1943, cela fait trois mois que Paul est libre. Il aurait aimé rester un peu plus longtemps avec ses amis dans ce coin perdu de la Drôme provençale. L'effervescence intellectuelle des groupes *Esprit* lui manque. Mounier aussi. Sauf qu'il se sait investi d'une mission. Si Paul peut circuler librement, Mounier, lui, risque d'être à nouveau arrêté. Avec Simone, ils sont les seuls à pouvoir remettre les Murs Blancs en état et faire acte de présence en cas de nouvelle invasion allemande. Pour parer à cette éventualité, Simone et lui décident de s'installer à Châtenay à plein temps.

29 juillet 1944, 13 h 08

Aux Murs Blancs Paul et Simone s'affairent à déblayer du bois mort devant le perron de la maison blanche. Lorsque Paul aperçoit deux officiers allemands qui se dirigent droit vers eux, il se met au garde-à-vous et invite sa femme à faire de même. Les deux hommes s'approchent à quelques mètres du couple et présentent leur requête : ils ont repéré la propriété depuis plusieurs jours et en ont besoin pour loger des hommes qui arrivent en renfort. Ils voudraient la réquisitionner. Fraisse qui, en captivité, a appris à s'adresser à la hiérarchie militaire ennemie, prend bien soin de rester au garde-à-vous et de ne pas s'approcher à moins d'une distance réglementaire de dix pas. En plus de ces marques de respect, il s'adresse à eux dans un allemand parfait : « Je suis navré, mais cette propriété menace de s'effondrer. Je suis chargé d'en assurer la maintenance et de la surveiller. Elle n'est pas habitable en l'état, si vous la réquisitionnez, vous mettrez en péril votre sécurité et celle de vos hommes. » Surpris par tant de courtoisie et de déférence, les deux Allemands, qui en un regard prennent conscience de la vétusté de la maison blanche, acquiescent. Ils remercient Fraisse pour son honnêteté et s'excusent de l'avoir dérangé. À peine les visiteurs ont-ils quitté la propriété, que Paul et Simone se ruent dans leur appartement, vident la bibliothèque de tous leurs livres politiques, les portent jusqu'au fond du jardin, et les jettent dans le puits du potager. Un véritable crève-cœur pour eux, mais ils ne peuvent pas prendre le risque d'être arrêtés.

Quelques jours plus tard, Paul et Simone tombent sur une affiche dans les rues de Châtenay : les Allemands réquisitionnent tous les hommes valides de la ville pour creuser des tranchées au Petit-Clamart, dans le but de contenir l'avancée des Alliés. Sans perdre un instant, ils enfourchent leurs vélos jusqu'à Paris, persuadés qu'ils seront plus à l'abri dans l'anonymat de la capitale. Sur le chemin, ils aperçoivent à l'horizon une épaisse fumée noire qui s'échappe des cuves de pétrole bombardées par les Alliés. Heureux présage. Le 25 août 1944, ils montent sur le toit d'un autobus stationné porte d'Orléans pour regarder le général Leclerc, debout dans sa voiture au milieu de son armée. La Libération, enfin : « Quel spectacle ! » s'enthousiasme Paul Fraisse. Tout va pouvoir recommencer.

CHAPITRE 11

Un nouveau départ

> « Il vaudrait mieux peut-être, penser Châtenay comme un monastère de culture que comme un pensionnat en folie. »
>
> Emmanuel MOUNIER

Le 30 août 1944, Mounier est de retour à Paris, prêt à faire revivre les Murs Blancs. L'idée du centre éducatif abandonné, Châtenay ne sera plus qu'un lieu de vie communautaire doublé d'un centre *Esprit*. En prison, Mounier a acquis une certitude : la vie privée doit y tenir une place centrale et chaque famille jouir d'une pleine autonomie. Oubliée donc la cuisine communautaire. Chaque appartement aura au moins deux pièces à vivre, une cuisine, une salle de bains et des toilettes. Il leur faudra quand même se résoudre à partager la buanderie. Oublié aussi le projet de réunir les bureaux d'*Esprit* aux Murs Blancs. Mounier a accepté la proposition de Paul Flamand d'abriter la revue dans les futurs locaux des éditions du Seuil, rue Jacob dans le VIe à Paris. La propriété ne sera qu'un point d'ancrage pour *Esprit*. Ils prévoient à ce propos de rénover le rez-de-chaussée de la maison blanche pour accueillir le centre *Esprit*. Ils y organiseront des réunions et y accueilleront des gens de passage, mais garderont une séparation concrète entre leur vie publique, professionnelle et leur vie privée. Mounier pense à leurs épouses : « Il ne faut pas que ce soit une affaire d'hommes où les femmes suivent, moitié dociles, moitié craintives… Chacun de nous doit être intégré, non pas annexé à notre projet, avec des sacrifices, sans doute, mais sans mutilation. Il me semble qu'une des inquiétudes dominantes chez nos femmes doit porter sur le respect de la vie privée », a-t-il écrit à Fraisse pendant la guerre.

Dès le début du mois de septembre, les deux hommes se mettent au travail pour reconstruire la propriété et faire reparaître la revue. Une nouvelle lune de miel pour Fraisse. Si *Esprit* renaît de ses cendres dès décembre 1944, le chantier de Châtenay ne prend fin qu'en septembre 1946. Malgré les efforts du psychologue durant ces derniers mois pour sauver ce qui peut l'être, les travaux sont colossaux. Avant de les commencer, il leur a fallu effacer les traces de l'envahisseur : deux obus sont tombés dans la propriété, dont un dans l'arrière-cuisine de la maison blanche. Ils n'ont heureusement pas explosé. Ils doivent aussi se débarrasser d'une vieille carcasse d'hélicoptère qui a atterri au fond du jardin. De plus, en ces temps d'après-guerre, tout est cher et soumis au rationnement. Par chance, un entrepreneur chargé d'importantes rénovations à l'Opéra de Paris, ami de la revue, leur fait profiter de nombreux bons de matériaux ainsi que de la compétence de certains de ses entrepreneurs. Pour les financer, Fraisse et Mounier se sont résolus à vendre des petites parcelles de la propriété : le potager le plus lointain, une serre située près de l'entrée de la maison jaune et un petit bâtiment situé juste à côté, au 17 rue d'Antony. Ils ont aussi bénéficié d'une généreuse contribution financière après avoir lancé encore une fois un appel dans la revue aux nombreux lecteurs et amis d'*Esprit*.

En septembre 1945, un appartement est prêt à accueillir les premiers habitants des Murs Blancs, celui du deuxième étage de la maison jaune. Mounier apprend par l'intermédiaire de Paul Flamand qu'Henri-Irénée Marrou, nommé professeur à la Sorbonne à la rentrée de septembre, cherche un logement en urgence. Il lui propose de prendre cette première place disponible. Historien de renom, ancien résistant, fervent catholique, cet ami de Mounier et collaborateur d'*Esprit* de longue date lui semble le candidat idéal pour son « nouveau Châtenay », qu'il souhaite penser plus comme « un monastère de culture que comme un pensionnat en folie ». Mounier voit désormais aux Murs Blancs un lieu de pensée et de recueillement, où ils réfléchiront et agiront ensemble à la résolution des grands problèmes du monde.

Septembre 1945, 16 h 24

Au volant d'une petite Fiat 500, Jeanne Marrou manœuvre pour franchir le portail du 19 rue d'Antony. À côté d'elle, Henri-Irénée Marrou regarde par la fenêtre, loin de se douter que cette rue d'Antony portera un jour son nom. Leurs trois enfants, Françoise, quatorze ans, Jean, treize ans, et Catherine, neuf ans, sont sagement assis sur la banquette arrière. Crâne chauve, regard bleu perçant et petit accent du Sud chantant, Henri a une allure de dandy dans son costume en tweed. Avec ses yeux noisette rapprochés, ses cheveux châtain foncé tirés derrière ses oreilles un peu décollées, Jeanne, sa femme, a un air malicieux. Ils sont tous deux surpris de débarquer au milieu d'un grand chantier. Paul Flamand les avait pourtant prévenus. Lorsqu'il leur a transmis la proposition de Mounier de venir le rejoindre, l'éditeur leur avait décrit la propriété comme « une maison du Grand Meaulnes, sans portes, sans feu, dans un parc abandonné », mais tout de même ! Ils s'attendaient à un lieu un peu plus… habitable. Mounier et Fraisse les accueillent avec enthousiasme, galvanisés de voir les premiers habitants de leur communauté débarquer. Ils commencent la visite par le traditionnel tour du parc. Les Marrou sont éblouis par la nature et les arbres majestueux. Henri prend quand même bien soin de ne pas salir son costume dans la boue. Quant aux enfants ils se précipitent pour jouer dans la vieille carcasse d'hélicoptère, dont Fraisse et Mounier n'ont toujours pas réussi à se débarrasser. Lorsqu'ils arrivent à nouveau à l'entrée, devant la maison jaune, Mounier demande à Henri, solennel : « Alors qu'est-ce que cela fait d'être les premiers habitants officiels des Murs Blancs ?

— Les deuxièmes apparemment », répond Henri, amusé, en faisant signe à Mounier de regarder derrière lui.

Mounier se retourne pour s'apercevoir qu'à quelques mètres d'eux, devant la porte d'entrée de la maison jaune, une vache broute paisiblement. Les deux hommes éclatent de rire.

CHAPITRE 12

Les premiers pas

« Dans la communauté personnaliste, chacun doit trouver son rôle irremplaçable et son épanouissement relié aux autres. »

Emmanuel Mounier

Quelques mois plus tard, les familles Fraisse et Mounier s'installent définitivement aux Murs Blancs. Entre Paul, Henri et Emmanuel, la cohabitation se passe bien. Il faut dire que les trois hommes se connaissent depuis un certain temps. Membre du comité de rédaction de la revue depuis 1934, Marrou y est l'une des plumes les plus régulières. Historien de formation, spécialiste de l'Antiquité, ce pianiste, passionné de musique, y écrit avant tout des critiques musicales sous le pseudonyme d'Henri Davenson. Ce qui ne l'empêche pas de publier des articles politiques et des analyses historiques sur des sujets choisis. De la même génération que Mounier, ils se sont rencontrés en 1933 à Paris alors que Marrou, vingt ans à peine, élève à l'École normale de la rue d'Ulm, collaborait à la revue *Politique* dont le rédacteur en chef était Jean Lacroix, le premier à lui avoir parlé de Mounier. C'est à *Politique* qu'il a commencé à signer ses articles du nom de Davenson, pseudonyme emprunté à son aïeul Renard d'Avançon, afin de ne pas avoir à demander l'autorisation à son école pour publier ses écrits. Quand il rencontre Mounier, lors d'une conférence que ce dernier donne rue d'Ulm, Marrou sent tout de suite que ce jeune homme, qui déplore comme lui le vide idéologique et spirituel de son époque, a le charisme nécessaire pour faire sortir l'engagement catholique de l'impasse dans laquelle, selon lui, il s'est engouffré.

Après leur rencontre, les deux hommes deviennent amis et Marrou commence à écrire pour la revue. Il émane de ces deux penseurs une sagesse et cette capacité à se mettre à distance des autres et d'eux-mêmes, grâce à leur sens de l'humour. Peut-être Mounier a-t-il dans l'idée que si Henri devient l'un des piliers de la communauté, il n'y aurait aucune chance que celui-ci prenne sa place. Malgré ses qualités, Henri n'a ni l'aura ni la volonté de Mounier. Dans cette communauté personnaliste où d'après Mounier chacun doit trouver « un rôle irremplaçable et son épanouissement relié aux autres », les places ne sont pas interchangeables et il ne peut y avoir qu'un seul guide : lui. Son idée de proposer à notre grand-père de venir les rejoindre suit cette même logique. Le philosophe a besoin de jeunes plumes fougueuses pour repenser la France et de fidèles dévoués sur lesquels s'appuyer. C'est donc en septembre 1946 que Jim débarque aux Murs Blancs, accompagné de notre grand-mère Nicole et de notre oncle Jean-Luc, un an à peine.

Avant d'écrire ce livre, nous connaissions peu notre grand-père. Nous avions cette image d'un vieil homme gueulard, chanteur et farceur qui aimait mettre des chardons dans nos lits, ou accrocher des casseroles aux pots d'échappement de ses invités avant leur départ. Nous le regardions un peu intimidés. Plus tard, après sa mort en 1997, nous l'avons découvert à travers l'admiration des autres : journalistes, professeurs, étudiants, membres de notre famille… Ensuite, lors de notre enquête, nous l'avons rencontré jeune homme, puis dans la force de l'âge, à travers ses écrits et les témoignages de son entourage. C'est grâce à ce livre que nous avons vraiment fait sa connaissance.

À vingt-trois ans seulement, l'âge auquel il s'installe aux Murs Blancs, une certaine renommée le précède. Ses articles dans les *Cahiers de notre jeunesse* écrits pendant la guerre ne sont pas passés inaperçus. Stanislas Fumet[1] lui a même proposé de devenir rédacteur en chef de *Temps présent*[2], surenchérissant sur l'offre de Mounier qui souhaite le nommer secrétaire de rédaction d'*Esprit*. Déjà admi-

1. Essayiste, poète, éditeur, critique d'art (1896-1983).

2. Hebdomadaire français d'inspiration chrétienne paru de 1937 à 1940 puis de 1944 à 1947.

ratif du personnage, Jim n'a pas hésité avant d'accepter la proposition de Mounier. Sa seule condition pour le rejoindre, pouvoir finir ses études et passer son agrégation.

Pour Mounier, Jim a aussi l'avantage de bien connaître Marrou. Les deux anciens résistants se sont rencontrés pendant la guerre, dès la fin de l'année 1940, par l'intermédiaire de l'inévitable Jean Lacroix. Avec son meilleur ami Gilbert Dru, Jim se rendait régulièrement dans la maison des Marrou à Saint-Just, sur les hauteurs de Lyon, pour écouter les conférences de l'historien. Marrou y organisait des groupes de réflexion avec sa femme Jeanne, pour encourager les plus jeunes à s'engager dans les réseaux de résistance. Leur maison était un repaire pour les résistants du Vercors ainsi qu'un refuge pour des juifs persécutés ou les clandestins qui souhaitaient rejoindre la Suisse. Le couple a aidé plusieurs personnalités menacées comme le grand rabbin de France, Isaïe Schwartz, ainsi que des étudiants juifs. Ils ont aussi servi de parrain et de marraine pour obtenir de faux certificats de baptême à de nombreux juifs lyonnais. En même temps, Marrou continuait à écrire dans *Esprit*, puis clandestinement dans les *Cahiers du Témoignage chrétien*, pour encourager tous ceux qui voulaient combattre le nazisme. À l'époque, Dru et Domenach, étudiants catholiques, se sentaient bien seuls face à l'Église française favorable à la collaboration. Marrou incarnait pour eux une autorité morale qui les confortait dans la voie de la résistance.

En juillet 1944, Gilbert Dru est fusillé à l'âge de vingt-quatre ans par des Allemands en déroute sur la place Bellecour de Lyon. Il devient à son tour un symbole de la Résistance, comme Guy Môquet, Honoré d'Estienne d'Orves et Gabriel Péri. Louis Aragon leur dédiera un magnifique poème, *La Rose et le Réséda*. Un appel à dépasser les clivages politiques et religieux pour s'unir dans la Résistance : « *Du haut de la citadelle/ La sentinelle tira/ Par deux fois et l'un chancelle/ L'autre tombe qui mourra/ Celui qui croyait au ciel/ Celui qui n'y croyait pas.* » Celui qui croyait au ciel était Gilbert Dru, celui qui n'y croyait pas, le communiste Guy Môquet.

Marrou a dédié son livre sur l'histoire de l'éducation dans l'Antiquité au jeune martyr. Dru est aussi le parrain posthume de notre oncle Jean-Luc. Notre grand-père le décrivait comme un garçon formidable, d'une intelligence remarquable, et courageux. Il écrira un livre à son sujet, *Gilbert Dru : Celui qui croyait au ciel*. Dru était aussi le premier amour de notre grand-mère. Jim leur servait de messager quand Dru avait été fait prisonnier au début de la guerre. Sa mort a été une terrible épreuve pour lui et pour elle. Mounier aussi avait perdu son meilleur ami à l'âge de vingt ans. Cette expérience commune l'a sûrement poussée à prendre nos grands-parents sous son aile, et à développer avec Jim une relation quasi filiale.

Avec l'arrivée des familles Marrou et Domenach, les Murs Blancs s'éloignent encore du projet originel de Mounier. Certes, tous ces « colocataires » ont un lien avec la revue *Esprit*. Certes, ils sont tous empreints d'une volonté de changer la société et d'un désir d'engagement sans faille. En revanche, ils ne sont plus animés par ce désir de faire cette « révolution personnaliste » à laquelle Fraisse et Mounier croyaient tant. Désormais, leur véritable point commun c'est leur engagement dans cette guerre. Les familles Mounier, Fraisse, Domenach, Marrou se sont battues pour défendre leur pays et sont prêtes à recommencer à tout moment pour une cause qui leur semble juste.

CHAPITRE 13

La Constitution

> « Les Murs Blancs ne sont pas rien. Les Murs Blancs ne sont pas tout. Les Murs Blancs sont, c'est tout. Et c'est déjà beaucoup. »
>
> Préambule de la « Constitution murblanquiste »

À la fin du mois d'août 1946, aux Murs Blancs, la plupart des grands travaux ont pu être réalisés, mais il a fallu aux habitants un peu plus de temps pour installer l'électricité, le gaz et les canalisations. Ils ont pour cela contracté un prêt au Crédit Foncier en hypothéquant la maison. À la rentrée de septembre, les quatre familles, Mounier, Fraisse, Marrou, Domenach, possèdent chacune un appartement (mal) chauffé et à peu près équipé. Ils partagent l'immense parc encore en partie en friche, le verger, une buanderie, un garage, une salle de réunion et une petite bibliothèque.

Pour sceller la communauté, Mounier décide de rédiger une « Constitution murblanquiste ». Le 10 décembre 1946, les quatre couples se sont donné rendez-vous afin de la signer dans la salle de réunion du rez-de-chaussée de la maison blanche.

Dans le bureau de notre grand-père, nous avons retrouvé une photo des quatre familles réunies, prise en 1946. C'est la seule en notre possession, où ils posent ensemble pour la postérité. Peut-être a-t-elle été prise ce jour-là. Au centre, se tient debout le couple Mounier. Paulette, avec ses cheveux noirs coupés au carré, attachés sur le côté par une barrette, a encore des allures d'écolière. Elle tient son mari par le bras. Le sourire franc, l'œil tombant, il esquisse un sourire. La guerre a creusé ses traits. Paulette et lui semblent toujours aussi unis malgré les débuts de la vie en communauté, et la maladie de leur fille aînée qu'ils ont envoyée vivre dans un institut spécialisé situé sur la montagne grenobloise[1]. Dans sa biographie de Mounier, Jim décrit l'amour qui l'unit à Paulette comme « quasi supérieur ». Mounier parle, lui, toujours de sa femme et de leur union en des termes mystiques et pleins d'emphase.

Sur la photo, à côté d'eux, nos grands-parents. Au milieu de sa vingtaine, Jim a des sourcils rapprochés

1. Françoise Mounier y restera jusqu'en 1954, date de sa mort. Elle n'a jamais pu ni marcher, ni parler, ni communiquer avec le monde.

surmontés de ses grosses lunettes carrées qui lui donnent un air trop sérieux pour son âge. Mamita, notre grand-mère, se tient juste derrière lui, debout, bien droite. Avec son port altier, elle est saisissante de beauté. Mounier aurait eu du mal à la regarder sans rougir. Une beauté dont nous n'avons jamais eu conscience quand nous étions enfants puisque nous avions rangé notre grand-mère dans la catégorie des « personnes âgées ». Pourtant, on nous en a tant parlé. De ses yeux surtout, d'un bleu délavé, limpide, qui vous glacent et vous attirent en même temps. Les yeux d'une héroïne romantique.

Les Marrou, eux, prennent la pose légèrement en retrait. La grande taille d'Henri contraste avec celle de sa femme, Jeanne, qui se tient à côté de lui. Elle le regarde avec tendresse. Une vieille dame se tient entre eux. C'est la mère d'Henri, qu'ils accueillent depuis six mois aux Murs Blancs. Malade, elle sort peu de leur appartement, sauf parfois pour aller à la « cueillette » et profiter des fruits du verger. Simone et Paul Fraisse, eux, fixent l'objectif avec détermination. Simone attend son deuxième enfant. Malgré la difficulté pour trouver des habits neufs à un prix décent, elle reste très élégante, comme notre grand-mère.

Dans le bureau de notre grand-père nous avons aussi retrouvé, entre autres trésors, son exemplaire original de la « Constitution murblanquiste », conservé avec soin. Ce document témoigne de l'état d'esprit de ses habitants qui se prenaient certes très au sérieux, mais formaient aussi une bande de copains complices, avec leurs blagues, leurs moqueries et leur autodérision.

Ces quatre pages comportent sept articles qui imitent la forme juridique des textes de loi mais que Mounier a teintés d'humour absurde, de calembours et de clins d'œil. Ici, il énumère les droits, les devoirs et quelques fondamentaux de la communauté idéale qu'il rêve d'établir en commençant par un amusant préambule : « Les Murs Blancs ne sont pas rien. Les Murs Blancs ne sont pas tout. Les Murs Blancs sont, c'est tout. Et c'est déjà beaucoup. »

L'article I de la Constitution leur sert ensuite à (re)poser des (bonnes) bases conformes à leurs idéaux politiques et philosophiques : « Il n'y a aux Murs Blancs, ni propriétaires, ni locataires, ni oppresseurs, ni opprimés. Les Murs Blancs ne sont pas une propriété. Cette impropriété est collective. » S'il y a une chose que la guerre n'a pas ébranlée, c'est le fait que leur ennemi commun reste le capitalisme. Pas question de se considérer comme des propriétaires. Puis l'article précise que « tout le parc est également accessible à tous, dans toute son étendue et sur une épaisseur de 60 kilomètres en hauteur, à l'exception d'une bande de sécurité de 1,82 mètre autour du rez-de-chaussée Est du pavillon blanc, dite "zone de silence Domenach" ». Phénomène étrange, qui s'est répété de génération en génération : malgré l'immensité du parc, les enfants ont toujours été aimantés par les abords de la maison blanche et plus particulièrement sous les fenêtres du bureau de Jim, ce qui a toujours exaspéré notre grand-père. Cela dit, il a dû être content que ce premier article réponde à l'une de ses exigences, même si le deuxième proscrit tout passe-droit, à quelque titre que ce soit : « Chaque année, sera fixé le montant par ménage des attributions d'anarchie, de fantaisie ou d'humour noir. Les chaires en Sorbonne ne donnent pas droit à un supplément d'attribution, non plus que les distractions philosophiques ou le goût lyonnais bien connu pour la folichonnerie. » Puis, dans une formule empruntée au *Contrat social* de Rousseau, qui mêle force et douceur, Mounier conclut par : « si l'harmonie générale est libre », elle est « obligatoire ».

La suite est digne d'un poème de Boris Vian : « Article III : les Murblanchois sont priés de ne laisser traîner dans le parc aucun objet sans chlorophylle, tel que papiers même gras, boîtes de conserve de collection, livres pieux et légers, bébés déconcertés, bombes atomiques… Mais aussi, des fantômes, Traités du caractère et tous objets massifs, chroniques d'*Esprit* et tous objets blessants. S.V.P. rapporter à leurs propriétaires les objets ainsi traînant. » S'ensuit une longue liste de règles. Certaines sont prosaïques comme celle de « ne pas étendre le linge hors des endroits aménagés, notamment aux fenêtres, tolérance faite pour les seules fenêtres de cuisine… ». D'autres plus fantaisistes : « De laisser libre les couloirs des deux immeubles, et de concentrer vélos, voitures d'enfants, motos dites pharisaïquement vélomoteurs, autos futuribles, hélicoptères, et autres transports, au garage… » Le tout, chargé de références de certains de leurs maîtres à penser : « De fermer pendant la saison froide les portes d'entrée des immeubles, en vertu de cette phrase de Goethe : "Le froid est la vraie maladie de l'âme." » Malgré le chauffage central, les maisons ne sont pas orientées au sud et les Domenach, qui habitent au rez-de-chaussée, sont frigorifiés la nuit. Ce problème, qui surgit de manière récurrente dans les diverses correspondances des habitants, ne sera réglé que dans le courant des années 1960, quand ils pourront enfin s'équiper de chauffages plus modernes.

Pour faire respecter les précédents articles, Mounier a prévu des sanctions : « Les pénalités prévues pour les infractions évoquées dans la Constitution sont : 1) le regard senti et constitutionnel ; 2) la corvée de ronces ; 3) la privation à temps du ginko ; 4) la nomination au poste de gérant ; 5) la démurblanquisation. » À notre connaissance, aucun des autres châtiments n'a été appliqué, à part le « regard senti et constitutionnel » auxquels ils ont le droit de façon quasi quotidienne de la part de Fraisse, même si, précise Mounier avec humour et toujours ce sens de la « dédramatisation », « Panache l'écureuil est chargé de la haute surveillance de cette Constitution et Piquart le hérisson, de la police des allées ».

Pour entériner cette Constitution, le dernier article énonce que : « Ce document a été testé, historicisé, philosophé, esthétisé et secrétarisé au pied du cèdre de la justice. Le 10 décembre 1946. Il est signé par Paul, Jean-Marie, Henri, Emmanuel. Et inspiré de Simone, Nicole Jeanne et Paulette. Imperatore Fraisse regnante ! » Cette dernière ligne établit clairement une hiérarchie sexiste dans les rapports humains : les hommes décident et les femmes suivent. Et si Mounier est la tête pensante, Fraisse est le véritable chef.

Une dernière règle ne figure pas dans la Constitution. Pourtant, elle demeure encore aujourd'hui et a été approuvée au même moment : les enfants des membres de la communauté doivent appeler les adultes des autres familles « oncle » et « tante ». C'est Mounier qui a eu l'idée, quand sa deuxième fille, Anne, lui a demandé qui étaient tous ces gens avec lesquels elle devait partager son parc. Il lui a expliqué que les autres adultes étaient ses « frères d'armes » et donc les autres enfants en quelque sorte ses cousins. Ce titre d'oncle et de tante permet aux adultes de la communauté d'exercer une certaine autorité sur les enfants des autres et de tous les considérer sur un pied d'égalité. Mounier espérait sans doute ainsi renforcer les liens entre les habitants afin qu'ils se considèrent comme une vraie famille.

CHAPITRE 14

Au complet

« Un véritable havre de paix pour les âmes et les corps en souffrance. »

Emmanuel Mounier

Une cinquième famille les rejoint un an plus tard : les Baboulène. En septembre 1947, Jean Baboulène, qui vient d'être nommé directeur adjoint de la revue *Témoignage chrétien*, s'installe avec sa femme Jacqueline et ses trois filles : Françoise onze ans, Thérèse un an et demi et Anne-Catherine, trois mois à peine.

Nous avons eu quelques difficultés à trouver des informations sur les parents Baboulène. Déjà parce que leur famille a déménagé avant que nous ne soyons en âge de nous rendre aux Murs Blancs. Ensuite parce qu'ils ont laissé moins de traces écrites dans l'histoire que les autres, et enfin parce que même leurs enfants ne semblent pas les avoir si bien connus. Nous avons quand même pu rencontrer Thérèse et Anne-Catherine qui nous ont parlé d'eux et nous ont montré quelques photos. Sur ces clichés en noir et blanc, qui datent de leur installation aux Murs Blancs, Jean Baboulène, souvent la clope au bec, ne sourit jamais franchement. Ce grand brun plutôt massif au front dégarni et aux oreilles en pointe est toujours élégant. À côté de lui, sa femme est plus lumineuse. Ses cheveux châtains sont souvent tirés en arrière et sa corpulence inspire une certaine douceur.

Anne-Catherine nous a raconté que leur père Jean, polytechnicien, ingénieur de métier, était originaire du Lot. Lorsqu'il s'installe aux Murs Blancs, il en connaît déjà bien les habitants. Entre 1937 et 1939, alors qu'il est à Polytechnique, il devient le secrétaire général de la JEC (Jeunesse étudiante chrétienne), un mouvement d'éducation populaire auquel ont participé Marrou, Fraisse et Domenach. Né en 1917, il écrit pendant la guerre dans la revue *Messages* des bulletins religieux qui dénoncent l'idéologie nazie et appellent à la résistance spirituelle. À cette époque, il se rapproche du père Chaillet[1]. Envoyé au front puis fait prisonnier, Baboulène est libéré en 1942, et commence à travailler pour la revue résistante les *Cahiers du Témoignage chrétien*. Dès 1941, une partie des étudiants de la JEC sont mis à contribution dans l'écriture, la fabrication et la distribution clandestine de cette revue.

Durant sa captivité, sa femme Jacqueline continue à œuvrer dans les réseaux de résistance. Originaire de

1. Prêtre jésuite lyonnais, figure de la Résistance française et fondateur des *Cahiers du témoignage chrétien*.

l'Allier, elle s'installe à Moulin, sur la frontière entre la zone libre et occupée. Elle la traverse avec sa nouvelle-née Marie-Françoise dans les bras, pour éviter d'attirer l'attention, et transmet des messages à la Résistance ou organise des passages en zone libre, pour de nombreux juifs et de futurs maquisards. Après la guerre, un poste dans la haute administration lui est proposé pour la récompenser. Elle refuse.

Toute la famille Baboulène n'a pas été aussi héroïque. Certains membres à Cahors ont choisi de suivre le Maréchal. Grâce à Jacqueline, ils n'ont pas été poursuivis. Le destin d'une famille française pendant la guerre…

À son arrivée aux Murs Blancs, Jean Baboulène, personnage que l'on nous a décrit comme « austère », est un peu surpris par le fonctionnement de la communauté. C'est un homme économe dans ses mots comme dans ses gestes. Certains de ses proches, comme son ami depuis Polytechnique André de Peretti[1], nous ont confié que la guerre l'avait profondément marqué. Son « indélébile morosité » contraste avec la bonhomie naturelle de Jacqueline qui s'est rapidement liée d'amitié avec les autres femmes des Murs Blancs. Quant à leurs filles, à part Marie-Françoise alitée à cause d'un diabète grave, elles se sont vite intégrées dans une communauté de petites

1. Pédagogue, homme politique et écrivain français (1916-2017). Il fut animateur de la JEC avec Jean Baboulène dans les années 30.

têtes blondes qui ne cesse de grandir : excepté chez les Marrou, il y a un nourrisson dans toutes les familles.

Mounier et Baboulène se sont connus pendant la guerre, par l'intermédiaire du père Chaillet et du réseau Combat. Les maladies incurables de leurs filles aînées les ont rapprochés ensuite. Lorsqu'il a entendu dire que Baboulène allait prendre des responsabilités à *Témoignage chrétien*, Mounier lui a proposé de venir habiter l'appartement libre du deuxième étage de la maison jaune, les Marrou ayant préféré celui du premier : « Un véritable havre de paix pour les âmes et les corps en souffrance », lui a-t-il écrit. L'état de santé de Marie-Françoise Baboulène ne s'est pas amélioré depuis leur installation, mais au moins, elle peut contempler depuis sa chambre le magnifique hêtre pourpre onduler au gré du vent.

Aux Murs Blancs, Baboulène prend rapidement en charge l'organisation et la gestion des comptes. Mathématicien hors pair, il connaît l'actualité des marchés financier et immobilier. Fraisse a d'abord du mal à lâcher cette tâche, mais il capitule devant l'habileté du jeune homme. Un véritable gain de temps et d'énergie.

CHAPITRE 15

Les débuts

« La moitié des ménages sont venus par accident. »

Emmanuel MOUNIER

Si ces cinq ménages ont tout pour s'entendre sur le papier, dès les premières semaines, des conflits, déjà latents avant leur installation, éclatent. Comme dans toutes les colocations, on se dispute la meilleure chambre. Mounier, qui devait occuper le premier étage de la maison blanche avant la guerre, choisit finalement le second. Simone Fraisse enceinte, il a eu peur du bruit du futur petit Fraisse, au-dessus de sa tête. Un revirement opéré dans la douleur, à tel point que pour la première fois, une véritable dispute éclate entre Mounier et Fraisse. C'est quand même Fraisse qui a pris la charge des travaux depuis le départ, il n'y a aucune raison qu'il lui cède son appartement. Réaction humaine et légitime, que Mounier a désamorcée dans une lettre parsemée d'humour, assaisonnée de tendresse et saupoudrée de condescendance. Il sert à son ami un « mon vieux Popaul », pour le convaincre de la futilité de cette anicroche au regard de leur « grand projet ». Et puis, argument massue, Paulette est enceinte de leur troisième enfant. C'est donc Fraisse qui supportera le boucan des enfants au-dessus de sa tête. Celui-ci finit par accepter en maugréant un peu : ses intérêts allaient-ils toujours passer après ce « grand projet » ?

Depuis qu'il a rencontré Mounier, Fraisse fait preuve d'une dévotion totale à son égard et depuis qu'ils vivent aux Murs Blancs, il porte la communauté sur ses épaules. En plus d'avoir supervisé tous les travaux, il a mené sa petite enquête pour récupérer les meubles disparus pendant l'Occupation et obtenir un dédommagement. C'est aussi lui qui a trouvé un club d'aviation qui accepte de les débarrasser de la carcasse d'hélicoptère. C'est encore lui qui a acheté des poules, une chèvre et a proposé de faire pousser des légumes qui pourront supporter l'hiver, pour être le plus indépendants possible du monde extérieur. Si les autres habitants s'occupent avec lui du verger, c'est qu'ils sont conscients qu'en ces temps de rationnement, ils n'ont d'autre choix pour se nourrir, mais pour ce qui est du reste du parc, Fraisse est toujours le seul à s'en charger. Ce sera sa grande souffrance aux Murs Blancs : en faire toujours plus que les autres et se sentir toujours lésé.

Son ressentiment n'épargne personne, à part les Mounier. En tout cas pas Marrou qui semble avoir un véritable don pour s'acquitter de toutes les corvées. Dans ses *Souvenirs*, Fraisse lui reproche de « manquer d'esprit communautaire ». Ce qui est sûr, c'est qu'il a toujours semblé un peu à part, et préfère ne pas trop se mélanger.

Marrou est un homme de routine. Tous les matins, il travaille à son bureau, puis à midi trente précis, il met de l'ordre dans ses dossiers pour déjeuner avec Jeanne. L'après-midi, sa femme le conduit à la Sorbonne où il donne ses cours. Comme il n'a pas son permis, elle a pris l'habitude de l'emmener partout où il le souhaite. En deux ans d'enseignement à Paris, il a déjà acquis une solide réputation de professeur, même s'il porte depuis peu un appareil auditif très encombrant à cause de sa surdité et qu'il a développé un défaut d'élocution depuis la fin de la guerre : son asthme chronique l'empêche de respirer à son aise et de porter sa voix. Malgré ces handicaps, tous ses cours sont pleins. Il a réussi, comme il le faisait à Lyon ou à Nancy, où il enseignait avant, à créer de vrais liens avec ses étudiants. À la fin de ses cours, Jeanne vient le chercher. Elle frappe doucement à la porte, ou s'installe au fond de la salle quand il n'a pas terminé. Des anciens étudiants se souviennent de l'entendre réagir à voix haute aux traits d'ironie de son mari : « Quand même il y va un peu fort ! » Elle assiste à tous ses colloques et toutes ses conférences et lui donne toujours son avis précieux. Jeanne est une femme généreuse qui a pour devise « toujours tout partager ». Elle l'applique à la lettre aux Murs Blancs, la première prête à rendre service ou à donner aux enfants des autres le peu de chocolat qu'elle aurait trouvé au marché noir. Pourtant, elle ne se précipite pas non plus pour donner un coup de main à Fraisse et organiser la vie en communauté. Il n'y a guère que Paulette Mounier qui l'aide. Elle est aussi la seule à qui il accepte de déléguer certaines tâches. Pour Fraisse, elle reste la femme du maître : intouchable.

S'il se plaint beaucoup de la distance des Marrou, Fraisse arrive à la supporter. En revanche, les relations vont vite s'envenimer avec notre grand-père, car entre les deux hommes, les enjeux sont à la fois professionnels et affectifs. Si Fraisse continue de se rendre indispensable aux Murs Blancs et à la revue, et ce jusqu'à saturation, c'est aussi parce qu'il a peur d'être remplacé par Jim dans le cœur de Mounier. Après avoir soutenu sa thèse de doctorat en psychologie sur « Les mouvements volontaires rythmés » à l'Institut catholique de Louvain en 1945, il est nommé professeur à l'Institut de psychologie de Paris. Si ce poste, qu'il cumule avec son activité à l'association d'Anciens universitaires déportés[1], lui prend du temps, il continue de diriger le groupe politique *Esprit* et d'animer les groupes personnalistes qui se développent partout en France.

Secrétaire de rédaction de la revue, notre grand-père, lui, se donne corps et âme à son travail et signe des

1. Association qui entre 1944 et 1947 s'occupe de rendre leurs postes aux universitaires prisonniers et déportés ainsi que de retrouver des places aux anciens étudiants. Elle fut présidée un temps par François Mitterrand.

articles de plus en plus remarqués. Déjà respecté par ses pairs grâce à son passé de résistant, il devient un véritable homme de réseau. Son « injuste » échec à l'École normale supérieure pendant la guerre, qu'il a toujours mis devant nous sur le compte d'un jury présidé par des « vichystes », l'a beaucoup ébranlé. « De nos jours, on la donne vraiment à n'importe qui », s'est-il exclamé cinquante ans plus tard lorsque notre cousine Élise a obtenu l'agrégation de philosophie après avoir intégré cette brillante école. Signe que cette blessure était toujours ouverte. Comme Fraisse, notre grand-père a aussi des choses à prouver, et les deux hommes se retrouvent en compétition permanente face à leur « père spirituel ». Mounier a dû écrire plusieurs lettres à ses deux « fils » pour relativiser certains heurts et calmer les tensions. Peine perdue…

Malgré toutes ses tentatives, Mounier ne réussit pas à nouer de véritables liens entre les habitants. Il a face à lui des ego surdimensionnés et difficiles à gérer, mais surtout des hommes et des femmes éprouvés par la guerre. La plupart ont baigné dans des milieux catholiques peu généreux en effusions. Résultat, son projet de poser ici les bases d'une nouvelle civilisation fondée sur la personne et son lien avec les autres ne peut pas fonctionner. Il s'en désole mais ne veut pas pour autant renoncer, comme nous l'indique une lettre retrouvée dans la correspondance de Fraisse, datée de septembre 1949. Si Mounier affirme que « Châtenay reste une utopie », il constate : « La guerre a fait que Châtenay n'est pas ce que j'avais pensé : une unité d'hommes du même âge qui se sont choisis par amitié et qui avancent sur la même ligne. La moitié des ménages sont venus par accident. » Mounier pointe aussi du doigt le plus gros problème de cette cohabitation : le caractère éruptif de Fraisse. Il sait qu'il ne pourra pas le changer, il ne le lui demande pas, d'ailleurs, mais voudrait lui faire prendre conscience que ses « scènes explosives » sont l'une des causes de la « paralysie » des Murs Blancs. Il en vient à penser qu'il va falloir soigner « Châtenay médicalement », comme il faudrait « soigner » Fraisse de ce caractère qui est sa croix.

Pourtant, ce dysfonctionnement humain ne pèse pas sur le rayonnement intellectuel des Murs Blancs, de la revue *Esprit* et de leurs combats communs. Les habitants ont toujours pour projet de reconstruire leur pays et se montrent capables d'échanger des idées, de travailler, de faire vivre ce mouvement *Esprit*, en France et à l'étranger, comme Mounier en a toujours rêvé.

CHAPITRE 16

Une fête intellectuelle

« Et dire que personne n'a jamais eu l'idée d'enregistrer quoi que ce soit ! »

Camille BOURNIQUEL[1]

Si les bureaux de la revue sont à Paris, les Murs Blancs constituent son cœur battant, et un centre d'attraction pour les amis de passage. L'organisation y est millimétrée : chaque matin à huit heures précises, une réunion est organisée dans le bureau de Mounier avec Fraisse et notre grand-père. Ils consacrent ensuite l'après-midi à leurs travaux respectifs : articles, ouvrages en cours d'écriture, cours et conférences à Paris ou ailleurs.

Mounier instaure un comité directeur dont font partie Marrou et Fraisse, mais aussi Pierre-Aimé Touchard,

1. Poète et romancier français, critique d'art pour *Esprit*, lauréat du prix Médicis en 1970 pour *Sélinonte ou la chambre impériale* (1912-2013).

Jean Lacroix, André Bazin, figure incontournable de la critique du septième art, Paul Flamand et Albert Béguin. Le comité se retrouve dans la salle de réunion de la maison blanche tous les dimanches matin. Jean Baboulène, qui collabore sporadiquement à la revue, n'a pas voulu l'intégrer, mais il rejoint souvent le groupe le dimanche pour déjeuner dans l'un ou l'autre des petits restaurants sur la route de Versailles, située à quelques pas des Murs Blancs. Les dimanches après-midi sont consacrés à des conférences suivies de débats.

Alfred Grosser se souvenait bien de ces réunions dans la véranda de la maison blanche, une « toute petite salle », où malgré le sérieux, les débats se ponctuaient souvent « d'interminables fous rires ». Une cinquantaine d'amis d'*Esprit* y participent chaque semaine. Plusieurs grandes figures de l'après-guerre répondent à leur invitation, contribuent à la revue, et parfois viennent passer quelques jours aux Murs Blancs dans la petite chambre près de l'orangerie au rez-de-chaussée de la maison jaune : le célèbre philosophe existentialiste russe Nicolas Berdiaev, le militant pacifiste américain Gary Davis, ancien pilote de guerre fondateur du mouvement des « Citoyens du Monde » qui, en novembre 1948, interrompit une séance de l'ONU à Chaillot pour demander la création d'un gouvernement mondial. Ou encore Margarete Buber-Neumann, l'écrivaine allemande rescapée des camps de concentration qui deviendra une collaboratrice régulière d'*Esprit*.

Camille Bourniquel, critique littéraire à *Esprit* qui y entra juste après la guerre, nous a raconté qu'à chaque fois qu'il venait aux réunions des Murs Blancs à cette époque, « quelqu'un d'important parlait », même si « tout se faisait dans la simplicité avec une véritable liberté de ton ». Même lui, qui n'était alors qu'un timide étudiant, avait été invité à faire un exposé, alors que la semaine d'après dans la même salle, ils recevaient le philosophe Jean-Paul Sartre pour une conférence sur *L'Être et le Néant.* Toute cette effervescence leur semblait si naturelle « que personne n'a jamais eu l'idée d'enregistrer quoi que ce soit ! » s'est-il désolé. Il y aurait eu de quoi faire de la concurrence aux cours du Collège de France.

La volonté de Mounier de faire participer à la revue des intellectuels comme des gens de la société civile qui appartiennent à tous les bords religieux et politiques, porte ses fruits. À la fin des années 1940, *Esprit* triple, puis quadruple son tirage. Les numéros ordinaires s'écoulent entre 10 000 et 13 000 exemplaires, et la revue compte près de 5 000 abonnés, alors que la *NRF*, sa principale concurrente, s'écroule et ne tire plus qu'à 2 000. Plusieurs études marquantes y sont publiées dans des numéros spéciaux. « Monde moderne, monde chrétien » en 1946, « Marxisme ouvert contre marxisme scolastique » en 1948 ou « Propositions de paix scolaire » en 1949. *Esprit* devient, en parallèle des *Temps modernes*, qui porte la voix des communistes, une voix politique de premier plan, qui sera identifiée comme celle de la

« deuxième gauche[1] ». Les groupes *Esprit* en France et un peu partout en Europe sont plus vivants que jamais. Ils constituent des réserves de contributeurs pour le journal et notamment pour la rubrique du « Journal à plusieurs voix », où chaque auteur est libre de faire entendre la sienne, sans faire preuve du sérieux des enquêtes méthodiques publiées dans le cœur de la revue. Une bataille d'éditos en quelque sorte.

Les groupes *Esprit* servent aussi à recruter des jeunes plumes ainsi que des contributeurs financiers. Si cela avait eu lieu à notre époque, on aurait pu dire qu'*Esprit* était devenue une « marque », ce qui les ferait tous se retourner dans leurs tombes. Encore aujourd'hui, la revue jouit d'un incroyable prestige. Lors de notre enquête nous avons rencontré des gens du Portugal, d'Italie, de Pologne ou du Brésil, pour qui *Esprit* avait profondément compté dans leur éducation intellectuelle, philosophique, religieuse… Pour ne citer que lui, Guilherme d'Oliveira Martins, ancien ministre du Portugal, et collaborateur d'*O Tempo e o Modo*, revue portugaise fondée sur le modèle d'*Esprit*. Il nous a raconté dans un émouvant mail les souvenirs qu'il gardait des gens d'*Esprit*, fondateurs de la « colonne vertébrale de sa pensée ».

---

1. On appelle deuxième gauche une culture politique caractéristique de la gauche française évoquée par Michel Rocard lors du congrès socialiste de Nantes en 1977, par opposition avec la première gauche fondée exclusivement sur un « marxisme » à la française et sur l'héritage jacobin de la Révolution française.

En plus de leur prestige de héros de la Résistance, certains de ses membres, dont les habitants des Murs Blancs, sont devenus en quelques années des véritables « stars » de la pensée. Chacun de leurs articles était repris, débattu, discuté dans les foyers mais aussi dans d'autres journaux et même au plus haut niveau des instances de l'État. Cela nous paraît insensé aujourd'hui que la plupart soient tombés dans l'oubli, alors que leur rôle fut déterminant dans la suite de l'histoire de France.

CHAPITRE 17

Les combats

> « On ne peut pas arrêter les fleuves, mais les aménager. »
>
> Emmanuel MOUNIER

Mounier est persuadé que la reconstruction de la société française ne pourra se faire dans le conflit. Il tient donc à travailler avec tout le monde, y compris les ennemis d'hier. « On ne peut pas arrêter les fleuves, mais les aménager », répète-t-il à ses compagnons de lutte. Alors que le ressentiment contre l'Allemagne est plus fort que jamais en France, ce fervent pacifiste veut reconstruire les relations franco-allemandes et poser les bases d'une future Europe apaisée. Quelques mois après son retour de Dachau, Joseph Rovan[1] écrit d'admirables textes dans *Esprit* qui seront à l'origine d'un rapprochement entre

1. Historien français d'origine allemande.

la France et la « nouvelle Allemagne ». Le Comité français d'échanges avec l'Allemagne nouvelle[1] où siègent aussi Alfred Grosser, Jean-Paul Sartre, Maurice Merleau-Ponty et notre grand-père, a été fondé dans le bureau d'Emmanuel Mounier. Jean Baboulène est l'un des rédacteurs du traité de Rome, qui a posé les institutions de l'Union européenne en 1957. Beaucoup des membres du comité directeur de la revue se sont rendus en Allemagne pour donner des conférences et créer des groupes *Esprit*. Des échanges qui ont contribué à reconstruire l'Europe.

Ces catholiques pratiquants ont aussi à cœur de réinventer la place de l'Église, à qui ils reprochent d'avoir tourné le dos aux classes populaires et à la modernité. Une mission compliquée pour ces anciens résistants qui se sont mis une bonne partie du monde épiscopal à dos. En 1947, Mounier prend l'initiative d'une rencontre spirituelle pendant tout un week-end avec les habitants des Murs Blancs. Plusieurs ecclésiastiques célèbres comme le père Ganne, théologien, résistant, et défenseur du modernisme dans l'Église catholique, ou le père Dubarle, théologien dominicain, passionné de physique et de cybernétique, qui deviendra le doyen de la faculté de philosophie

1. Association fondée au lendemain de la guerre qui édite des revues, organise des conférences pour œuvrer à la réconciliation des peuples français et allemand.

de l'Institut catholique de Paris, font le déplacement pour l'occasion. On y retrouve aussi le père Lucien Fraisse[1], frère de Paul, célèbre résistant. Il a passé beaucoup de temps à participer aux réunions des Murs Blancs, jusqu'à en devenir un personnage incontournable. Les débats sont passionnants et les notes publiées par Mounier seront reprises au concile Vatican II, concile œcuménique symbole de l'ouverture du monde chrétien au monde moderne, quinze ans plus tard. Mounier ne verra donc pas de ses yeux cette modernisation de l'Église, pour laquelle il a tant œuvré.

Fidèle à sa volonté d'apaisement, Mounier essaye toujours de ménager les forces vives, d'arrondir les angles, d'apaiser les tensions, notamment avec le parti communiste. Pourtant ce ne fut pas une mince affaire. Les relations de ces « chrétiens de gauche » avec l'un des partis les plus importants de France ont toujours été complexes.

De sa création en 1932 jusqu'à son interdiction en 1941, la revue a dénoncé à plusieurs reprises les méthodes totalitaires du régime soviétique et donné la parole à beaucoup de ses dissidents. Mounier n'a cessé de renvoyer dos à dos marxisme et capitalisme qui pour lui n'étaient que deux faces différentes d'une même doctrine vouée à l'échec. Après la Libération, la donne change.

1. Prêtre jésuite (1912-2001) qui s'est engagé dans la Résistance à Lyon jusqu'à prendre le commandement d'une faction maquisarde dans le Vercors.

La plupart des membres d'*Esprit*, Mounier, Domenach, Fraisse, Jean Lacroix, revoient leurs positions. Le parti communiste leur apparaît sous un jour nouveau : adoubé par la Résistance, il est devenu « le grand parti du peuple de France ». Ses militants, leurs frères d'armes, ont échappé comme eux à la Gestapo. Ils ne peuvent plus les accuser de porter un nouveau totalitarisme. Ils sont devenus intouchables. Sauf que… la plupart des rédacteurs de la revue et tous les habitants des Murs Blancs vont peu à peu accumuler des griefs contre le parti.

Élu en 1945 au conseil municipal de Châtenay-Malabry sur la liste des chrétiens-démocrates, Marrou n'a pas digéré de se faire traiter de « pétainiste » par le représentant du groupe communiste, qui a pourtant essayé de se rattraper après avoir appris qu'il siégeait au Conseil national de la Résistance. Marrou a sur-le-champ quitté ses fonctions, qu'il n'avait de toute façon pas très envie d'exercer, et pris les communistes en grippe. Surnommé « Coup d'épée dans le vinaigre » par ses camarades de la revue pour sa tendance systématique à prendre les sujets et le public à rebrousse-poil, Marrou refuse aussi de fermer les yeux sur ce qui se passe à l'Est sous prétexte qu'ils ont des combats communs à mener.

À *Esprit*, le professeur d'histoire a joué le rôle de l'opposition à lui tout seul pendant près de quatre ans. Il est rejoint par notre grand-père et Baboulène en 1949, après un épisode que Jim ne s'est jamais lassé de raconter et qu'il a vécu comme une humiliation : son exclusion par les communistes du Mouvement de la paix, une organisation pacifiste d'anciens résistants, créée au lendemain de la guerre, qui s'est petit à petit fait noyauter par le parti communiste. Lors d'une de leurs réunions, devant un public de quatre cents personnes, une trentaine d'entre eux ont pris la parole à tour de rôle pour accuser notre grand-père de « trahison », sans qu'il puisse leur répondre. Ils lui faisaient payer son reportage en Yougoslavie publié dans le numéro d'*Esprit* de février 1950, où il démentait les accusations de « fascistes » et d'« assassins » qui émanaient des PC soviétique et français à l'égard du pays et de son dirigeant le maréchal Tito. Jim tenait à se laver de l'injustice de son exclusion en publiant une réponse cinglante aux communistes en général et au Mouvement de la paix en particulier dans *Esprit*. Hors de question pour Mounier, qui avait déjà évité de se mettre le parti à dos après le « coup de Prague[1] » deux ans plus tôt, en 1948. La raison invoquée : le PC était encore la seule formation politique qui se préoccupait des pauvres, et qui proposait cette « révolution régénératrice » dont il se faisait l'apôtre depuis toujours. D'autant qu'il venait d'engager la revue dans le combat des prêtres-ouvriers[2]...

---

1. Le « coup de Prague » est le nom donné à la prise de contrôle de la Tchécoslovaquie en février 1948 par le parti communiste tchécoslovaque, avec le soutien de l'Union soviétique, aboutissant au remplacement de la Troisième République par un régime communiste.

2. Mouvement de prêtres insérés dans la vie professionnelle initié dans les années 1940. Accusés d'être proches des mouvements communistes, ils furent sévèrement condamnés par l'Église jusqu'à leur condamnation publique par Pie XII en 1954. Le mouvement

Mounier préférait mettre *Esprit* au service d'une gauche rassemblée pour la faire évoluer de l'intérieur plutôt que de créer des clivages, et ce malgré leurs positions irréconciliables.

Ce débat fut l'un des derniers que les habitants des Murs Blancs partagèrent à huis clos avant la mort de Mounier. Encore une fois, le philosophe avait trouvé une solution d'apaisement. À la revue comme aux Murs Blancs, il faisait toujours barrage pour « aménager » les « fleuves » sur lesquels voguaient ses rêves de monde meilleur. Mais qu'advient-il lorsque le barrage s'écroule ?

---

intéressa particulièrement Mounier, notamment parce que certains d'entre eux avaient fondé des communautés de vie.

12 juin 1949, 18 h 42

Sur le perron de la maison blanche, Jean Fraisse, quatre ans, est assis sur les marches. Il tient sa tête entre ses mains, les coudes posés sur les genoux, et regarde dans le vague en direction du hêtre pourpre. Les feuilles de l'arbre ondulent au rythme du vent. Il se lève, se rassied, puis se lève à nouveau. Il exécute un tour sur lui-même, monte les marches à cloche-pied, puis se rassied une nouvelle fois en soupirant. Cela fait plus d'une heure qu'il est rentré du jardin d'enfants.

Le pas alerte, Emmanuel Mounier apparaît tout à coup dans son champ de vision. Il s'arrête à la hauteur de l'enfant : « Qu'est-ce que tu fais, mon petit ? lui demande-t-il.

— Je m'ennuie, lui répond Jean, plaintif.

— Ah, tu t'ennuies ! Mais tu sais ce qu'on fait quand on s'ennuie ?

— Non ? l'interroge Jean, une lueur d'espoir dans le regard.

— On fait comme ça. » Mounier joint les deux mains du petit garçon, lui croise les doigts puis, lui fait se tourner les pouces.

« Comme ça ? demande Jean, en imitant le mouvement que lui a montré son “oncle”.

— Oui, comme ça, assure Mounier en imitant lui-même le mouvement. Ça s’appelle se tourner les pouces. »

CHAPITRE 18

La mort du père

> « Qu'allons-nous faire si nous perdons notre père ? »
>
> Jean-Marie DOMENACH

21 mars 1950, 3 h 17

On sonne à la porte des Fraisse. Une fois. Deux fois. À la troisième, Paul Fraisse sort de son lit en sursaut. Il s'habille à la hâte et se dirige vers l'entrée. Quatrième sonnerie. Cela doit être important. Il ouvre. Paulette Mounier se tient devant lui tel un fantôme. Elle porte une robe de chambre blanche et ses cheveux détachés tombent sur ses yeux exorbités. Dans la pénombre, livide et vacillante, une lampe de poche éteinte à la main, elle tente de dire quelque chose, mais les mots ne sortent pas. « Emmanuel ne bouge plus… ne respire plus… », prononce-t-elle enfin d'une voix rauque. Paul se liquéfie. Il appelle à la hâte le docteur et monte à l'étage du dessus, suivi de près par sa femme Simone, que la nouvelle a rendue muette.

Dans la chambre à coucher des Mounier, il aperçoit son ami, son frère, son âme sœur, allongé sur son lit, raide, pâle, terrassé. Un petit sourire bienveillant au coin de ses lèvres adoucit légèrement cette vision macabre. Paul s'approche et s'agenouille à côté du lit. Il prend le poignet de son ami pour tâter son pouls. Derrière lui, Paulette et sa femme se tiennent au garde-à-vous. Paul leur lance un regard d'une infinie tristesse qui confirme à Paulette ce qu'elle savait déjà : Emmanuel est mort.

Paul lui ferme doucement les yeux. Il pleure comme un enfant. Simone serre fort Paulette dans ses bras. Elle ne tient plus debout. Soudain, Paul se redresse. Il descend les escaliers et se fond dans la nuit pour aller répandre l'impensable nouvelle. Il commence par la maison jaune. En voyant le visage de Fraisse déformé par la douleur, Marrou comprend tout de suite. Derrière lui, Jeanne fond en larmes. Les trois enfants réveillés se précipitent dans le salon. Elle les prend tous les trois dans ses bras : « Oncle Emmanuel est monté au ciel », leur souffle-t-elle, dans un hoquet.

Au deuxième étage, Baboulène lui ouvre la porte, hagard et désorienté. Il ne comprend pas tout de suite les mots de Paul. Emmanuel ? Mort ? Impossible, son ami est éternel ! Lorsque l'information percute enfin son cerveau, il serre les mâchoires et fronce les sourcils pour se retenir de pleurer. Il doit réveiller Jacqueline. Sans s'en rendre compte, il ferme la porte au nez de Fraisse.

Paul termine par les Domenach. Il se surprend à ralentir le pas sur le rond de pelouse entre la maison jaune et la maison blanche. Il redoute de voir sur le visage de son rival le reflet de sa propre détresse. Il entre chez lui sans frapper, se précipite à son chevet, et lui pose la main sur l'épaule pour le réveiller : « Il est mort », lui murmure-t-il dans un sanglot. Notre grand-père n'a lui non plus pas compris tout de suite. Dans un réflexe pavlovien, il commence à sermonner son visiteur du soir pour sa fâcheuse habitude à débarquer chez lui à l'improviste. « Il est mort », lui répète son interlocuteur en larmes. Domenach reçoit comme une décharge électrique. Fraisse tourne les talons pour rejoindre les autres, laissant Jim pétrifié sous ses draps. Réveillée en même temps que son mari, Nicole le prend par la main et le tire du lit avec douceur. Il se laisse faire. Ses jambes en coton le font flotter jusqu'au deuxième étage. Notre grand-mère aussi est sonnée. Ensemble, ils rejoignent les habitants pour se recueillir autour du corps inanimé. Ils sont tous là, rassemblés. Avec leurs robes de chambre et leurs pyjamas de couleur claire, ils ressemblent à des anges, ou des apôtres qui l'accompagnent paisiblement dans l'au-delà. Le médecin frappe à la porte. Paulette lui ouvre. Il se précipite sur le cadavre. Trop tard, il ne peut rien faire. Il hésite : « C'est un arrêt du cœur… ou une hémorragie cérébrale. »

Qu'importe le diagnostic. Ils savent que Mounier est mort d'épuisement. Tous sont envahis par la culpabilité, surtout Fraisse. Comment n'a-t-il pas vu la catastrophe arriver ? Rien que la veille au soir, il avait pressenti la fatigue de son ami. Rentré vers vingt-trois heures, il avait trouvé suspecte l'absence de lumière dans le bureau et dans la chambre de Mounier, lui qui travaillait tous les jours jusqu'à des heures impossibles. Fraisse aurait dû venir aux nouvelles, peut-être serait-il arrivé à temps... D'autant que l'été précédent, Mounier avait déjà eu une alerte cardiaque alors qu'il était en vacances. Il avait consulté à la hâte sans interrompre ses travaux. Le résultat de ses examens médicaux ne leur était toujours pas parvenu. Conscients de son surmenage, ses amis l'avaient imploré de lever le pied. Notre grand-père, inquiet, avait pris Mounier à part une fois celui-ci rentré aux Murs Blancs : « Qu'allons-nous faire si nous perdons notre père ? » lui avait-il demandé. Mounier avait balayé l'observation d'un revers de la main. Pour lui, ce n'était qu'un simple accident de surmenage, un *breakdown*, comme il disait. Il avait un peu trop forcé les mois précédents, entre la rédaction de son « Que sais-je ? » sur le personnalisme, la conférence des intellectuels catholiques, l'enquête Unesco, le numéro d'*Esprit* sur l'école, en plus de son emploi du temps habituel... surchargé. La fin juillet avait été lourde avec six gros manuscrits à corriger pour la collection « Esprit[1] ».

Les jours qui ont suivi cette première alerte, il a eu le souffle un peu court, mais ne s'est pas inquiété car ses douleurs au cœur s'étaient estompées. Au contraire.

1. Collection éditée par Le Seuil créée juste après la Libération.

Il sentait ses forces revenir avec l'automne. Depuis son enfance, il se sentait renaître lors de sa saison préférée, qui signait toujours pour lui « la fin de l'indolence estivale ». Pourtant, une seconde fois, fin février, il fut obligé de s'aliter. Le docteur avait diagnostiqué une anomalie cardiaque, mais Mounier ne pouvait se résoudre à se reposer comme ses amis le lui avaient recommandé.

C'est l'heure de sa dernière toilette. Les enfants Marrou sont là eux aussi, impressionnés. C'est la première fois que Françoise et Anne-Catherine Marrou sont confrontées à un corps sans vie. Leur mère leur demande de prendre soin d'Anne et Martine Mounier, pendant qu'ils s'occupent de faire le nécessaire pour l'oncle Emmanuel. Recroquevillées sur le canapé, les deux petites filles sont complètement hébétées. La communauté finit la nuit à la paroisse de Châtenay pour une messe tout en sanglots et en prières.

Une fois rentré chez lui, Jim ne parvient pas à trouver le sommeil. Comment supporter cette effroyable solitude, cette impression que tout s'effondre, son avenir comme son passé ? Il réalise que la mort de son ami le fait sortir de l'enfance. Cela le terrifie. La mort, il l'avait déjà connue de près. Celle de ses compagnons de la Résistance, de son ami Gilbert Dru en particulier. Avec Gilbert il avait perdu un frère. Avec Mounier, il vient de perdre un père. Assis à la table de son bureau, son stylo à la main, il aimerait écrire ce qu'il vient de vivre dans le journal qu'il tient depuis la fin de la guerre. Impossible. Il y arrivera seulement quand le deuil aura fait son chemin : « Il est mort, j'ai dû prendre sa tête entre mes mains pour y passer la chemise, et, dans l'urine qu'il avait répandue, j'ai senti ce qu'était mon respect. Je l'ai aimé comme il ne m'avait jamais permis de le faire – tête dure, exigeante, tête pleine de sourires, d'intelligence admirable, qui roulait entre mes mains », écrira-t-il trois mois plus tard.

Pendant deux jours d'émotion intense, les amis d'Emmanuel et de la communauté défilent aux Murs Blancs, nombreux et tristes. Fraisse s'occupe de toute la logistique : recevoir les gens, publier les avis de décès, organiser les funérailles. Emmanuel et Paulette n'ont pas un sou devant eux. Ils doivent même de l'argent à la communauté. Inquiète, Paulette ne sait pas comment payer une concession pour Emmanuel : où doit-elle l'enterrer d'ailleurs ? À Grenoble auprès de sa famille à lui ? À Bruxelles auprès de la sienne ? À Châtenay, là où il vit depuis cinq ans ? Fraisse la rassure. Il payera pour l'enterrement. Il agrandira la concession qu'il a achetée pour sa première femme Renée et son fils Bernard au cimetière de Châtenay-Malabry. Il y aura une place pour elle aussi… le plus tard possible, plaisante-t-il. Pour Simone et pour lui, également. Paulette ne veut pas accepter. C'est beaucoup d'argent, elle ne pourra jamais lui rembourser. Et puis cela n'est-il pas étrange qu'ils soient tous enterrés ensemble comme s'ils étaient de la même famille ? Paul balaye ses interrogations : « Ce sera la tombe des Murs Blancs. La famille que s'était choisie Emmanuel. »

26 mars 1950, 16 h 30

Le cimetière de Châtenay-Malabry n'a jamais été aussi plein. Une foule immense s'est réunie pour dire au revoir à Emmanuel Mounier. Les habitants des Murs Blancs sont tous là, notre grand-père, notre grand-mère, enceinte de notre père Nicolas, Marrou, Baboulène, Fraisse, leurs femmes, leurs enfants, Paulette Mounier et ses deux filles. Inconsolables, ils se forcent tout de même à échanger des souvenirs joyeux pour être fidèles à l'optimisme et à la bienveillance naturelle du défunt. Seul Fraisse reste en retrait, silencieux. Après la mort de sa première femme Renée, il a l'impression d'assister une nouvelle fois à l'enterrement d'une partie de lui-même.

Des gens connus et inconnus, de toutes étiquettes politiques et obédiences religieuses, sont venus lui rendre hommage une dernière fois. Dans la petite église, serrés les uns contre les autres, ils écoutent l'homélie de l'abbé Depierre, prêtre-ouvrier ami de Mounier. On reconnaît François Mauriac, l'écrivain chrétien libéral, Robert Prigent, secrétaire d'État à la présidence du Conseil. Des anciens résistants devenus hommes politiques : Francisque Gay, fondateur et député du MRP (Mouvement républicain populaire), actuel ambassadeur au Canada qui a fait le déplacement depuis Ottawa. Il y a aussi Pierre Stibbe, trublion de la nouvelle gauche, et Yves Farge, figure de la Résistance, désormais proche du parti communiste avec lequel les gens d'*Esprit* se sont querellés maintes fois. Des hommes qui n'ont pas souvent eu l'occasion de se rencontrer depuis la Libération et qui, à travers ce dernier hommage, célèbrent des valeurs communes. Même dans sa mort, Mounier aura réalisé la prouesse de rassembler les contraires et de créer des rencontres qui, connurent des lendemains. Comme celle entre André de Peretti et François Mauriac, qui amènera les deux hommes à fonder ensemble le Comité France-Maghreb[1] : « À l'enterrement de Mounier, j'ai trouvé l'hommage rendu par Mauriac à Mounier tellement émouvant que je suis allé lui parler. Je ne l'avais jamais vu auparavant », nous a expliqué André de Peretti : « Nous avons sympathisé et très vite décidé de travailler ensemble pour la décolonisation. »

Cet hommage à Mounier, François Mauriac le publiera le lendemain dans *Le Figaro* ainsi que le déroulement des funérailles : « Que nous reste-t-il ? Il nous reste ce que

1. Organisme créé en 1952 pour alerter l'opinion et militer en faveur de la décolonisation en Afrique du Nord.

nos yeux ont vu, ce que nos oreilles ont entendu, vendredi matin, dans cette pauvre église de banlieue, nous tous, disciples, amis, adversaires fraternels, pressés autour de la dépouille d'un écrivain mort à la tâche et de cette jeune femme voilée, et de la petite fille qu'elle tenait par la main. Il nous reste la promesse que nous apportait, au nom du Christ, l'abbé Depierre : il reste assez de sainteté dans le monde pour sauver le monde[1]. » Tous les autres grands journaux français lui ont rendu hommage. À l'étranger aussi on le célèbre. Surtout en Allemagne de l'Ouest où l'on souligne son action pour renforcer l'Europe de la paix et son influence sur l'évolution du catholicisme. Une cérémonie solennelle a même été organisée en sa mémoire, au mois de mai, dans l'amphithéâtre de l'université de Nuremberg. Restaient tout de même une ou deux voix dissonantes. Le jour de la mort de Mounier, un article paraissait dans l'hebdomadaire *Réforme* signé par Jacques Ellul[2] qui expliquait pourquoi il s'était éloigné du philosophe. De même, *L'Humanité*, tout en saluant le grand homme, invitait *Esprit* à sortir de l'impasse où Mounier l'avait engagée, en refusant de prendre parti dans la guerre froide. Mais même ses ennemis post mortem s'accordent sur un point : c'est un grand homme que l'on enterre.

1. « L'exemple d'Emmanuel Mounier » par François Mauriac. *Le Figaro*, lundi 27 mars 1950.

2. Historien du droit, sociologue et théologien protestant communiste libertaire engagé dans la Résistance (1912-1994).

Nous sommes allés voir sa tombe dans l'ancien cimetière de Châtenay-Malabry. C'est la plus belle du cimetière. L'inscription *Les Murs Blancs* y est gravée en lettres d'or ainsi que les noms d'Emmanuel et de Paulette Mounier. Ceux de Paul et de Simone Fraisse y figurent aussi, ainsi que ceux de Renée Fraisse-Dupuy et de son fils mort à la naissance, Bernard Fraisse. La tombe est surplombée par une croix avec en son centre la tête d'un Jésus à la fois triste et bougon. Il nous a fait penser à Fraisse.

DEUXIÈME PARTIE

CHAPITRE 1

Une place à prendre

> « Il y avait besoin d'une hiérarchie mais ils n'ont jamais osé nommer un chef spirituel. Le chef n'était qu'administratif. »
>
> Christophe Donner

La mort de Mounier laisse les habitants des Murs Blancs en état de choc. Pourtant, ils n'ont pas d'autre choix que de prendre les décisions qui s'imposent. En premier lieu, choisir son successeur à la tête d'*Esprit*. Mounier n'ayant laissé aucune instruction ou testament, ses héritiers doivent se débrouiller seuls. À la revue, deux écoles s'opposent : celle de Fraisse et du comité directeur et avec eux la génération née avant la Première Guerre mondiale, qui souhaite continuer à faire d'*Esprit* un porte-voix du personnalisme. Et celle de notre grand-père et de la jeune génération, plus militante, qui considère qu'elle a des combats plus concrets et plus importants à mener. Fraisse contre

Domenach. Le fidèle compagnon contre le fils prodigue.

En tant que second de la rédaction, Jim est sans doute le plus légitime pour en reprendre les rênes, mais il est jugé trop jeune par le comité directeur pour assurer une aussi haute responsabilité. La réflexion prend du temps, pendant lequel Fraisse assume l'intérim, ce qu'il ne peut s'empêcher de mettre en avant dans ses *Souvenirs*, soulignant ainsi la place naturelle qui lui revient. Espérait-il garder cette place ? Nous en sommes presque persuadés. Fraisse se considère comme le seul gardien de la pensée de Mounier. Il devait estimer qu'il méritait cette place au regard de tous les efforts qu'il avait fournis pour la revue et la communauté. Toutefois, il aurait eu un problème de légitimité s'il l'avait réclamée. Si Fraisse excelle dans son métier et son domaine d'expertise, la psychologie, il n'est pas journaliste. Peu reconnu pour la qualité de ses écrits et complexé à ce sujet, il n'aurait pu diriger ceux des autres. Finalement, c'est Albert Béguin qui obtient le poste. Problème : si cet écrivain, résistant d'origine suisse et collaborateur d'*Esprit* de longue date, est un homme de lettres et de culture, il n'est pas un chef. Avec Béguin le comité directeur s'assure un statu quo et ce sera lui en fait qui, derrière Béguin, tirera les ficelles. Sans être manipulable, l'écrivain n'a jamais réussi à s'imposer face à ce cénacle des anciens qui devient un véritable organe de contrôle. Quant à notre grand-père, s'il passe rédacteur en chef, il reste le second d'un homme qu'il n'a pas choisi et qu'il ne porte pas dans son cœur. Jim n'aime pas « l'atmosphère de fausse détente », que répand Béguin à la revue. Il trouve qu'avec lui « l'énergie se dissipe ». De plus, il subit lui aussi la censure et les imprécations de « l'arrière-garde » personnaliste en général et de Fraisse en particulier.

Albert Béguin vient habiter deux ans aux Murs Blancs, au rez-de-chaussée de la maison jaune, dans les deux pièces insalubres qui jouxtent l'ancienne orangerie. À cette époque où les vies à *Esprit* et aux Murs Blancs se confondent, les relations humaines s'enveniment. Marrou et Baboulène tentent tant bien que mal de se tenir à l'écart des querelles. Si le premier est membre du comité directeur, il se réfugie dans sa posture d'« artiste » et dans sa surdité de plus en plus importante pour éviter de prendre parti. D'après notre grand-père, cela ne l'empêche pas de toujours garder un œil sur certaines actions de la revue et d'exprimer ses désaccords. Quant à Baboulène, il n'est pas au comité directeur d'*Esprit* et regarde tout cela de loin. En fait, les deux habitants de la maison jaune prennent soin de se tenir à distance de la guerre qui fait rage dans la maison blanche, entre les Domenach au rez-de-chaussée et les Fraisse au premier étage. Guerre fratricide sous le regard de Paulette Mounier et l'ombre de son mari défunt au-dessus de leurs têtes.

Il ne sera jamais question de désigner un nouveau chef aux Murs Blancs. Ce que nous confirme l'écrivain Christophe Donner qui viendra y habiter bien des années après : « Il y avait besoin d'une hiérarchie mais ils n'ont jamais osé nommer un chef spirituel. Le chef n'était qu'administratif. » Fraisse donc, déjà administrateur des affaires courantes, s'impose comme le seul et unique régent. De toute façon la place n'intéresse personne d'autre. Sauf que Fraisse n'a ni la légitimité ni la popularité dont jouissait Mounier et ses crises de colère ne s'arrangent pas avec le temps. Il impose ses vues et les fait passer directement comme celles de Mounier, distribue les tâches, les bons points et les sanctions, sans que personne lui mette de limite. Si jusque-là il n'y avait de règles que celles qu'ils s'imposaient à eux-mêmes, désormais il a réparti les tâches de façon quasi militaire et un peu inégale : les Fraisse s'occupent de l'entretien des bâtiments et du parc, donc de quatre-vingts pour cent du travail, les Baboulène des comptes, dix pour cent, les Domenach des poubelles et du chauffage central, huit pour cent et les Marrou de fermer les portes la nuit… deux pour cent. Malgré cette minuscule marge de manœuvre qu'il leur laisse, il ne peut s'empêcher de les reprendre, de vérifier, voire de faire à leur place ce qu'il juge ne pas avoir été assez bien fait. Tous les « manques » à la communauté prennent désormais des proportions démesurées. Comme lorsqu'ils attendent un peu trop longtemps avant de vider l'unique machine à laver commune aux six familles, ou que son groseillier se dégarnit sans raison, sûrement victime d'une attaque en règle des plus jeunes. La seule chose sur laquelle Fraisse réussit à mettre tout le monde d'accord, c'est sur la nécessité de créer une association pour faire vivre la mémoire de Mounier. En 1952, les habitants des Murs Blancs fondent l'Association des Amis d'Emmanuel

Mounier (AAEM)[1], et installent une bibliothèque personnaliste au premier étage de la maison du gardien.

En 1956, des travaux d'agrandissement de la face nord de la maison blanche mettent le feu aux poudres. Les Fraisse, au premier étage, héritent d'une nouvelle cuisine, Paulette Mounier au deuxième d'une superbe terrasse. Quant à nos grands-parents, ils récupèrent une nouvelle salle de réunion attenante à leur appartement pour les futures réunions du centre *Esprit*. Pour eux donc, pas d'agrandissement de leur espace « privé ». Pourtant, ils ont quatre enfants et se sentent à l'étroit : pourquoi doivent-il sacrifier leur espace de vie à la communauté ? S'ils font part aux autres habitants des Murs Blancs de l'injustice dont ils se sentent victimes, devant le refus catégorique de Fraisse et le silence des autres, ils n'osent pas taper du poing sur la table.

En mai 1957, la mort brutale d'Albert Béguin bouleverse ces rapports de force. Notre grand-père s'impose face au comité directeur de la revue comme l'unique recours. Il va fomenter ce que Fraisse appelle un « coup d'État », en mettant la plupart des anciens, Jean Lacroix, Henri-Irénée Marrou et Paul Fraisse, à la porte du comité pour les cantonner au seul conseil d'administration. En même temps, il fait entrer une nouvelle génération d'intellectuels

1. Créée à la mort d'Emmanuel Mounier, l'association loi 1901 a pour but de faire vivre la mémoire du philosophe. Son siège social était installé aux Murs Blancs jusqu'en 2012.

éloignés du mouvement personnaliste dont beaucoup sont issus de l'UNEF[1] (Jacques Julliard, Paul Thibaud, Alain Touraine, Antoine Prost, Robert Chapuis...). Une petite bande surnommée par les anciens de la revue « Chapuis et compagnie ». Un surnom qui sonne pour nous comme un aveu du refus de faire une place à la singularité de ces nouvelles recrues. Pourtant, si Jim a recruté ces jeunes gens, c'est qu'en plus d'être des hommes d'action prêts à s'engager à ses côtés, il leur trouve d'incontestables qualités d'écriture : l'historien Jacques Julliard, qui s'était fait remarquer par sa lettre au congrès *Esprit* de 1957 : « Ce que les jeunes attendent d'*Esprit* », le débatteur et philosophe Paul Thibaud avec qui il développera une relation quasi filiale, l'enthousiaste historien Pierre Vidal-Naquet qui fut l'étudiant de Marrou et même Maurice Mourier[2], leur critique cinéma, qui ne manque aucune de leurs réunions politiques... Notre grand-père a beau râler (comme toujours) sur le manque d'implication des uns et des autres, il avait ce don, le même que Mounier, de reconnaître et de valoriser les compétences de chacun.

Désormais, la revue prend ses distances avec les Murs Blancs. Les réunions du comité directeur s'organisent à l'extérieur. C'en est fini du « centre *Esprit* » rêvé par Mounier. La vie intellectuelle de la communauté se limite à des réunions-débats le dimanche après-midi et à un dîner

1. Union nationale des étudiants de France. Syndicat étudiant né en 1907 traditionnellement proche de la gauche socialiste.

2. Qui signait sous son nom de plume Michel Mesnil.

communautaire par mois. Une volonté de redonner du souffle à cette maison qui vit encore trop dans l'ombre de son « père fondateur ». Une façon aussi pour notre grand-père d'éloigner les anciens, dont Fraisse, de la revue de façon physique et psychologique. Une véritable rupture qui ne se fait pas sans douleur. Jim raconte à l'historien François Dosse, lors de son enquête pour son livre, *Paul Ricœur : Les sens d'une vie*, le moment où il a dû annoncer à Fraisse son renvoi : « Je ne pouvais pas faire autrement. Autour de Béguin s'était constitué un cénacle des anciens membres de la revue qui le terrorisait. Je ne pouvais pas me permettre de ne pas le dissoudre, sinon je n'aurais jamais eu les mains libres. Mais c'était vraiment affreux. Fraisse a subi cela comme une trahison horrible. »

Un nouveau tournant pour les Murs Blancs, où les conflits qui n'existent plus à la revue se cristallisent sur les moindres détails de leur vie en commun. Il leur faut donc aller chercher la solution à l'extérieur, ramener du sang neuf dans la communauté. Trouver une personne capable d'arbitrer leurs conflits. Un père adoptif. Fraisse propose le nom de Paul Ricœur. Celui-ci vient d'être titularisé à la Sorbonne. Mounier lui avait déjà proposé après la guerre de rejoindre la communauté, mais Ricœur, tout juste nommé professeur à l'université de Strasbourg, avait refusé. Sa venue est acceptée à l'unanimité. Les murblanquistes sont persuadés que l'éminent philosophe prendra la place de guide spirituel laissée par Mounier. Ils vont vite déchanter…

CHAPITRE 2

Un nouveau messie ?

> « Tous les autres feront des essais, Ricœur, lui, fera une œuvre. »
>
> Emmanuel MOUNIER

Un jour de juillet 1957, une impressionnante traction Citroën blanche franchit le portail du 19 rue d'Antony à une allure un peu trop vive. Les Ricœur débarquent enfin pour emménager dans leur nouvelle maison. Le voyage a été pénible. À cette époque, l'autoroute n'existe pas et ils ont roulé pendant douze heures depuis Strasbourg, à travers les petites routes de campagne, pour rallier Châtenay-Malabry. Ce périple a été particulièrement stressant pour sa femme, Simone Ricœur, qui déteste occuper la place du mort quand son mari conduit : un des plus grands plaisirs de Paul Ricœur est de rouler comme un fou, jusqu'à ce que sa femme hurle de peur. Pourtant, au dire de ses enfants, ses virages à cent à l'heure ne les ont jamais fait arriver plus vite nulle part, son sens de l'orientation ayant toujours été inversement proportionnel à son amour de la vitesse. Les enfants Ricœur aussi ont souffert du voyage. Si Jean-Paul, l'aîné, est resté à Strasbourg poursuivre ses études de médecine, Marc, dix-huit ans, Noëlle, seize ans, Olivier, dix ans et Étienne, quatre ans, se sont disputé le moindre centimètre carré de la banquette arrière de la voiture.

Pour leur souhaiter la bienvenue, les habitants des Murs Blancs les attendent sur le perron de la maison blanche, habillés dans les tenues les plus élégantes que leurs modestes revenus leur ont permis de s'offrir. Comme d'habitude, Paul Fraisse a tout orchestré. Il a acheté du café et des gâteaux, qu'il a pris la peine de noter sur les comptes de la communauté. Les enfants des Murs Blancs sont surexcités. Ils ont compris qu'ils devaient faire bonne figure devant ce jeune et brillant philosophe. Surtout qu'il est protestant ! Les enfants Baboulène n'en avaient jamais rencontré auparavant. Cette nouveauté ne manque pas d'aiguiser leur curiosité.

Les Ricœur sont très touchés par ce comité d'accueil digne d'un chef d'État. Ils ne savent pas que s'ils ont droit à tous ces honneurs, c'est parce que Paul est attendu comme le messie. Pour les habitants, cela ne fait aucun doute : son parcours semble tellement similaire à celui d'Emmanuel Mounier, qu'il ne peut qu'être son digne successeur. Sa ville d'origine, Valence, n'est située qu'à quelques encablures de Grenoble, celle de Mounier. Comme lui, il a choisi le chemin de la philosophie et si, contrairement à Mounier, Ricœur a préféré la voie de l'enseignement, les deux hommes ont la même façon d'interroger et de voir le monde. Tous deux revendiquent une pensée de l'agir, une philosophie de l'acte plutôt que de l'être, avec ce même objectif de toujours tendre vers davantage de justice, vers l'espérance d'un « être ensemble » créateur d'un bonheur collectif.

D'ailleurs, les deux penseurs se sont mutuellement adoubés. La première fois que Ricœur a lu Mounier dans le premier numéro d'*Esprit* en 1932, il a été impressionné par sa manière inédite d'aborder la relation entre la pensée, la personne et la communauté, par son mélange de rigueur et d'anticonformisme, et sa figure de philosophe engagé dans la Cité. Quand il l'a rencontré quelques années plus tard, juste avant la guerre, Ricœur a été, comme tant d'autres, fasciné par son charisme, sa bienveillance, son humanité. L'admiration fut réciproque. En rentrant chez lui après cette première rencontre, Mounier a confié à sa femme Paulette : « Tous les autres feront des essais, Ricœur, lui, fera une œuvre. »

Ricœur et Mounier ont aussi en commun d'avoir été fait prisonniers pendant la guerre. Ricœur a été envoyé dans un Oflag[1] à Gross-Born, en Poméranie occidentale, puis a vite été transféré dans un autre camp de travail à Arnswalde, dans le nord-ouest de la Pologne. Il y a fondé un cercle philosophique avec son ami le philo-

1. Camp de prisonniers allemand réservé aux officiers français.

sophe Mikel Dufrenne[1] et quelques autres prisonniers, où chacun à tour de rôle s'improvise conférencier sur un sujet précis. Une véritable petite « contre-université » clandestine. Ricœur y traduit aussi Husserl, philosophe et logicien, fondateur de la phénoménologie, en cachette dans la marge de ses livres. Une activité qui lui permet de lutter à sa façon contre l'occupant et contre l'oisiveté intellectuelle à laquelle il est réduit.

À la fin de la guerre, Mounier cherche un philosophe pour écrire dans *Esprit* et lui propose de collaborer. Déjà rédacteur dans la revue *Temps présent*, un hebdomadaire chrétien militant, Ricœur accepte. Il s'investit dans la revue et dans le projet de Mounier et devient l'animateur du groupe philosophique *Esprit* à Strasbourg, l'un des plus actifs de France.

Ricœur connaît donc les Murs Blancs depuis leur création, ainsi que ses habitants. Plus proche de Domenach en âge, il a déjà cosigné quelques articles avec lui et notamment un hommage à Mounier dans *Esprit* : « Masse et personne ». Il a aussi créé un lien fort avec Paulette Mounier depuis la mort de son mari, ainsi qu'avec Paul Fraisse. Quant à Marrou, leurs parcours de professeurs se sont souvent croisés. Ils partagent une vraie complicité intellectuelle ainsi qu'un amour du calembour. Il n'y a que la famille Baboulène, ses futurs voisins du dessus, qu'il ne connaît pas encore.

---

1. Philosophe spécialiste de l'esthétique, directeur de la *Revue d'esthétique* (1910-1995).

Les habitants des Murs Blancs tenaient tellement à faire venir Ricœur qu'ils l'ont aidé à financer les travaux de son futur appartement au rez-de-chaussée de la maison jaune. L'ancienne orangerie comprenait seulement deux chambres aménagées qui servaient jusque-là à accueillir des amis de passage. Après Albert Béguin, s'y sont succédé Jean-Pierre Dubois-Dumée, l'un des créateurs de *Télérama* avant d'être directeur délégué du groupe de *La Vie catholique*, Robert de Montvalon, un écrivain et journaliste français qui fut entre autres rédacteur en chef de *Témoignage chrétien*, et Stéphane Ehrlich, professeur en psychologie. L'endroit étant insalubre, ils ne l'ont habité que durant de courtes périodes. Les Ricœur n'auraient jamais pu assumer seuls les travaux pour transformer ce lieu en un confortable appartement familial de trois chambres, une cuisine, une salle de bains, un salon et un bureau dont les immenses fenêtres vitrées donnent sur le parc.

Lors de sa première visite aux Murs Blancs, l'oncle Paul tombe amoureux du parc dont il a vite pris l'habitude de faire le tour tous les matins. En plus de sa nomination à la Sorbonne, il lui fallait au moins ça pour le faire quitter Strasbourg, le joli quartier médiéval de la Petite France, les chaleureuses maisons à colombages blanc et marron, et son poste de professeur à l'université, où il avait créé une véritable relation avec ses étudiants. Ayant pris ses fonctions à la Sorbonne à la rentrée 1956, il s'est depuis rendu à Châtenay le plus souvent possible pour superviser les travaux. Il loge tantôt chez les Domenach, tantôt chez Paulette Mounier, que les enfants des Murs Blancs ont renommée « tante Poulette ». Nous nous demandons bien comment Paul Ricœur, ce monument de rationalité, a expliqué à ses enfants que désormais tous ces adultes de la communauté, des inconnus jusqu'alors, seraient pour eux leurs « oncles » et leurs « tantes ».

À peine les valises des Ricœur posées et les présentations faites, Olivier Ricœur disparaît. Ce qui a sans doute plu à notre grand-père car selon lui, « quand les enfants disparaissent dans le parc, c'est une bonne nouvelle. Ça veut dire qu'ils font du boucan ailleurs que sous mes fenêtres ». Les adultes le retrouvent quelques dizaines de mètres plus loin sur la grande pelouse, en train de s'écharper avec Nicolas Domenach, pourtant de trois ans son cadet. Notre père n'était donc pas, contrairement à ce qu'il a toujours essayé de nous faire croire, « la sagesse incarnée ». « Ça commence fort entre eux », a déclaré tante Simone Ricœur dans un soupir, en les voyant se battre comme des chiffonniers. Elle ne croyait pas si bien dire, puisqu'ils deviendraient bientôt inséparables.

Ces querelles enfantines en présagent d'autres plus sérieuses, car très vite les murblanquistes vont être déçus par l'attitude de Paul Ricœur, celui-ci n'ayant aucunement l'intention de prendre la place du chef qui lui a pourtant été attribuée.

CHAPITRE 3

Savoir dire non

« On peut beaucoup en demander à Ricœur, mais pas avoir besoin de lui. »

Jean-Marie DOMENACH

Alors que nous entamons ce chapitre sur la vie de Paul Ricœur aux Murs Blancs, nous avons enfin obtenu une réponse positive de l'Élysée à notre lettre, pour rencontrer le Président de la République. Grâce à Sylvain Fort, son ancien conseiller qui a appuyé notre demande, nous avons reçu une lettre officielle signée François-Xavier Lauch, à l'époque chef de cabinet du Président, qui avait le « plaisir » de nous informer que notre demande avait été acceptée et que nous pouvions désormais « prendre attache avec le secrétariat particulier du Président de la République ». Ce que nous fîmes immédiatement. Le secrétariat en question a noté notre demande, promettant de nous rappeler une fois que le Président donnerait une date. Ce qui n'est jamais arrivé. Pourtant nous avons rappelé une fois, deux fois, dix fois… « Il fait souvent ça quand il veut éviter de voir des gens », nous a assuré un de ses amis. L'attitude d'un homme qui a du mal à dire frontalement non à ceux qu'il veut éloigner, et qui nous fait penser à celle de Paul Ricœur, son ancien « mentor ».

« Un maître penseur plutôt qu'un maître à penser », comme le définira François Dosse dans sa biographie. Ricœur, contrairement à Mounier, n'est pas homme à endosser des responsabilités, ce que personne aux Murs Blancs n'avait anticipé. Plus problématique encore, pour éviter les conflits, il n'hésite pas à dire oui à tout le monde même s'il pense non, à pratiquer la politique de l'autruche. Il se révèle en tout cas incapable de prendre un parti clair. Maria Villela-Petit, ancienne étudiante très proche de Paul Ricœur, qui a été son maître de thèse et le témoin de son mariage, nous a raconté que si le philosophe était à ce point étranger à la confrontation, c'était à cause de son enfance terrible. « Sa mère est morte après sa naissance, son père est mort pendant la guerre 1914-1918, et son unique sœur est morte très jeune de la tuberculose. Ricœur s'est structuré comme tournant le dos au malheur. »

Aux Murs Blancs, Ricœur a toujours préféré flotter au-dessus de la mêlée en jouant sur son humour et sa grande distraction. Certaines lettres que nous avons retrouvées dans les archives de notre grand-père en témoignent. La plus parlante est celle du 10 novembre 1959 à propos du fameux agrandissement de la maison blanche. Depuis trois ans déjà, les Domenach veulent récupérer la salle de réunion, construite en 1956 dans l'aile nord de leur appartement. Ils ont quatre enfants et seulement deux chambres pour les loger. De plus, la revue étant devenue quasi indépendante des Murs Blancs, la salle sert beaucoup moins. Ils pourraient tout à fait organiser leurs réunions du dimanche dans la maison du gardien. Or Fraisse ne veut rien entendre. Il les accuse, comme souvent, de « manquer d'esprit communautaire ». Jim demande à Ricœur d'intervenir en tant que « nouveau ». Il argumente : « Je trouve amer qu'après quatorze ans de bons, loyaux et durs services, on empêche ma famille d'accéder à une situation de logement normal au nom de la communauté. » Et d'ajouter que l'utilité communautaire de cette salle, qui ne sert que quelques heures par an depuis sa nomination à la tête de la revue, ne peut pas être un obstacle « sérieux à l'élargissement demandé ». « Je suis prêt à me sacrifier pour des idées mais non pour des mythes », ajoute-t-il. Et s'il s'excuse de demander à Ricœur un tel service, il pense que lui seul « est capable de faire réfléchir Fraisse et de l'amener à un geste de générosité ». Ricœur ne dit pas non à Jim, mais n'en parle pas à Fraisse. Un an après, nos grands-parents ont obtenu gain de cause sans que Ricœur s'en soit jamais mêlé.

Notre oncle Jean-Luc confirme ce trait de caractère : « Un jour où j'ai demandé à Ricœur pourquoi il participait à des réunions communautaires dont il ne voyait pas forcement le sens, il m'a répondu : cela me fatigue moins que de dire non à Fraisse. »

Une attitude que l'on retrouve dans sa vie professionnelle. Un fait marquant à *Esprit* la résume. En 1957, notre grand-père, tout récent directeur de la rédaction, est convoqué par deux cardinaux et un archevêque : Rome menace de le condamner, ainsi que la revue. On lui reproche un manque de respect à l'égard de la hiérarchie épiscopale, un manque de soutien à l'école libre et surtout la promotion de certaines valeurs issues de l'athéisme. Il est vrai que Jim était un fervent combattant du conservatisme de Rome. Notre grand-père élabore alors un stratagème pour éviter de se mettre l'Église à dos tout en conservant sa liberté : en cas de condamnation, il se soumettrait parce qu'il est catholique, mais *Esprit* ne se soumettrait pas parce que ce n'est pas une revue catholique. Il en confierait donc la direction au protestant Paul Ricœur. Une option inconcevable pour l'Église ! Impossible qu'une revue aussi prestigieuse qu'*Esprit* devienne… protestante : « Ricœur avait dit oui, sur le principe, même s'il n'en avait aucune envie », a expliqué notre grand-père à François Dosse : « Heureusement que cela n'a pas eu lieu. Si Ricœur n'a cessé de nous éclairer sur tous les points importants de notre vie intellectuelle, il détestait les responsabilités. Il n'aurait voulu se fâcher avec personne, n'aurait jamais pu trancher… Pour diriger une revue, il faut savoir dire non. » Et de résumer son voisin et ami de toujours en une phrase lapidaire comme il en avait le secret : « On peut beaucoup en demander à Ricœur, mais pas avoir besoin de lui. »

Malgré les limites de Ricœur, son arrivée aux Murs Blancs va bel et bien insuffler une nouvelle dynamique. Ce que nous a confirmé notre oncle Jean-Luc : « À partir de l'installation de Ricœur, nous sommes entrés dans ce que je pourrais appeler l'âge d'or des Murs Blancs. Âge d'or car c'est là que Ricœur, Domenach et Marrou ont publié certains de leurs plus grands ouvrages. Âge d'or pour nous les enfants, pour qui le parc fut un merveilleux terrain de jeux et dont l'effervescence qui nous entourait a participé à notre éveil intellectuel. Âge d'or enfin, car nous fîmes tous l'apprentissage de ce qu'était l'engagement pendant la guerre d'Algérie. »

Dimanche 8 juin 1960, 8 heures

Comme tous les matins à la même heure, Paul Ricœur entame son tour du parc. À part son petit saut hebdomadaire au temple de Châtenay-Malabry en fin de matinée avec sa famille, son emploi du temps est inamovible. Après cet exercice matinal il ira s'enfermer dans son bureau, pour terminer le deuxième tome de sa *Philosophie de la volonté*, pendant que le reste de sa maisonnée dort encore. Comme d'habitude, il s'est couché plus tard et s'est réveillé plus tôt qu'eux. Il a du mal à se reposer quand il a un ouvrage sur le feu : même quand il dort, il reste en veille.

Le dimanche, chez les Domenach, la famille s'accorde généralement une grasse matinée jusqu'à neuf heures… sauf lorsque, comme aujourd'hui, le couple est réveillé plus tôt que prévu par une vision désagréable : Paul Fraisse en pyjama à quelques mètres de leur lit. Nos grands-parents avaient beau demander à Fraisse de frapper avant d'entrer, il n'avait jamais respecté cette règle. Comme Mounier… Et ce, surtout le matin, peut-être aussi, d'après notre tante Fanny, pour « mater » notre grand-mère en chemise de nuit. Nos grands-parents n'étaient pas les seules victimes de cette mauvaise habitude, dans une communauté où la règle voulait que les portes ne soient jamais fermées à clef.

Ce dimanche-là, Fraisse est d'humeur massacrante. Arrivé le matin même de Bruxelles par le train de nuit, il s'est aperçu qu'en son absence le maçon avait repeint les murs de la propriété en jaune moutarde. Une horreur ! Nos grands-parents étaient rentrés trop tard la veille pour le remarquer.

Ensemble, ils sortent de la propriété où les autres habitants sont déjà réunis pour constater les dégâts. Il ne manque que Paul Ricœur, toujours occupé à son tour du parc. Fraisse n'a pas tort : le jaune moutarde qui recouvre leur mur est affreux. Un débat s'organise pour savoir qui va réparer les dégâts et repeindre le mur en blanc. Alors que le ton commence à monter entre Domenach et Fraisse, Ricœur débarque. Étonné de voir tout ce monde réuni autour d'un pan de mur, l'air si catastrophé. Il se retourne vers Geneviève Fraisse et sa grande sœur Claire et leur glisse malicieusement : « Excusez-moi, mesdemoiselles, c'est bien ici les Murs Jaunes ? », déclenchant ainsi l'hilarité de tous les enfants et les regards réprobateurs de Fraisse et de notre grand-père.

CHAPITRE 4

Les suites de la communauté

> « C'étaient des gens qui vivaient dans leur tête, mais pas avec les autres. »
>
> Jean-Paul RICŒUR

Après la mort de Mounier, *Esprit* jouit toujours d'une réelle influence dans le débat public et les groupes *Esprit* restent aussi vivaces aux quatre coins du pays et à l'étranger. Quant aux Murs Blancs, ils demeurent pour le monde extérieur un lieu attaché à la mémoire du philosophe. Les réunions du dimanche continuent d'y être un haut lieu de la vie intellectuelle française et mondiale. Depuis 1960, lorsque les Domenach ont eu gain de cause pour récupérer une partie de leur appartement, ces rendez-vous hebdomadaires se tiennent au rez-de-chaussée de la petite maison, sous l'ancien appartement du gardien devenu la « bibliothèque Emmanuel Mounier ».

Ces réunions du dimanche attirent certains habitués, comme Jean Lacouture, journaliste engagé, grand reporter au *Monde*. Ce passionné de musique peut rester des heures à discuter opéra avec Marrou ; Jacques Delors, qui étaye ses analyses économiques avec autant de ferveur dans sa revue *Citoyens 60* qu'à leur table, le dimanche soir. Le père Chenu, soutien inconditionnel des prêtres-ouvriers, qui réussit régulièrement l'exploit de mettre d'accord Fraisse et Domenach. Et puis il y a ceux qui viennent de l'étranger pour passer quelques jours aux Murs Blancs afin d'assister aux débats ou en être le centre : Ivan Illich, cet Autrichien, vice-recteur de l'Université catholique de Porto Rico qui met à mal, dans ses discours, les sociétés industrialisées ; Stanley Hoffmann, ancien étudiant de Sciences Po, professeur de sciences politiques à Harvard, avec qui ils débattent des dangers de l'impérialisme américain ; ou Jorge Semprún, écrivain, ami d'*Esprit*, coordonnateur de la résistance communiste au régime de Franco en Espagne. Les gens qui s'y croisent sont tous différents : catholiques, protestants, juifs, athées… gaullistes, socialistes, anarchistes, même si la plupart d'entre eux appartiennent à cette mouvance de la deuxième gauche, incarnée par les responsables du groupe politique *Esprit*, Jean Ripert[1] et Jacques Delors[2]. Il n'y a guère qu'avec les extrémistes qu'ils n'arrivent pas à discuter.

1. Économiste et diplomate français (1922-2000).

2. En 1960 Jacques Delors travaille à la Banque de France. Membre du syndicat CFTC (ancienne CFDT), il a connu le groupe *Esprit* grâce à son président Paul Vignaux, ami de Marrou et collaborateur de *Témoignage chrétien*. Il signe alors, sous le pseudonyme

Si les échanges intellectuels sont toujours féconds, les rapports humains ne se sont pas réchauffés. Très peu de dîners ou de fêtes sont organisés entre voisins : « Chaque famille dînait chez soi, se souvient notre père, Nicolas. À part le jour de la Saint-Nicolas où il y avait un goûter chez les Fraisse car c'était mon parrain. Ou pour la Saint-Jean, où l'on se réunissait pour chanter autour de grands feux. » Il y a bien un dîner communautaire par mois entre adultes, mais il est vécu comme une corvée : « Par exemple, un fait aberrant pour vous montrer cette absence du plaisir partagé : quand nous étions petits, nous ne dînions jamais dehors. Fraisse était contre le fait de mettre des tables dans le jardin. Ça ne se faisait pas. Alors que toute la communauté aurait pu en profiter », poursuit notre père. Jérôme Baboulène est encore plus dur : « À partir de la mort de Mounier, chacun s'est replié sur ses médiocres acquis pour cultiver son petit jardin et défendre ses petits intérêts tout en préservant les apparences d'une continuité de la pensée du maître. Bref : tout le contraire de ce à quoi ils avaient adhéré. »

Les visiteurs extérieurs dressent le même constat : « La première fois que je suis venu ici, en 1957, j'avais déjà eu l'impression d'une communauté qui se survivait », nous a confié Jacques Julliard[1]. Julliard vient souvent aux Murs Blancs pour assister à des conférences, pour en donner

---

de Roger Jacques, dans différentes revues des articles d'inspiration socialiste.

1. À l'époque journaliste à *France Observateur*.

ou pour travailler avec Jim. Il a toujours trouvé étrange que les adultes ne jouissent pas plus du parc ensemble et que chacun d'entre eux tienne une certaine posture : « Quand j'arrivais aux Murs Blancs, je voyais Domenach qui s'agitait, Fraisse qui râlait, Marrou et Ricœur qui méditaient : la trilogie des moines », se souvient-il. Pensionnaire de l'ancienne loge du gardien pendant deux ans avec sa femme après ses études de médecine, Jean-Paul Ricœur résumera la situation : « C'étaient des gens qui vivaient dans leur tête, mais pas avec les autres. »

En fait, même une fois la pilule du « coup d'État » de notre grand-père avalée, les rapports entre lui et Fraisse puis entre Fraisse et le reste de la communauté n'ont fait que se dégrader. Jean-Paul Ricœur se souvient que Fraisse avait même réussi à s'engueuler avec son père, ce qui, connaissant le caractère de ce dernier, relevait du miracle : « Pour une histoire de chaises en plastique que mon père voulait récupérer et l'oncle Paul jeter. Fraisse n'a pas voulu que notre famille les prenne, car elles appartenaient à la communauté. Elles ont fini à la poubelle, ce qui était totalement absurde. » Fraisse était aussi intraitable concernant le partage des fruits du verger : « Même ses fruits pourris, on n'avait pas le droit de les ramasser », se souvient Jean-Paul, sinon il se mettait dans une colère noire. Si en façade Paul Fraisse avait de très bonnes relations avec Paul Ricœur, Jean-Paul Ricœur nous confirme que son philosophe de père ne tenait pas son voisin psychologue en haute estime. Comme Fraisse travaillait dans un laboratoire, Paul Ricœur disait à son propos qu'il faisait de la « ratologie » et « qu'il n'avait jamais vu un rat nous apprendre quoi que ce soit sur les humains ». « Mon père avait un vrai rôle de gendarme, nous confirme Geneviève Fraisse. Et comme Domenach et lui prenaient tout très au sérieux, y compris eux-mêmes, ça ne pouvait que mal se passer. » Mais si notre grand-père, dépeint par beaucoup comme « méprisant et caractériel », était loin de faire l'unanimité au sein de la communauté, Fraisse, lui, a fini par se mettre presque tout le monde à dos. La légende dit qu'en 1965, il s'est inscrit sur les listes des municipales du PSU (Parti socialiste unifié) à Châtenay-Malabry et qu'il n'aurait même pas atteint le nombre de voix des habitants des Murs Blancs.

C'est pourtant Fraisse qui tient coûte que coûte à faire vivre l'esprit des Murs Blancs. C'est lui qui insiste pour continuer les dîners communautaires et qui regrette leur arrêt au début des années 1980. C'est lui aussi qui, en 1961, soucieux de préserver l'avenir de la communauté, fait signer aux habitants un engagement moral pour le cas où l'un d'entre eux déciderait de louer ou de vendre son logement. Les règles sont simples : les autres habitants ont un droit prioritaire sur le rachat des parts du partant et doivent donner leur accord à l'unanimité sur le futur locataire ou propriétaire remplaçant. Il demande également aux enfants qui choisiraient d'habiter, une fois adultes, aux Murs Blancs, « de sauvegarder le climat humain et les exigences spirituelles qui ont permis à cette communauté d'exister et de se développer ». Fraisse s'était fait le gardien d'un temple qu'il détruisait malgré lui.

CHAPITRE 5

Les gardiens

> « Le poste de gardien n'avait pas de sens. »
>
> Paul Fraisse

S'il reste peu de traces des gardiens des Murs Blancs, ils ont joué un rôle capital dans l'aventure communautaire. Le premier, Gouzy, qui a assuré la surveillance pendant la guerre, a été remercié par ses habitants dès qu'ils ont repris possession des lieux. Persuadés qu'ils allaient pouvoir s'occuper du parc eux-mêmes, ces intellectuels se sont pourtant vite rendu compte qu'ils n'étaient pas doués pour les activités manuelles, que ce soit le débroussaillage du parc envahi de ronces et de mauvaises herbes, ou la culture des pommes de terre dans le verger. Et surtout qu'entretenir une telle surface demande beaucoup de travail. Mounier, qui prône l'équilibre de la personnalité par le développement de l'esprit et du corps, se distingue par sa maladresse. Quant à Marrou, il refuse d'y participer : il n'a aucun esprit pratique, inutile d'en faire la démonstration. Son père se moquait assez de lui à ce propos quand il était enfant. Seul Fraisse se révéle compétent pour le jardinage, persuadé longtemps qu'ils auraient tout pu faire eux-mêmes. Domenach et Baboulène suivent mais, comme les autres, ils n'ont pas le temps. À leur décharge, leurs week-ends à tous sont déjà occupés par la préparation de leurs cours, de leurs ouvrages, l'organisation des réunions *Esprit* ou le dernier article à rendre en urgence pour la revue. Ces hommes ont entre eux ce point commun : ils ne savent pas s'arrêter de travailler. Dès qu'ils en ont eu les moyens, ils ont été contraints d'embaucher des gardiens et des jardiniers dont certains sont devenus des personnages à part entière des Murs Blancs. Des personnages originaux, parfois étrange, voire terrifiants.

Après son licenciement Gouzy a longtemps continué de venir piller le verger, ne laissant pas aux habitants de quoi assurer leur subsistance. Il a fallu élever la voix. C'est bien sûr Fraisse qui s'en est chargé. Ce n'est qu'en 1953 que les habitants des Murs Blancs peuvent enfin engager des gardiens à temps plein. Il y a d'abord eu les Beaufour, un couple qui effectue quelques travaux dans la propriété en échange de la gratuité de leur logement et qui ne s'occupe en fait pas du parc. Les habitants des Murs Blancs ont eu beaucoup de mal à les mettre dehors. Puis, les Cornette. Le mari alcoolique et violent menace les enfants avec une hache s'ils se chamaillent avec sa fille, qui est une peste. La situation en est arrivée au point que les adultes ont construit un périmètre de sécurité autour de la maison du gardien et une aire de jeux pour leur fille, interdite aux autres enfants des Murs Blancs. À plusieurs reprises, Mme Cornette vient trouver refuge chez les uns ou les autres en les suppliant d'appeler Police-Secours, car son mari lui tape dessus. L'expérience les traumatise tellement qu'ils engagent une société de gardiennage pendant quelque temps. Puis, ils embauchent Stéphane, un vieux réfugié russe plutôt taciturne, qui ne vit pas aux Murs Blancs. Il rentre chez lui à Odessa au bout de deux ans.

Le plus marquant est Joseph Le Pen, un jardinier breton, qui reste à leur service de 1956 à la fin des années 1980. C'est le seul gardien qui trouve sa place dans la communauté. « Monsieur Le Pen » était intimidant, d'après les enfants, mais contrairement aux jardiniers précédents, plutôt sympathique. Ancien paysan, il adore passer du temps dans le parc et surtout dans le verger. Les adultes lui en ont même cédé une partie pour qu'il puisse cultiver ses propres légumes. Parfois il aide les enfants à faire fructifier leur parcelle. Mais gare à celui qui empiète sur la sienne ! Monsieur Le Pen, « le brave Le Pen », comme ont fini par l'appeler les habitants – « pour ne pas le confondre avec l'homme politique, à qui personne ne trouvait rien de brave », nous précise notre oncle Jean-Luc –, fait son travail comme il peut. Pourtant, le parc est toujours dans un état de quasi-abandon, à part le verger où des rubans de couleur différencient encore les groseilliers et cassis de chaque famille.

Nous nous sommes souvent demandé ce que ces gardiens, ces jardiniers, femmes de ménage, gardes d'enfants et autres chevilles ouvrières et domestiques des Murs Blancs avaient bien pu penser de cette communauté. Ils devaient trouver étranges ces gens si brillants et pourtant incapables de s'occuper du lieu incroyable dans lequel ils vivaient.

12 février 1988, 20 heures

« Papa, maman, y a quoi après l'infini ? » a demandé un soir Léa à nos parents, avant d'aller dormir. À cinq ans, elle avait soit quelques obsessions métaphysiques précoces, soit des stratagèmes élaborés pour retarder l'heure du coucher. En tout cas cette question les avait pris de court : « Euh après l'infini…, lui répond notre père en lançant à notre mère un regard interrogateur, il y a, il y a… demande à ton grand-père ! » Ah… mais pourquoi Jim aurait-il plus la réponse que nos parents qui sont censés tout savoir ? Mon père s'explique : « Il est philosophe, c'est son métier de répondre à ce genre de questions. » Il décroche alors le téléphone fixe pour l'appeler : « Allô papa, Léa a une question à te poser. » Puis il lui passe le combiné avec une pointe de fierté : « Allô Jim… ? Oui, j'ai une question : qu'est-ce qu'il y a après l'infini ?

— C'est une très bonne question… (Silence.) Et tout le monde n'a pas la même réponse.

— Pourquoi ?

— Parce que certains pensent qu'il n'y a rien. Et certains pensent qu'il y a Dieu.

— Et toi tu penses quoi ?

— Moi je pense qu'il y a Dieu.

— Mais on ne peut pas être sûr ?

— On ne peut pas être sûr. C'est à chacun de décider. Et toi tu penses quoi ?

— Je ne sais pas. Je te dirai quand j'aurai décidé.

— Tu as tout ton temps. »

Léa repasse le téléphone à notre père, perplexe. Philosophe, c'est quand même un drôle de métier.

CHAPITRE 6

Et Dieu dans tout ça ?

« Je me sens chrétien malgré tout. »
Nicolas DOMENACH

25 septembre 1961, 15 heures

« Toutes ces choses, ma main les a faites, et toutes ont reçu l'existence, dit l'Éternel. » Jacqueline Baboulène, debout dans son salon, lit un manuel de catéchisme. Gênée par la sueur qui perle sur son front, elle s'éponge avec son mouchoir en dentelle. En cette fin du mois de septembre 1961, l'été semble ne jamais se terminer. Elle lève les yeux et mesure l'attention de son public. Devant elle, une dizaine d'enfants assis en rang. Les siens sont obligés de se mettre devant. À part Jérôme Baboulène, son cadet, qui bâille ostensiblement, ils ont l'air concentré, connaissent par cœur leurs prières et semblent prendre goût à ses cours. Les autres enfants Domenach et Fraisse sont plus dissipés. Les grands ne cessent de poser des questions rhétoriques, juste pour la mettre en difficulté, et ne se satisfont d'aucune de ses réponses. Quant au petit Nicolas Domenach, il est tout simplement insupportable. Depuis le début de son cours elle n'a cessé de le reprendre : il cherche à déconcentrer Jérôme et à mettre la pagaille. Au fond de la salle, Jeanne Marrou surveille. D'un geste de la tête elle encourage Jacqueline à continuer. Jeanne est très forte pour répondre aux questions des enfants. Elle a de la patience, de l'intérêt pour le jeu dialectique et une certaine autorité naturelle. Quand elle comprend que la conversation ne mène nulle part, elle conclut d'un espiègle « C'est comme ça, c'est un mystère », signe qu'ils doivent s'arrêter là.

Jacqueline est très satisfaite de ce petit manuel de catéchisme dont elle se servait quand elle était petite. Il est simple, ludique, et surtout, elle a réussi à en trouver plusieurs exemplaires dans une foire aux livres, qu'elle a pu offrir aux enfants des Murs Blancs. Elle reprend sa lecture : « Voici sur qui je porterai mes regards : Sur celui qui souffre et qui a l'esprit abattu, Sur celui qui craint ma parole... » Nicolas l'interrompt d'un rire sonore. D'autres rires fusent. Jacqueline referme son livre d'un coup sec : « Tu peux nous expliquer ce qui te fait rire, Nicolas ? » Nicolas, l'air malicieux, attend quelques secondes avant de prendre la parole, sûr de son effet : « J'ai la preuve que Dieu n'existe pas. » Un brouhaha se fait entendre dans l'assemblée. « Pardon ? lui répond Jacqueline Baboulène courroucée.

— Les moustiques.

— C'est-à-dire ?

— Si Dieu est créateur de toutes choses, pourquoi aurait-il inventé quelque chose d'aussi pénible et inutile que les moustiques ? »

Devant tant d'impertinence, Jacqueline Baboulène n'a pas le choix. Elle exclut Nicolas du cours : inutile qu'il revienne la semaine prochaine.

Outre ces cours de catéchisme organisés tous les jeudis après-midi par Jacqueline Baboulène et Jeanne Marrou, la religion régit les comportements. À Châtenay, on prône l'économie plus que l'opulence, le recueillement plus que l'exubérance et on n'évoque jamais ouvertement la sexualité. En revanche, si la plupart des habitants entretiennent un rapport « passionné » voire charnel avec leur foi, ils gardent la distance nécessaire pour en faire un objet d'étude et critiquer les dérives de l'Église.

Marrou, qu'on entend parfois avec sa femme chanter des louanges depuis leur fenêtre du premier étage de la maison jaune, n'a jamais cessé de réfléchir aux dysfonctionnements de la hiérarchie catholique et de l'Église, qu'il lui a toujours semblé nécessaire de réformer. Il prône une vision du christianisme qui pourrait cohabiter avec le monde moderne, revenant sans cesse à son maître à penser, le philosophe et théologien chrétien, saint Augustin. Jeanne Marrou, elle, a rencontré Dieu en même temps que son mari et s'est fait baptiser sur le tard, au début des années 1920. Pour elle comme pour Henri, la question de la foi et de sa transmission a toujours été source de questionnement.

Au sein du couple Fraisse, la religion fait débat. Simone n'a pas la « foi » et n'éprouve pas le besoin de l'avoir, ce qui est difficile à accepter pour Paul. Peu après leur rencontre, alors que Fraisse est en captivité, leurs échanges épistolaires portent beaucoup sur cette révélation qu'attend Paul de la part de sa future femme. Il lui demande de prier, de rencontrer le père Daniélou[1], de faire des efforts, mais rien n'y fait. Simone l'intellectuelle, la femme réfléchie, n'a jamais cru en Dieu. Elle se plie à la culture religieuse de son mari, le suit à la messe du dimanche, mais n'a jamais communié, même devant ses enfants. Geneviève Fraisse pense que ses parents ont fait un pacte : « Ma mère était obligée de venir à la messe mais elle ne communiait pas. » D'après elle, si sa mère est devenue une grande spécialiste des auteurs chrétiens et notamment de Péguy, c'est par intérêt intellectuel, le même qu'elle pouvait avoir pour son mari ou pour Mounier.

C'est chez les Baboulène que le religieux est le moins remis en question. Quand, à l'âge adulte, les enfants Baboulène arrêtent d'aller à la messe, c'est une grande

1. Prêtre jésuite français, théologien de renom et membre de l'Académie française (1905-1974).

déception pour leur mère. Du coup, elle décide d'aller à toutes les messes du dimanche, pour « rattraper » celles qu'ils auraient manquées. Si leur père ne leur a rien dit, il n'en pense pas moins, lui-même ayant fait ses études chez les Jésuites. Dans leur famille élargie, il y a un oncle curé, une tante chez les Carmélites et une tante chez les Bénédictines, un héritage marqué… Les enfants des Murs Blancs se souviennent que tante Jacqueline était la plus croyante de tous : « Nos parents nous ont raconté qu'elle était devenue quasi mystique depuis la mort de Pierre, leur fils d'un an en 1948, dans un accident de voiture », se souvient notre père, mais d'après les enfants Baboulène, leurs parents ont toujours été très croyants, et ce bien avant la mort de leur fils.

Quant aux Ricœur, les seuls protestants de la bande, leur rapport à la foi est aussi passionné que questionné. Paul se rend souvent à la paroisse protestante de la Communauté de Robinson dont le temple se situe au centre de Châtenay-Malabry. Il y emmène sa famille le dimanche à dix heures trente et lui-même passe discuter avec les pasteurs, notamment avec Jean Abel qui a une vision personnelle de son culte : des débats suivent les prédications qui sont, contrairement à ce que veut l'usage, gouvernées par des assemblées mensuelles et non par l'entremise du conseil presbytéral.

Cette différence entre les catholiques et les protestants ne semble pas poser de problèmes au sein de la communauté. Les enfants Ricœur s'accordent à dire qu'ils baignaient aux Murs Blancs dans une atmosphère « empreinte de chrétienté ». Jean-Paul Ricœur ne voyait pas de différences entre eux et les autres enfants, tous catholiques : « Peu importe à quoi on croyait, tant qu'on croyait. »

Pour ce qui est de nos grands-parents, le catholicisme était comme flottant. Gazeux, mais réel. Jamais ils ne nous ont parlé directement de Dieu ou imposé une messe. Au-dessus du lit de Jim et Mamita, il y avait certes une croix, mais elle n'était pas particulièrement impressionnante, pas comme nous avons pu en voir dans les maisons de certains de nos amis. Notre seul lien avec la religion était la construction d'une petite crèche en papier kraft à Noël et l'installation de la figurine du petit Jésus dans son lit à minuit. Nous étions jusqu'ici persuadés que notre père Nicolas était un athée convaincu. Nous pensions qu'il avait arrêté de croire en Dieu, enfant, à cause du catéchisme. Quelle ne fut donc pas notre surprise lorsqu'il nous a avoué : « Mais je ne suis pas du tout athée ! », étonné que nous puissions penser une telle chose. Notre père croit donc en « une certaine immanence », affirme avoir hérité « du sens du sacré, de la transcendance ». Son rapport à la foi nous a d'autant plus surpris que notre mère est juive et que si elle n'est pas croyante, elle a toujours fait en sorte de nous imprégner de sa « culture » : nous célébrons les principales fêtes juives, nous allons pour Kippour à la synagogue avec notre grand-père, nous nous régalons des boulettes de nos grand-tantes Marlène et Jacotte à Pessah ou Roch Hachana… Nous pensions que, si notre père n'avait pas fait de même du côté du christianisme, c'est que pour lui cela ne devait pas être si important. En fait, s'il ne nous avait jamais parlé de religion, c'est qu'il pensait que « c'était aux femmes » et donc à Mamita, notre grand-mère, de le faire. Nous n'avons toujours pas compris pourquoi cette tâche relevait d'un caractère genré, mais peu importe, le message a dû se perdre quelque part, puisqu'elle ne nous en a jamais parlé.

Quoi qu'il en soit, nos parents ont décidé de nous laisser libres de choisir, ou plutôt de ne pas choisir notre religion. Cela a fait de nous des bons petits athées… comme la plupart des enfants des Murs Blancs. Les adultes des Murs Blancs considérant que la foi faisait partie de la liberté individuelle de chacun. S'ils pouvaient être déçus que leurs enfants, une fois grands, ne partagent pas leur croyance, ils étaient en même temps heureux de leur émancipation : « Nos parents nous ont donné les clés pour choisir. Nous n'étions jamais obligés de croire », nous raconte Jean Fraisse, dont le père considérait l'athéisme de ses enfants à la fois comme l'une de ses plus grandes déceptions et l'une de ses plus grandes fiertés. C'est peut-être notre père qui résume le mieux cet héritage religieux compliqué et un peu épars, propre à leur génération. Au fond, nous a-t-il dit, « je me sens chrétien malgré tout ».

CHAPITRE 7

Les femmes

> « Voilà de quoi alimenter mon féminisme. »
>
> Nicole Domenach

Écrire un chapitre à part sur les femmes des Murs Blancs nous a mis mal à l'aise. Nous avions l'impression de les mettre de côté comme si elles n'étaient pas partie prenante de cette histoire. Pourtant, évoquer leur présence ici et là les rendait encore plus invisibles, étant donné que c'est d'abord l'Histoire qui les a invisibilisées. À commencer par notre grand-mère, Nicole, dite Mamita.

En 1994, à l'occasion de leurs cinquante ans de mariage, nos grands-parents ont écrit un émouvant recueil à quatre mains, destiné à leurs enfants et leurs petits-enfants : « L'amour et la guerre ». Dans ce livret bleu d'une centaine de pages, ils racontent chacun à leur tour leur vie entre 1939 et 1945, leurs actes de bravoure et la naissance de leur histoire d'amour… En le relisant aujourd'hui, nous nous rendons compte que si Mamita parle beaucoup d'amour, Jim, lui, parle beaucoup de bravoure et surtout de la sienne. Pourtant, notre grand-mère n'a pas été la moins courageuse des deux.

Cette fille de notable a passé son enfance dans le château de Talencé, une magnifique propriété du Beaujolais, entourée de vignes. Le premier réflexe de sa propre grand-mère, en apprenant l'occupation allemande, est de cacher des caisses pleines d'argenterie dans un étang du parc. Son frère aîné s'engage dans la Légion des volontaires français contre le bolchevisme (LVF) pour aller combattre sur le front russe au côté de l'armée allemande. Il meurt à la Libération avant son procès pour trahison, où Nicole est appelée comme résistante à témoigner en sa faveur. En 1939, jeune bachelière, elle convainc ses parents de la laisser faire des études supérieures et de l'envoyer à Lyon, car au lycée, elle avait gagné un premier prix de philosophie. À l'époque, il est inimaginable qu'une fille de sa condition parte étudier loin de sa famille, au risque qu'elle puisse rencontrer des garçons. Ses parents n'ont pas complètement tort, puisque c'est en première année, à la faculté de lettres et de philosophie, qu'elle fait la connaissance de Jean-Marie Domenach et de son ami Gilbert Dru. Ces khâgneux qui, raconte-t-elle dans ce livret, « la regardaient de haut », assistent à certains des cours qu'elle suit à la fac.

Dès 1940, à seize ans à peine, elle s'engage activement dans la Résistance. Difficile d'imaginer Mamita, adolescente, abriter le comité de résistance Inter-Facs dans sa chambre de bonne lyonnaise. Tous les jours, Mamita sillonne la ville à vélo pour distribuer sous le manteau sa « fournée de la journée » (tracts, faux papiers, faux tickets de rationnement...). Arrêtée chez sa voisine par la police française, elle est interrogée pendant un après-midi entier sur les raisons de sa présence chez cette femme, identifiée comme le maillon d'un réseau de distribution de faux papiers, alors qu'elle-même cache des documents compromettants sous sa robe. Ses propres parents ignorent tout de son activité. Ce jour-là, elle échappe de peu à Klaus Barbie. Le chef de la Gestapo lyonnaise, qui doit venir l'interroger, a finalement mieux à faire. Une fois libre, elle n'a pas le choix : il lui faut partir. Elle rejoint le maquis, d'abord pour sa survie, ensuite pour prévenir ses camarades de la menace qui pèse sur eux. Elle part aussi retrouver celui avec qui, un an auparavant, elle a « scellé son destin », à Lyon, en acceptant sa demande en mariage : notre grand-père. Avec sa fausse carte d'identité, au nom de France Nollet, elle rejoint le Vercors et la faction du « vieux chef » Pierre Dunoyer de Segonzac, directeur et fondateur de l'École de cadres d'Uriage, à Ambazac. Celui-ci la surnomme « l'infante » et l'envoie avec d'autres femmes comme agente de liaison dans le reste du maquis, puis dans les grandes villes alentour pour rassurer les familles des résistants.

Notre grand-mère dépeint avec distance et humour les conditions de vie d'une femme parmi les maquisards. À peine tolérées, elles dorment entre elles dans la forêt par peur de mauvaises visites dans leurs baraquements – comprendre des viols, qui semblent monnaie courante. Agentes de liaison, assistantes sociales ou infirmières, elles n'ont pas le droit aux armes, même en cas d'attaque, même quand elles partent avec les hommes à l'assaut d'un train allemand rempli de munitions. « La guerre n'est pas une affaire de femmes », leur répète le vieux chef. Mamita raconte l'une de ces attaques avec précision. Elle se souvient de ses compagnons Hubert Beuve-Méry et Benigno Cacérès[1], dit Mirouze, qui répondent aux balles des Allemands alors qu'elle doit se cacher dans une tranchée en attendant de soigner les blessés : « Voilà de quoi alimenter mon féminisme », conclut-elle dans son texte, convaincue qu'elle aurait été plus utile (et plus en sécurité) avec un pistolet. Enfin, y a-t-il une partie de la vie de notre grand-mère qui ne saurait alimenter le féminisme ? Cette histoire même, « L'amour et la guerre », n'est autre que la construction d'un mythe, celui de son mari, un grand homme derrière lequel elle s'efface, comme elle l'aura fait toute sa vie. Comme l'ont fait ses compagnes de route des Murs Blancs. Si Mamita n'avait pas écrit ce livre, nous n'aurions jamais rien su de son courage et l'histoire n'aurait retenu que les actes de notre grand-père qui, comme tous ses frères d'armes, ont bien souvent oublié de citer leurs sœurs. Comme elle, au sein des Murs Blancs, certaines ont eu des carrières, des

1. Historien autodidacte, futur fondateur du mouvement Peuple et culture, et figure de l'éducation populaire (1916-1991).

vies intellectuelles riches et ont fait preuve de bravoure à une époque où on ne les laissait pas faire. Elles ont défié les conventions et leur milieu. Elles ont pris tous les risques et sans elles la communauté n'aurait pas pu fonctionner.

Au sein de la communauté, notre grand-mère et Simone Fraisse sont trop occupées pour participer au noyau que forment Paulette Mounier, Jacqueline Baboulène, Jeanne Marrou et Simone Ricœur, les femmes qui ne travaillent pas. Geneviève Fraisse se souvient de les observer discuter « pas toujours de manière bienveillante », depuis la fenêtre de sa chambre qui donnait sur le rond de pelouse entre les deux maisons, « alors qu'elles étaient connues dans tout le quartier pour leurs bonnes œuvres ». Si elles sont de tous les combats de leurs maris, ces femmes ont aussi les leurs : distribution de nourriture dans les bidonvilles voisins, animation de la paroisse de Châtenay, éducation des enfants…

Parmi elles, s'il y en a une dont le souvenir éveille un sourire chez tous les enfants des Murs Blancs, c'est bien Jacqueline Baboulène. Tout le monde l'adorait. Elle était la seule à inviter les enfants des autres à sa table pour dîner : « Notre mère était la plus maternelle des femmes de la communauté », se souvient Anne-Catherine Baboulène, et sans doute « l'une des meilleures cuisinières ». « La mère nourricière des Murs Blancs », résume notre tante Fanny : « Très protectrice et débordée par les enfants. » Débordée aussi par sa fille aînée Marie-Françoise, atteinte d'un grave diabète : « Elle était persuadée qu'on lui volait ses petites culottes sur sa corde à linge. Elle nous réprimandait gentiment, ça nous faisait mourir de rire », se souvient notre oncle Jean-Luc. Ils ont moins retenu ses actes héroïques pendant la guerre, où en l'absence de son mari, en camp de détention, elle faisait passer des gens clandestinement de part et d'autre de la ligne de démarcation.

Plus discrète, Jeanne Marrou s'est dévouée à la carrière de son mari. Titulaire d'une licence d'histoire à l'université de Grenoble, elle refuse un poste dans l'enseignement pour pouvoir suivre l'historien en Italie alors qu'il rédige sa thèse et ainsi s'occuper de leurs enfants. Comme il n'a pas son permis de conduire, elle fait office de chauffeur. Elle relit aussi ses articles et s'occupe des traductions pour le journal pour lequel il écrit au Canada. Pourtant, elle n'a jamais souhaité signer de son nom à elle, malgré l'insistance de son mari et de ses enfants. Elle consent tout de même à signer ses traductions françaises de livres anglais, comme celle de Peter Brown, *La Vie de saint Augustin*, mais cela s'est arrêté là. Pour elle, l'intellectuel c'est Henri, même s'il l'implique et lui fait relire tous ses travaux pour avoir son avis. Marrou a confié un jour à sa fille Françoise : « Si le musicien signe Davenson, l'historien signe toujours Marrou. Car c'est notre nom à Jeanne et moi », conscient de ce qu'il devait à sa femme.

Simone Ricœur, elle aussi, s'est dévouée à la carrière de son mari, mais dans un style plus conventionnel : « Notre mère faisait en sorte que mon père n'ait à se préoccuper de rien d'autre que de son travail », nous a confié Jean-Paul Ricœur : « Quand il se levait, le petit-déjeuner était prêt ; quand il rentrait du travail, le dîner était prêt. » C'est elle aussi qui veille à l'éducation et à créer du lien. Elle surveille les devoirs, parle avec enthousiasme à table des derniers romans policiers qu'elle a lus, genre dont elle est friande. Paul est le premier des enfants, il ne peut rien faire sans elle. Il veut qu'elle parte avec lui dans tous ses déplacements, même aux États-Unis alors qu'elle ne parle pas un mot d'anglais. Elle est supportrice, fan numéro un, pleine de bonne volonté et de tendresse. Toujours prête à rire des blagues de son mari. Sans être elle-même un boute-en-train, elle a de l'humour, apprécie les bons mots et les dîners à rallonge. Quand Paul invite tel ou tel de ses amis à dîner, elle est toujours ravie.

Paulette Mounier, elle, s'occupe à plein temps de faire vivre la mémoire d'Emmanuel. On s'amusait à dire qu'elle était « veuve professionnelle », nous raconte notre père. Être la veuve d'Emmanuel Mounier semble être très prenant. Entre répondre aux nombreux courriers, organiser colloques et expositions, éditer ou rééditer ses écrits, recevoir les anciens amis… Paulette est une femme occupée. La seule qui, au dire des enfants, avait pour volonté de créer du lien social dans la communauté afin que le projet d'Emmanuel lui survive, sans pour autant se le réapproprier (comme le faisait Paul Fraisse).

Elle reçoit aussi beaucoup de visites d'amis de l'époque où elle était conservatrice au musée de Bruxelles. Elle garde le goût de la peinture et de la musique et tient à le transmettre à ses filles.

D'un autre côté, il y avait notre grand-mère et Simone Fraisse, les femmes qui travaillent. Toutes les deux cultivent leur singularité. Notre grand-mère a en plus, comme signe distinctif, d'être particulièrement belle. Les hommes se pâment devant elle, les petites filles l'admirent en secret : « Si belle, si élégante. Elle incarnait une féminité que les autres femmes n'avaient pas. Avec ma sœur nous pensions qu'elle était trop bien pour son mari, qui, lui, n'avait pas du tout ce raffinement », raconte Thérèse Baboulène. Autre singularité : elle s'épanouit avec ses propres moyens, ce qui est incongru pour une femme de l'époque. Malgré le manque d'argent, elle se fait confectionner des robes sur mesure dans des tissus magnifiques. Elle les commande à son amie Loulou, couturière à Carpentras, après avoir repéré des modèles dans des magazines féminins. Dans les années 1970, elle s'est acheté une BMW. Elle aime la vitesse, contrairement à notre grand-père qui n'aime pas conduire. Un comportement qui provoque quelques jalousies chez les adultes : « Notre mère était considérée comme une oie blanche *(une jeune fille niaise de bonne famille).* Elle n'avait aucune amie femme », raconte notre tante Fanny. Nicole travaille et ramène autant si ce n'est plus d'argent que son mari. Après son CAPES de lettres elle devient professeure à l'école d'art appliqué

Estienne, où elle marquera des générations d'élèves. À tel point que nous avons été contactés par l'un d'entre eux, curieux de savoir ce qu'était devenue sa « si belle et si intelligente professeure de français », la seule qui « avait cru en lui ».

Quant à Simone Fraisse elle en impose. Tous les enfants des Murs Blancs, les siens compris, évoquent sa froideur. Je l'appelais « l'iceberg », nous confie sa fille, Geneviève. Simone fut en 1935 la première femme en France à obtenir l'agrégation de lettres classiques, jusqu'alors réservée aux hommes. Elle fut une pionnière, tout comme sa sœur Boëly, dans le domaine de la médecine. Sûrement parce que leur père, professeur de latin-grec, les avait « élevées comme des garçons », analyse Geneviève Fraisse. Professeure agrégée de lettres aux lycées Fénelon et Racine à Paris, elle est ensuite nommée à la Sorbonne maître-assistante au début des années 1960, puis directrice de l'UER de littérature française. Elle réussit sur le tard à terminer sa thèse sur *Charles Péguy et le monde antique*, dont elle tire un livre édité chez Armand Colin, et participe à l'édition des œuvres complètes de la philosophe Simone Weil[1]. Notre grand-mère éprouvait une certaine empathie pour Simone Fraisse. Elle savait à quel point il était difficile de s'imposer dans le monde du travail en tant que femme : « Simone Fraisse a bien mené sa barque », nous a-t-elle confié un jour.

---

1. Elle participa à l'édition des *Œuvres complètes* de la philosophe chez Gallimard (tome II : *Écrits historiques et politiques*).

Notre grand-mère a elle aussi écrit un livre, des portraits de femmes de son époque[1]. Elle nous a confié qu'elle aurait aimé avoir eu le temps d'écrire davantage. Mais contrairement à Simone Fraisse, elle ne « déléguait pas l'éducation de ses enfants aux autres ». Les Fraisse gagnent mieux leur vie et peuvent se permettre d'engager des « bonnes » pour garder leurs enfants ou s'occuper du ménage. Des tâches que méprisent les hommes, qui ont en plus pour coutume d'offrir gîte et couvert à n'importe quel ami de passage comme si leurs ressources étaient illimitées. Et ils en ont vu défiler du monde. Chaque soir ou presque, il y a de nombreux invités. Simone Paumelle, femme du psychiatre Philippe Paumelle, et habituée des lieux, se souvient de ces réjouissances mais surtout de l'inégalité qui caractérisait leur organisation : « C'était toujours les femmes qui devaient se débrouiller avec les moyens du bord pour nourrir ces immenses tablées. Pour les hommes, les problèmes domestiques n'existaient pas. »

1. Nicole Domenach, *Femmes libres : le métier, les amours, la vie*, Le Félin, 1991.

CHAPITRE 8

Un incroyable terrain de jeux

> « Je garde de ce parc le goût d'un paradis perdu. »
>
> Anne-Catherine BABOULÈNE

Pour les visiteurs extérieurs, il paraît impensable que des enfants aient pu ne pas s'épanouir dans ce lieu. Devant la beauté de ce parc incroyable on ne peut être que nostalgique. Quel bonheur cela doit être de grandir ici ! Nous-mêmes, enfants, avons passé des heures à y jouer, à l'explorer, à l'exploiter. Le temps filait toujours trop vite. Loin de nous douter que si les générations passent et ne se ressemblent pas, les jeux, les cabanes dans les arbres et les traditions perdurent. Et que si nous y avions accès un dimanche par mois, nos parents y passaient leurs journées, et s'étaient approprié ce décor plus qu'aucun d'entre nous. Les entendre nous raconter tour à tour leur prime enfance dans ce parc a été magique. Nous les imaginons toujours dehors, en bande, à jouer en culottes courtes, qu'il pleuve, qu'il vente, ou qu'il neige.

Jean-Luc Domenach, notre oncle, se souvient des cris de guerre qu'il poussait du haut de ses douze ans, jaillissant de derrière un pommier. Un couvercle de poubelle à la main en guise de bouclier, un bout de bois dans l'autre, il était généralement suivi par une bande d'enfants entre cinq et douze ans, munis de pommes de pin, pommes pourries, marrons et couvercles de poubelle, pour bouter l'envahisseur imaginaire du jardin voisin, situé derrière le verger. Ce château à moitié en ruine, bâtisse adjacente aux Murs Blancs et inoccupée depuis leur arrivée, est vite devenu leur terrain de jeux favori. Il faut croire que leur propre parc n'était pas assez grand pour leur imagination galopante. Notre père se souvient d'y avoir passé des après-midi entiers pour « régler leur compte aux doryphores[1] ». En plus de s'amuser comme tous les autres enfants aux cow-boys et aux Indiens, les enfants s'imaginaient revivre les actes de résistance de leurs aînés. « Nos parents nous avaient raconté qu'on avait récupéré ce lieu occupé par les Allemands, c'était comme si on l'avait libéré nous-mêmes », se souvient-il. Les enfants lançaient des projectiles sur les carreaux du vieux château, pour déloger les agents de la Gestapo. Une véritable

1. Insecte coléoptère aux élytres rayés de noir, parasite des feuilles de pommes de terre qu'il dévore, et surnom donné aux Allemands pendant la guerre pour leur propension à manger beaucoup de pommes de terre.

entreprise de destruction. Souvent les plus jeunes, dont notre tante Fanny, devenaient une cible involontaire et se prenaient un marron ou une pomme sur la tête, déclenchant les pleurs et l'exaspération des plus grands. Fanny se souvient encore avec nostalgie qu'elle montait jusqu'en haut du grand pin au centre de la pelouse pour observer Paris, sans aucun adulte pour lui demander de redescendre à cause du danger… chose qu'elle ne laissera jamais faire plus tard à ses propres enfants.

Les enfants des Murs Blancs ont baptisé chaque parcelle de terrain d'un surnom aux consonances magiques. Ils se donnent « rendez-vous à Châtel-Montagne », devant « la petite colline », ou au verger où chaque enfant a sa parcelle, pour cultiver les fruits et les légumes de son choix. Ils doivent aussi y ramasser ceux des parcelles de leurs familles avant qu'ils ne pourrissent. Chacun à tour de rôle, selon les saisons, se trouve de corvée de groseilles ou de pommes de terre, et gare à celui qui chipe les vivres du voisin ! Sur leurs vélos, ils pédalent à toute vitesse : « On faisait les quatre cents coups, se souvient notre père. On allait dézinguer les lampadaires au lance-pierre. On poursuivait les oiseaux… » Derrière les immenses haies de rhododendrons, chaque buisson forme une cabane. Il y en avait cinq en tout et chacune appartenait à un « couple ». Vincent Domenach, notre oncle, partageait sa « maison » avec Claire Fraisse, un peu à regret. Même s'il l'aimait beaucoup, il était secrètement amoureux d'Anne-Catherine Baboulène, qui partageait la sienne avec son frère Jean-Luc. Pourtant, durant leur petite enfance, il n'y eut aucune amourette entre eux. Déjà parce que la sexualité était taboue, mais surtout parce qu'ils se considéraient comme des frères et sœurs.

Pour ces enfants, les vies s'organisent autour du jeu, du sport, de la nature et du plaisir de se retrouver en bande. Les concours de dérapages à vélo, les parties de cache-cache à n'importe quelle heure du jour et de la nuit, les cabanes aux quatre coins du jardin, les parties de badminton ou de ping-pong… Pour Anne-Catherine Baboulène ce parc et la liberté dont ils jouissaient reste encore aujourd'hui un « paradis perdu ». Notre père nous rappelle aussi qu'à l'époque ils n'avaient pas la télévision. Elle n'est arrivée qu'au début des années 1960, chez les Fraisse, ce qui fut un événement. Beaucoup d'entre eux ont déjà l'impression d'être en décalage par rapport à leurs camarades de classe qui se racontent les programmes de la veille… déjà qu'ils ne se mélangent pas beaucoup avec les enfants de l'extérieur. Pourtant, même cette irruption de la modernité dans leur quotidien ne les a pas séparés. Ils continuent à organiser leur vie dans le parc et à se retrouver le soir à dix-huit heures chez les Fraisse pour regarder *Rintintin*… tous ensemble.

CHAPITRE 9

Les principes éducatifs

« Nous n'étions pas du tout des enfants rois. »

Nicolas DOMENACH

Si les enfants des Murs Blancs ont échappé au projet de centre pédagogique imaginé par Mounier, ils ont tout de même fait l'objet d'une éducation collective. Enfin du moins sur le papier. D'après notre grand-père : « Tous les adultes se sentaient responsables solidairement de l'élevage, de l'éducation des enfants. » Chaque « oncle » et chaque « tante » ont un droit d'autorité sur tous les autres enfants de la communauté, sans aucune distinction. Une autre règle leur paraît essentielle : tous les enfants doivent partager leurs jouets pour gommer les différences de richesse et éviter les jalousies.

Si chaque famille a ses spécificités, les parents des Murs Blancs ont quelques points communs, notamment un manque de chaleur humaine et une absence de transmission intellectuelle. Anne-Catherine Baboulène nous a raconté son étonnement lorsque son père, toujours absent, leur ramenait parfois un cadeau de ses voyages : « On se disait que c'était incroyable qu'il ait pensé à nous alors que nous n'étions pas devant ses yeux. » Un père austère qui impose le silence, y compris à table, et lorsqu'il parle, c'est toujours pour évoquer un sujet politique ou religieux. Jean Baboulène ne s'anime que lorsqu'il reçoit des invités à la maison. Anne-Catherine et sa sœur Thérèse souffrent du manque de sensibilité artistique de leurs parents. Elles envient leur copine Martine Mounier qui joue du piano. Chez les Domenach aussi, il y a un magnifique piano demi-queue. Mais notre grand-mère est la seule à avoir le droit de l'utiliser. Notre oncle Vincent aurait bien aimé en jouer, mais selon ses dires, dès que sa mère le surprenait derrière l'instrument, elle lui faisait les gros yeux : « C'est un art réservé aux femmes », disait-elle.

Dans l'appartement des Fraisse, on privilégie le couple aux enfants. Geneviève Fraisse décrit ses parents comme une unité hermétique, que les enfants avaient souvent peur de troubler. Ses parents avaient fait construire un immense bureau pour deux, où ils étaient assis l'un en face de l'autre. « On se demandait s'ils se touchaient les pieds pendant qu'ils travaillaient… » Avec sa femme et même parfois ses enfants, Paul Fraisse se montre affectueux, voire charnel : « C'était quelqu'un de très tactile », se souvient Geneviève.

Chez les Domenach, les enfants n'ont pas non plus le droit de cité. Lorsque notre oncle Jean-Luc cherche à débattre avec notre grand-père, notre grand-mère met vite fin à la conversation : « Pas de politique à table ! » « Nous n'étions pas du tout des enfants rois. Quand il y avait des invités, on ne parlait pas et le reste du temps, les parents distribuaient la parole », se souvient notre père.

Parmi les Ricœur, c'est Simone qui s'occupe de l'animation et discute avec ses enfants. Paul est souvent silencieux, « préoccupé par son travail », nous raconte son fils Jean-Paul. Lorsqu'il y a un invité, alors là c'est différent. Même quand celui-ci a l'âge de ses enfants. Tout à coup Paul se transforme, pose plein de questions, devient bavard, parle de son travail avec passion et pédagogie. « En fait, résumera notre père, personne ne s'occupait de ses propres enfants ni de ceux des autres, ils étaient trop occupés à sauver le monde. »

Pour leur défense, cette génération pré-soixante-huitarde n'a pas encore été bercée par les principes éducatifs de Françoise Dolto ni le culte de l'enfant roi. Pour beaucoup d'intellectuels de l'époque, l'éducation des enfants n'est pas un sujet digne d'intérêt. Ce qui est particulier aux Murs Blancs, c'est que les enfants bénéficient d'un lieu incroyable et protégé du monde extérieur : le parc. Une sécurité bien commode pour ces adultes. « Je me rends compte que quand j'étais petite, je n'ai jamais rien fait à l'extérieur avec mes parents, se souvient Geneviève Fraisse. Pas une fois ils ne m'ont emmenée au zoo, à la fête foraine ou au cinéma… » Tant qu'ils rentrent à l'heure pour dîner et ramènent des bonnes notes de l'école, les enfants sont libres de faire ce qu'ils veulent.

Ce qui arrange les adultes, car dès qu'ils sont ensemble, ils considèrent leur progéniture comme un tout. Pour notre tante Fanny, cette éducation a été une « vraie réussite personnaliste », car elle a joui d'« une réelle liberté individuelle au sein du groupe ». Le reste de la troupe est plus mitigé… Geneviève Fraisse, elle, garde de mauvais souvenirs de son enfance : « L'éducation était globale mais pas collective. » Et les enfants étaient des entités interchangeables : « Votre grand-père n'a jamais pu nous différencier, ma sœur et moi, alors que nous n'avions pas du tout la même corpulence. La première fois qu'il m'a appelée par mon prénom, c'est le jour où j'ai été admissible à l'agreg », nous a-t-elle confié.

Livrée à elle-même, la petite troupe en culottes courtes organise sa communauté indépendamment de celle des adultes. Une société façonnée, de façon consciente ou non, à l'image de celle de leurs parents. Avec son émulation, mais aussi ses conflits.

CHAPITRE 10

Sa majesté des mouches

> « Nous passions notre temps à singer les adultes. »
>
> Jean-Luc Domenach

Lorsque les Ricœur s'installent en 1957, les Murs Blancs comptent une vingtaine d'enfants. Les plus grands, ceux nés avant la guerre, Françoise, Jean et Catherine Marrou, Anne Mounier, Marie-Françoise Baboulène, Jean-Paul, Marc et Noëlle Ricœur, sont assez vite partis vivre leur vie à l'extérieur. Les autres, ceux nés entre 1945 et 1955, forment une communauté, dans laquelle les rapports de force sont déterminés par l'âge. Nés après 1950, Nicolas Domenach, Jérôme Baboulène, Fanny Domenach, Étienne Ricœur, Agnès Fraisse appartiennent au groupe des « petits », même si certains d'entre eux auront la chance d'être promus « moyens ». Thérèse Baboulène, née en 1946, puis Martine Mounier, Anne-Catherine Baboulène, Claire Fraisse, Olivier

Ricœur et Vincent Domenach, nés en 1947, font partie du groupe des « grands ». Seule à être née en 1948, Geneviève Fraisse occupe une place intermédiaire, pour son plus grand malheur : « J'étais celle qui appartenait aux grands mais qui ne devait pas leur appartenir. D'où les charmants surnoms de votre oncle Jean-Luc : "Bébé rose", "Super Babe", "Baby l'œil" », nous raconte la philosophe.

Nés en 1945, les deux aînés, Jean-Luc Domenach et Jean Fraisse, se sont attribué le rôle des chefs et font régner la terreur : « Ils décidaient de tout. Et si nous n'étions pas d'accord avec eux, ils menaçaient de rapporter nos méfaits à nos parents », nous raconte Thérèse Baboulène. « Ils étaient le relais du regard des adultes », confirme Geneviève Fraisse. Françoise Marrou se souvient des plus petits partant à l'école en file indienne : les garçons Domenach vers le lycée Lakanal et les filles vers Marie-Curie. Jean et Jean-Luc menaient les troupes et ceux qui ne rentraient pas dans le rang en prenaient pour leur grade : « Ils nous fouettaient avec des orties », se souvient Anne-Catherine Baboulène. « Avec Jean-Luc, nous étions les caïds », résume Jean Fraisse.

Les enfants fondent leur propre mouvement politique : l'Association des enfants des Murs Blancs (ADEM), ainsi que leur propre journal : *Murs Blancs cancans.* Jean-Luc Domenach est le directeur de l'association, Jean Fraisse le secrétaire général, Olivier Ricœur le commissaire aux loisirs et Vincent Domenach le trésorier. Pour imiter les imitateurs, les plus petits, Nicolas Domenach, Jérôme Baboulène et Fanny Domenach créent le BDM (l'Association des benjamins des Murs Blancs). Quant à Geneviève Fraisse, comble de l'humiliation, Jean et Jean-Luc lui proposent de « gérer le groupe des petits », puisqu'elle n'a pas sa place chez les grands : « Les grands rêvaient de rééditer ce modèle inaccessible parce que leurs parents étaient des héros de la Résistance, analyse notre père, et nous les petits nous suivions… quand ils nous le permettaient. » « Dans tout ce que nous faisions, nous passions notre temps à singer les adultes », confirme notre oncle Jean-Luc.

Tels les membres d'une société secrète, les enfants ont pour habitude de se réunir de jour comme de nuit. Le soir, sur le perron de la maison blanche, Olivier Ricœur ou l'une des grandes sœurs Baboulène exécute leur habituel signal de ralliement : ils tapent sur les tuyaux de canalisation qui descendent le long du bâtiment. Les garçons Domenach rappliquent par les fenêtres du rez-de-chaussée, les petits Fraisse et les filles Mounier par la porte d'entrée. Une fois dehors, ils se déplacent sur la pointe des pieds jusqu'à la maison jaune. Au rez-de-chaussée, la lumière du bureau de Ricœur est toujours allumée jusque très tard dans la nuit. Pour ne pas se faire repérer, ils longent, à quatre pattes, les parterres de roses de tante Simone Ricœur et descendent à pas de loup à la cave de la maison jaune, celle des Marrou. Un lieu à faire fantasmer tous les collectionneurs de vinyles. Pianiste hors pair et grand fan de musique, Marrou y entasse les plus grandes œuvres de Bach, Stravinsky, Monteverdi, qui se mêlent aux artistes du moment comme Piaf, Prévert ou Cosma. On y trouve aussi quelques pépites folkloriques comme ces musiques traditionnelles qu'il rapporte du Canada où il enseigne, ainsi que des chants militaires de la France d'avant guerre. Les enfants ont obtenu l'autorisation d'y installer le QG de l'ADEM dès 1960, à condition d'être respectueux de tous ces trésors. Dans ses *Souvenirs*, Fraisse assure qu'on peut encore trouver les inscriptions de leur présence sur les murs, mais nous n'avons jamais rien vu.

Dans leur grande bonté, les grands invitent parfois notre père Nicolas, qui fait partie des « petits », à participer à leur réunion, mais rarement son copain Jérôme Baboulène, qu'ils trouvent un peu « mollasson ». Entre eux, ils le surnomment « Jojo Molle », ce qui le fait pleurer. Une fois tout le monde réuni, Jean Fraisse ou Jean-Luc donne l'ordre du jour. Il concerne leurs futures activités aux Murs Blancs, mais surtout l'organisation et le sommaire du prochain numéro de *Murs Blancs cancans*. Si les deux compères sont d'accord pour que chacun puisse, en principe, s'y exprimer librement, pas question d'imprimer n'importe quoi et encore moins de se moquer d'eux. Jean-Luc n'a pas trop apprécié le premier reportage de son frère Nicolas, onze ans à peine, sur le « réveil des Domenach ». Il y a décrit les grognements de Jean-Luc pendant son sommeil, ce qui lui a valu d'être surnommé par les autres le « gorille ».

Lorsque nous avons feuilleté quelques exemplaires du journal, nous avons été impressionnés par le sérieux et surtout la quantité de travail qu'avait nécessitée cette parution régulière. Comme leurs parents et avec parfois les mêmes tendances autoritaristes, Jean et Jean-Luc ont su naturellement, et dès leur plus jeune âge, tirer le meilleur parti du groupe.

Paul Fraisse consacre trois pages de ses *Souvenirs* à l'organisation de l'ADEM et à leur journal. On sent dans son récit une véritable fierté face à la créativité des enfants, fierté partagée par les autres adultes de la communauté. Il compare les *Murs Blancs cancans* à une « une mini-revue *Esprit* » imprimée et dactylographiée par la secrétaire d'*Esprit*. Dans le premier numéro, un édito signé par « La Rédaction » annonce que le journal sera tiré à trente exemplaires et qu'elle prie « instantanément les parents de nous laisser nos opinions libres et franches ». Le journal compte onze numéros entre 1960 et 1964. Tous les articles sont revus et corrigés par Jean-Luc et Jean. Ils critiquent tout, surtout les articles des filles. À chaque numéro, les trois meilleurs articles du numéro précédent sont classés et récompensés. Martine Mounier se souvient d'avoir participé à ces réunions mais de s'être toujours tenue en retrait : « trop complexée » pour proposer des articles. Seule la chronique cinéma d'Olivier et Thérèse, encensée par les adultes, semble trouver grâce aux yeux des deux aînés. Ils ont inventé des « comparaisons cinématographiques », où ils résument un élément de leur vie quotidienne par un titre de film : « *Sueurs froides* ou l'interrogation écrite », « *La Grande Illusion* ou le baccalauréat »…

Si Fraisse constate que les enfants « ne s'intéressent qu'à eux-mêmes » dans les trois premiers numéros du journal, le ton devient de plus en plus sérieux. En décembre 1961, Jean-Luc annonce solennellement dans le journal : « À 16 ans nous vieillissons. » L'année qui suit, Jean-Luc et Jean signent un papier sur la fin de la guerre d'Algérie. En 1963, ils sortent un numéro commun et anonyme au titre péguyste : « Notre jeunesse. » Les enfants y racontent leurs problèmes à l'école, leurs choix d'orientation, évoquent les relations avec leurs parents, la religion (« la foi est bien frêle »), ou la difficile amitié entre filles et garçons. En juillet 1963, le journal change de nom : *Regard sur…* Il s'arrête un an plus tard.

Lors des conférences organisées par l'ADEM, les enfants invitent leurs parents ou des gens de l'extérieur pour parler de leur métier ou de sujets tels que le théâtre, la jeunesse, la télévision, la littérature… Ce qui fait écho au projet initial de Mounier, qui voulait inviter des « Amis d'*Esprit* » pour éveiller l'intellect des pensionnaires de son centre éducatif. Les débats font rage pour choisir leurs futurs invités, et la plupart du temps, Jean et Jean-Luc ont le dernier mot. Apparemment Jean, comme son père, a parfois du mal à retenir ses colères, même si elles redescendent vite.

La compétition entre eux est aussi sportive. Chaque année, entre 1957 et 1965, les enfants organisent les

Jeux olympiques des Murs Blancs. Saut en longueur et hauteur, sprint, courses d'endurance se déroulent dans le parc devant un public composé des parents et de certains adultes de l'extérieur. C'est l'un des seuls moments où les adultes entrent dans l'univers des enfants : « Les Olympiades amusaient votre grand-père, nous a raconté Jean-Paul Ricœur, parce qu'il y avait de la pétanque, son sport fétiche, qu'il avait la charge d'arbitrer. » À cette occasion, les enfants ont aussi le droit de jouer à moins de cent mètres de ses fenêtres sans que Jim sorte en hurlant : « Taïaut ! Taïaut ! Sus aux salopiauds ! » Sa sœur, la tante Denise[1], assiste parfois à la compétition. Les petits Domenach l'adorent car elle a toujours plein d'histoires à raconter sur leur enfance avec leur père à Lyon. Parfois, Alfred Grosser y assiste aussi, le seul adulte toujours ravi de se mêler aux jeux. Ces mini-J.O. se déroulent toujours selon la même routine : Jean Fraisse et Jean-Luc Domenach décident de toutes les épreuves et au final, la victoire se joue entre eux deux. À la fin de la compétition, ils classent tous les enfants par niveau. En général, Jean Fraisse met tout le monde d'accord lorsqu'il s'agit de course à pied. Il n'a jamais eu de rival à sa hauteur. Pour s'entraîner, il fait le tour du parc tous les soirs. Il en a même mesuré la distance, 400,50 mètres, pour calculer sa vitesse moyenne au

1. Denise Domenach-Lallich, sœur cadette de Jean-Marie, raconte ses souvenirs de résistante dans les réseaux lyonnais dans son livre, *Demain il fera beau : Journal d'une adolescente (novembre 1939-septembre 1944)*, BGA Permezel, 2001.

kilomètre. Olivier Ricœur, lui, n'est pas très sportif, mais doit s'y mettre comme tout le monde. Peu doué, il est souvent la cible des railleries de ses aînés. Contrairement à lui, Geneviève Fraisse se débrouille très bien, ce qui exaspère les garçons, surtout Jean et Jean-Luc : « Nous étions d'un machisme épouvantable », concède notre oncle. Comme leur père et comme leurs frères. Depuis que nous sommes enfants, nous assistons régulièrement aux railleries contre notre tante Fanny, baptisée « affectueusement » par ses frères et son père, « la reine des tartes », car elle a le mauvais goût d'être douée en pâtisserie. Magnanime, elle ne leur en a pas tenu rigueur : « C'était une autre époque. Le sexisme était la norme. Ils n'étaient pas plus sexistes que les autres. »

Un jour, les filles font un putsch. Elles en ont marre que les garçons décident de tous les sports. Elles refusent de jouer au foot toutes les semaines : « Comme si vous aviez le choix ! » leur répondent Jean et Jean-Luc. « Parfaitement qu'on a le choix », leur assure Thérèse Baboulène, déployant sa grande taille pour les intimider. Depuis qu'elle est petite, Thérèse a toujours mis une tête à tout le monde. Désormais s'ils veulent qu'elles jouent au foot, pour faire un cinq contre cinq complet, il leur faudra jouer avec elles au basket. Une semaine foot, une semaine basket : « Même que les parents sont d'accord. » Leurs parents ne s'étant jamais mêlés de quoi que ce soit les concernant, si les filles sont allées se plaindre et qu'ils se sont rangés de leur côté, c'est que l'heure est grave. Les garçons n'ont d'autre choix que d'accepter.

Plus qu'entre Jean-Luc et Jean, la compétition se joue surtout entre les Domenach et les Fraisse, comme si inconsciemment, les enfants reproduisaient les bagarres des aînés. Un match de football organisé au début des années 1960 entre les deux familles est resté dans les annales de la maison blanche. Tous les enfants se souviennent d'une partie épique et surtout de la colère de Jean-Luc, après la défaite des Domenach. Même s'ils ont leur vie à part, le monde des adultes pèse lourdement sur eux.

Janvier 1960, 19 h 30

Chez les Domenach, dans la grande salle à manger du rez-de-chaussée de la maison blanche, les hommes de la maison mettent les pieds sous la table. Alors que Mamita sert son fameux gratin dauphinois, notre grand-père entonne : « Encore des pommes de terre oui bien, toujours des pommes de terre, oui vous m'entendez bien ! », repris par ses quatre enfants en chœur qui connaissent par cœur les chants de Résistance de leur père. Ils tapent sur la table avec leurs couverts et sur le plancher avec leurs pieds : « Jeudi des patates, vendredi des patates, samedi des patates et dimanche… des patates aussi ! »

Un inconnu passe la tête par la fenêtre et interrompt leur chant guerrier. Du haut de ses dix ans, notre père Nicolas se précipite pour ouvrir, puis revient dans le salon surexcité. C'est l'invité des Baboulène ! Il a sonné au mauvais endroit, est-ce qu'il peut l'accompagner jusqu'à chez eux ? « Mais qui est-ce ? » lui demande notre grand-père, surpris de voir son fils préférer accompagner un inconnu dans le froid, plutôt que de finir son assiette. « C'est François Mitterrand », souffle notre père d'une voix basse, tremblante d'excitation. Jean-Marie se lève pour aller saluer leur invité et autorise Nicolas à l'accompagner jusqu'à la maison jaune. Ses frères et sœur le regardent avec envie. Nous sommes quelques mois à peine après l'attentat de l'Observatoire, attentat fomenté contre François Mitterrand en octobre 1959 et mis sur le compte des pro-Algérie française. Des années plus tard, l'enquête révélera que c'est Mitterrand lui-même qui l'avait orchestré pour se faire de la publicité. Mais à l'époque, le futur Président de la République est un jeune ministre connu pour ses actes de bravoure au sein de la Résistance et pour cette tentative de meurtre à laquelle il aurait courageusement échappé. Il jouit encore d'une prestigieuse aura.

CHAPITRE 11

Du poids sur les épaules

« C'était un milieu de culture dans tous les sens du terme. »

Vincent DOMENACH

« Quand vous étiez petit, vous a-t-on expliqué ce qu'était le personnalisme, pourquoi ce lieu avait été créé et toute l'effervescence qu'il y avait autour ? » avons-nous demandé à tous les enfants des Murs Blancs, étonnés que la réponse soit presque toujours négative, pour ceux qui y sont nés ou arrivés petits. Nous pensions naïvement que si nous, petits-enfants, avions découvert cette histoire sur le tard, c'est parce que nous ne nous y étions jamais vraiment intéressés. « C'était comme un bain, se souvient Anne-Catherine Baboulène. Personne ne nous expliquait vraiment ce qu'était le personnalisme et pourquoi nous nous étions installés ici, ou de quoi parlaient les adultes entre eux lors de leurs fameuses réunions. Mais nous baignions dedans. Cela infusait, du coup nous n'éprouvions pas le besoin d'en savoir plus. » Notre père se rappelle qu'on les « bassinait avec Mounier » : « Il aurait dû être mon parrain mais il est mort quelques semaines trop tôt. Mes parents y faisaient tout le temps référence comme un modèle à suivre, sans que je sache pourquoi. » Malgré le manque d'explications, ils avaient conscience qu'ils étaient face à des gens importants, « ce qui ajoutait à la magie du lieu », précise notre père.

Geneviève Fraisse se souvient de notre oncle Vincent la reprenant alors qu'elle avait dit une grossièreté devant le journaliste Georges Suffert : « Tu ne peux pas dire merde, tu ne sais pas devant qui tu parles. » Et effectivement, elle ne savait pas : « Les adultes considéraient qu'il fallait nous laisser vivre comme des enfants. Avec une certaine hypocrisie : ce n'est pas parce qu'ils étaient des intellectuels que leurs enfants devaient l'être. Mais il y avait une pression », ajoute Geneviève Fraisse. Parfois, les adultes faisaient un effort pour les impliquer mais cela restait rare. Jean-Luc Domenach se rappelle par exemple un jour où son père avait invité à dîner Michel Clare, le rédacteur en chef du journal *L'Équipe*. Il voulait leur faire plaisir à lui et à Jean Fraisse car les deux garçons étaient des fans de sport. « On était très loin du monde réel. C'était un milieu de culture dans tous les sens du terme. Ça donne une vraie curiosité et une vraie exigence pour la suite. Mais aussi beaucoup de complexes », résume notre oncle Vincent. Et notre père d'ajouter : « Nous avions le sentiment d'être associés à une aventure grandiose qui rejaillissait sur nous.

Il pleuvait de l'esprit tout en haut et ça nous faisait guili-guili. »

Beaucoup réalisent ce qu'incarnent les Murs Blancs seulement sur le tard : « J'ai pris conscience à l'adolescence de qui étaient les gens qui m'entouraient. À quatorze ans, j'ai su que Mounier était mon parrain et c'est là que j'ai voulu savoir qui il était », raconte Claire Fraisse. Pourtant, il était inimaginable de poser des questions aux adultes. Elle est allée chercher les informations toute seule. Une conscience venue aussi avec l'école. Pour Jean Fraisse : « C'est seulement au lycée, à Montaigne, qu'on me renvoyait constamment à ma filiation. Et c'est vers vingt-cinq ans que j'ai pris conscience de la richesse des gens qui m'entouraient. En revanche, la question d'être à la hauteur de nos parents s'est posée beaucoup plus tôt. » « Une certaine culture scolaire était bêtement appliquée : tu vivais aux Murs Blancs, tu devais être le premier », ajoute Jérôme Baboulène. Selon lui, c'était plus ou moins difficile selon les familles. Notre père se souvient encore avec émotion des crises homériques de notre grand-père lorsqu'il rentrait avec un bulletin de notes catastrophique. Il attendait toujours le dernier moment pour le lui montrer, de peur de sa réaction. Jim en a gardé une véritable crainte quant à l'avenir professionnel de son fils, qu'il a exprimée des années plus tard en aparté à des amis de notre père : « On ne s'attendait pas à ce que Nicolas réussisse aussi bien. »

Devenue philosophe de la pensée féministe, Geneviève Fraisse nous raconte, avec une certaine amertume, le paradoxe d'avoir été toute sa vie considérée comme une « héritière », alors que leurs « pères » n'avaient rien fait pour qu'ils « héritent de leur patrimoine intellectuel ». Si elle évoque avec nous une enfance traumatisante, nous découvrons en partant de chez elle une photo, accrochée sur sa porte, d'un paysage qui ressemble presque à l'identique à celui des Murs Blancs. C'est celui de sa maison de campagne, en Charente-Maritime. Tout n'était donc pas si noir dans cette propriété, pour qu'elle ait souhaité, une fois adulte, reproduire ce cadre familier ? « Mon bonheur là-bas c'était les arbres, c'était avec les humains que c'était compliqué. » Pourtant, Geneviève Fraisse a choisi la philosophie, grâce à la figure de modèle incarnée par Ricœur, même si avant ses études, elle ne lui en avait jamais parlé.

La fille de Ricœur, Noëlle, a elle aussi commencé des études de philosophie mais elle les a abandonnées. Son fils aîné Jean-Paul, lui, deviendra psychiatre : « Je travaillais sur Lacan, l'ennemi juré de mon père, et pourtant je n'en parlais pas avec lui », se souvient-il. Une fois, il lui a avoué avoir lu un de ses écrits, mais son père a coupé court à la conversation : « Il n'avait par contre aucun problème à parler de ses écrits ou de philosophie avec les autres, comme avec ma femme à l'époque où nous vivions aux Murs Blancs, qui était philosophe. En analyse, je me suis rendu compte que j'avais épousé une interlocutrice pour parler à mon père », poursuit-il. Pourtant Ricœur semblait ne pas avoir conscience du poids qui pesait sur les épaules de sa progéniture. « Je regrette que mes enfants n'aient jamais lu mon œuvre », a-t-il confié à sa petite-fille Nathalie. Ce à quoi elle a répondu : « Tes enfants ont peut-être besoin d'un père, pas d'un philosophe. » Ricœur n'a rien dit. Geneviève Fraisse se souvient d'avoir eu, adulte, une conversation avec Ricœur à propos du poids que les enfants des Murs Blancs portaient à l'extérieur. Ricœur lui a dit : « Pourtant nous ne sommes que des simples professeurs d'université », pour elle ce n'était pas de la fausse modestie, il ne se rendait vraiment pas compte. « Les enfants étaient écrasés par la grande Histoire. Et c'est très difficile d'être dans la filiation de la grande Histoire », analyse Jean Fraisse. Raison aussi pour laquelle ils se sont tous perdus de vue après avoir quitté les Murs Blancs.

Selon Françoise Marrou, pour les grands enfants des Murs Blancs, nés comme elle avant guerre, le traitement était différent. Les enfants Marrou, Françoise et Jean surtout, ont joui d'une position privilégiée dans la communauté, car les adultes les ont traités comme des adultes dès leur adolescence. Françoise, qui n'avait que dix ans de moins que nos grands-parents, ne participait pas toujours aux réunions des adultes, mais elle y était la bienvenue. Une conférence a d'ailleurs changé le cours de sa vie lorsqu'elle était adolescente. La communauté recevait Nicolas Berdiaev pour évoquer son ouvrage, *L'Esprit de Dostoïevski.* Fascinée par son exposé sur la littérature russe, Françoise s'est mise à dévorer tout Dostoïevski. Le début d'une vocation puisqu'elle passe l'agrégation de russe et devient traductrice et professeure. Elle s'engage dans une carrière universitaire, comme son père. Une exception chez les enfants des Murs Blancs, dont la plupart se sont détournés des métiers intellectuels : « Nous n'avions pas un père mais six. Et que des modèles de réussite intellectuelle extraordinaire. Beaucoup d'entre nous ont dû prendre des chemins de traverse », nous explique Jean Fraisse. François Dosse confirme à propos de notre oncle devenu un sinologue reconnu : « Il a dû faire un détour pour s'assumer en tant qu'intellectuel et ne pas marcher sur les plates-bandes de votre grand-père ! La Chine quand même, c'est loin. » Une époque où le pouvoir se situait du côté des lettres et de la philosophie. Notre grand-père n'avait pas de Carte bleue et méprisait l'argent. Il a toujours regardé de travers notre oncle Vincent, qui s'est selon lui « égaré » dans les mathématiques puis dans la banque. Pour Jean Fraisse la pression scolaire et intellectuelle ne venait pas forcement des adultes : « Les enfants se la mettaient très bien tout seuls, conscients de la hauteur de leurs aînés. »

Si la plupart des activités du monde des adultes ont longtemps constitué un mystère pour eux, certaines valeurs leur furent inculquées dès leur plus jeune âge, des valeurs politiques et chrétiennes plus qu'intellectuelles. D'ailleurs si nous avons trouvé un point commun entre tous les enfants et petits-enfants des Murs Blancs que nous avons interrogés, c'est ce sens de l'engagement qu'ils disent éprouver. Que ce soit dans des combats syndicaux ou politiques pour certains, dans des tentatives de vie en communauté pour d'autres, ou dans des choix de vie « non conformes », ou « non matérialistes », ils ressentent tous ce besoin de vivre une vie en adéquation avec leurs idées. Ce trait de caractère, ils l'identifient tous comme un héritage direct de leur apprentissage aux Murs Blancs.

Derrière la maison blanche, se trouve La Faulotte. Cet orphelinat tenu par des sœurs que les enfants espionnent, perchés dans les arbres, alimente beaucoup de leurs fantasmes. Ils sont tous conscients d'être du « bon côté » de la barrière et de leur statut privilégié, même si leurs familles n'ont pour la plupart que peu de moyens financiers. Dès son plus jeune âge, Martine Mounier enfourche son vélo pour distribuer des jeux et des vêtements dans les bidonvilles voisins. Pour Geneviève Fraisse, les Murs Blancs sont « beaucoup plus un lieu politique qu'un lieu de savoir », où les enfants ont été très tôt politisés et engagés.

Un engagement qui puise ses racines dans le mythe de la Résistance, mais surtout dans la bataille de la décolonisation. Une période où *Esprit* se pose comme fer de lance de la lutte pour l'indépendance. C'est aussi le dernier moment de symbiose au sein de la communauté.

CHAPITRE 12

Devoir de mémoire

« Je me souviens… »

Nicolas Domenach

Le 13 septembre 2018, Emmanuel Macron affirme au nom de la République française que Maurice Audin, professeur de mathématiques et militant communiste arrêté par l'armée puis porté disparu, a été « torturé puis exécuté ou torturé à mort par des militaires qui l'avaient arrêté à son domicile ». En affirmant l'existence d'un système légalement institué, qui a favorisé les disparitions et permis la torture à des fins politiques, un Président reconnaît pour la première fois la part de responsabilité de l'État français dans les exactions commises en Algérie.

Une déclaration qui a probablement eu un écho assez lointain chez la plupart des gens de notre génération. Quelques mois auparavant, nous n'y aurions probablement pas prêté attention. Sauf qu'en préparant ce livre, nous avons appris que notre grand-père et certains habitants des Murs Blancs avaient participé au comité Maurice-Audin créé en 1958 par Pierre Vidal-Naquet, historien collaborateur d'*Esprit*. Les réunions qui se tenaient dans les locaux de la revue avaient pour but de faire la lumière sur cette affaire et de soutenir la plainte contre l'État déposée par son épouse Josette Audin pour homicide involontaire.

Quelques jours après la déclaration de Macron sur Audin, notre père a publié un article dans le *Nouveau Magazine littéraire.* Il y restitue ses souvenirs de la guerre d'Algérie aux Murs Blancs : « Je me souviens, j'allais vers mes dix ans. Pierre Vidal-Naquet répétait bouleversé : "Ils l'ont tué, ils l'ont torturé à mort !" L'historien, passionné et indigné, était venu dîner chez nous aux Murs Blancs, à Châtenay-Malabry, le quartier général de la revue *Esprit* que dirigeait alors mon père : "Mais qui a été tué et par qui ?" demandai-je. Je me souviens que Vidal-Naquet m'avait dit ce nom… "Audin, un mathématicien communiste. Il a été mis à mort par l'armée." »

Dans son article notre père reprend l'anaphore, « Je me souviens » pour évoquer le traumatisme qu'avait été, pour la génération de ses parents et celle des enfants des Murs Blancs, cette guerre qui ne portait pas son nom, et à laquelle ils participaient malgré eux. Et de conclure son article ainsi : « Je voudrais tant qu'on se souvienne demain que la France a fait ce pas en avant décisif pour se réconcilier avec son histoire, avec elle-même, avec l'Algérie et ses enfants, qui devront eux aussi se livrer à ce travail douloureux. »

Macron, premier Président à faire ce travail de mémoire, s'était-il inspiré de son héritage des Murs Blancs et de la revue *Esprit*, à laquelle il a collaboré entre 2000 et 2010 ? Encore une question que nous aimerions lui poser.

20 décembre 1956

Branle-bas de combat au rez-de-chaussée de la maison blanche ! Une réunion quasi martiale se tient dans l'appartement de nos grands-parents. Depuis la mort de Mounier, les conférences de rédaction d'*Esprit* ont lieu dans les locaux de la rue Jacob, mais à situation exceptionnelle, mesure exceptionnelle : au cœur du conflit algérien les rédacteurs de la revue se sentent plus en sécurité aux Murs Blancs. Surtout que l'ordre du jour porte sur l'éditorial écrit par notre grand-père, avec Jacques Julliard, sur la position anticoloniale d'*Esprit*.

À cette époque, les gens d'*Esprit* redoutent d'être surveillés par les autorités et risquent la saisie. Depuis le début de la guerre d'Algérie en 1954, le climat n'a cessé de se tendre entre le gouvernement et la presse. Le 3 avril 1955, une loi prévoit que les autorités sont habilitées « à prendre toutes mesures pour assurer le contrôle de la presse et des publications de toute nature… ». De nombreux journaux sont saisis ou censurés : *France Observateur*, *L'Express*, *Témoignage chrétien*, *Le Monde*, *Le Canard enchaîné*, *L'Humanité*… En publiant certains témoignages sur la torture, *Esprit* n'y a pas échappé.

Pourtant, le combat pour la liberté des peuples à disposer d'eux-mêmes ne date pas du début du conflit. Mounier en a toujours fait un des thèmes de prédilection de sa revue. Dans le numéro de 1947 « Prévenons la guerre d'Afrique du Nord », André Mandouze, alors professeur de littérature à l'université d'Alger, clame déjà haut et fort que « l'Algérie n'est pas la France ». En 1947, ils ne sont encore qu'une minorité à penser ainsi, mais au fur et à mesure que la France s'enfonce dans le conflit, le gouvernement prend conscience que l'opinion publique peut basculer. À l'époque, les intellectuels qui s'expriment dans les revues ont un poids considérable : « Votre génération ne connaîtra sans doute jamais cela. L'influence des intellectuels. Le pouvoir de l'écrit et des revues. On ne se rend pas compte aujourd'hui à quel point les gens d'*Esprit* et des Murs Blancs ont eu une influence déterminante sur la décolonisation. Ils ont fait basculer l'opinion publique française ! » nous explique André de Peretti[1], acteur de la décolonisation du Maroc

1. André de Peretti fut le fondateur, avec François Mauriac et Louis Massignon, du comité France-Maghreb en 1953 et devint une des figures de proue de la décolonisation.

et rédacteur de nombreux articles dans la revue sur le sujet. Ces plumes engagées sont obligées de prendre certaines précautions : « Il faut se rendre compte du danger qu'on courait pour écrire des choses qui aujourd'hui semblent être des évidences. J'ai dû prendre un pseudonyme pour écrire mes articles. »

Outre la menace du gouvernement, ces intellectuels sont la cible des partisans de l'Algérie française. À l'époque, à l'école, les élèves apprennent que « l'Algérie c'est la France » ; la presse, la radio et la télévision, qui vient à peine d'entrer dans les foyers, diffusent au quotidien la propagande colonialiste : « Quand les premiers témoignages sur la torture et les exactions commises par l'armée française sont arrivés par le biais des revues comme *Esprit* ou *Témoignage chrétien*, les Français ne voulaient pas y croire. C'était un déni général. Un déni politique et émotionnel », analyse André de Peretti. Pas étonnant qu'*Esprit* reçoive chaque jour des dizaines de menaces de mort. D'autant que, depuis le mois de novembre 1956, la revue s'est encore davantage engagée. Elle a accueilli dans ses locaux le comité pour la libération d'André Mandouze[1], leur collaborateur qui soutient le Front de libération nationale (FLN), créé en 1954 pour obtenir l'indépendance de l'Algérie.

1. André Mandouze, collaborateur d'*Esprit*, est arrêté avec d'autres militants en novembre 1956. François Mauriac, Robert Barrat et Jean-Marie Domenach créent alors un comité de soutien grâce auquel il sera rapidement libéré.

Aux Murs Blancs, cette conférence de rédaction a des allures de « Conseil de résistance anticolonialiste ». En plus du comité directeur et du comité de rédaction d'*Esprit*, les murblanquistes ont réuni tout ce que la France compte d'intellectuels et de militants engagés contre l'Algérie française. Une cinquantaine d'hommes entre vingt et quatre-vingts ans sont présents dans la pièce. Il n'y a plus une chaise de libre. Un certain nombre d'entre eux sont debout, ou assis par terre : « Si la police avait débarqué, elle aurait fait un beau coup de filet », se souvient André de Peretti, présent ce jour-là. Une véritable union de la gauche et de la démocratie chrétienne, construite en partie par *Esprit*, *Témoignage chrétien* et *Les Temps modernes*, qui depuis un an font front contre la torture. Sauf que personne n'arrive à s'entendre sur les moyens de sortir du conflit. Soucieux d'éviter une guerre meurtrière, certains membres d'*Esprit* préconisent une paix négociée, alors que d'autres privilégient la lutte armée. Invité à la réunion par Albert Béguin, alors directeur de la revue, Francis Jeanson, intellectuel communiste et soutien du FLN, a écrit l'année précédente avec sa femme Colette Jeanson un pamphlet anticolonial, « L'Algérie hors la loi », devenu la bible des « porteurs de valises[1] ». Notre grand-père reproche à cet ancien ami de Mounier sa vision « va-t-en-guerre » et parfois dogmatique du conflit algérien.

1. C'est ainsi qu'on appelait les membres du réseau Jeanson qui étaient chargés de transporter des fonds et des faux papiers pour les militants du FLN opérant dans la métropole.

Au premier rang, on retrouve aussi François Mauriac, qui a publié dans *L'Express* le témoignage bouleversant d'un ami de Constantine relatant « le baquet d'eau sale où la tête est maintenue jusqu'à l'étouffement », « le courant électrique sous les aisselles et entre les jambes », texte décisif contre la torture en Algérie. Pourtant, ce catholique humaniste respecté, fer de lance du combat pour la décolonisation, est loin de faire l'unanimité à *Esprit*. Notre grand-père trouve l'homme brillant mais beaucoup trop à droite. De son côté, l'écrivain a refusé la proposition de Béguin de tenir un « journal à une voix » dans la revue car il préfère écrire là où il « n'agresserait aucun Domenach ». Peu importe les divergences, ce jour-là, ils se sont réunis pour faire front ensemble. Comme l'aurait souhaité Mounier.

Jacques Julliard et notre grand-père attendent de prendre la parole, stressés. Jacques Julliard nous a raconté à quel point lire son travail devant le comité directeur de la revue pouvait se révéler difficile, tant il fallait être prêt à accepter la critique et à tout recommencer. De ses années passées à *Esprit*, il ne se souvenait que d'une fois où le comité directeur n'était pas intervenu après la lecture d'un éditorial. C'était l'une des premières lectures publiques auxquelles il avait assisté, celle d'un texte publié en novembre 1955 et écrit par notre grand-père : « Arrêtons la guerre d'Algérie ». Un texte, selon Julliard, si juste qu'il connaissait encore la fin par cœur : « Mais si les Français s'imaginent pouvoir élever leur niveau de vie en tenant dans leur dépendance des peuples nombreux et misérables, la guerre d'Algérie grandira, elle ébranlera le Maghreb entier, sa violence débordera sur une France démoralisée et bon gré mal gré nous serions forcés d'assister à la ruine de tout ce que nous aurions mérité d'aimer. » La lecture publique de cet édito a été suivie par un impressionnant silence, rompu par Jean Ripert : « On va le prendre tel quel. » Tout le monde a approuvé. Une concorde exceptionnelle selon le journaliste.

Julliard sait qu'il en sera autrement pour l'article qu'il s'apprête à présenter aujourd'hui. Pour la première fois, un éditorial de la revue va plus loin qu'une simple prise de position pour dénoncer la torture en Algérie. Il ne s'agit pas là de publier des témoignages de correspondants, d'Algériens, ou de démobilisés, mais de s'engager en faveur d'une Algérie indépendante et d'une paix négociée, qui s'inscrit dans une nécessaire modernisation de la société française. Julliard a vu juste : à peine ont-ils terminé leur lecture, que l'article commence à être critiqué. Trop long, trop explicatif. Après un grand débat sur le bien-fondé de certaines formulations, Béguin intervient : l'important, c'est qu'ils soient d'accord sur le positionnement. D'autres voix pourront se faire entendre au sein du même numéro.

Lorsque la réunion touche à sa fin, François Mauriac se lève, et ne peut s'empêcher d'envoyer une pique à notre grand-père avant de partir : les gens d'*Esprit* pourront moderniser la société tant qu'ils le voudront, le conflit algérien se résoudra seulement grâce à un homme providentiel. Julliard souffle à Jim : « Le Christ ou Mendès[1] ?

— De Gaulle », lui répond Jim, amusé, en regardant Mauriac s'éloigner.

1. Pierre Mendès France, Président du Conseil jusqu'en 1955.

CHAPITRE 13

Ennemis de l'État

> « À cette époque, les flics ne comprenaient rien. »
>
> Paul Thibaud

Plus la France s'enfonce dans le conflit algérien, plus les prises de position publiques de ces intellectuels leur font courir des risques.

En 1956, Marrou écrit dans *Le Monde* du 5 avril un article retentissant : « France, ma patrie » pour dénoncer « les moyens infects que sont les camps de concentration, la torture et la répression collective » en Algérie. Personne n'avait jamais osé écrire ainsi dans un grand journal. L'historien se met à dos tout le monde universitaire et les inspecteurs de la DST[1] perquisitionnent son

1. Direction de la surveillance du territoire : service de renseignement du ministère de l'Intérieur, chargé du contre-espionnage en France.

appartement aux Murs Blancs. Cette visite est un traumatisme pour l'homme organisé et méticuleux qu'est Marrou. Non seulement les policiers débarquent sans prévenir et le mettent en retard pour ses cours, mais en plus ils laissent ses dossiers sens dessus dessous et tout l'appartement dans un désordre incroyable. À la recherche de documents compromettants, les policiers pensent trouver aussi des armes cachées. Un commissaire zélé s'est même blessé en voulant démonter un volet métallique. Jeanne Marrou a dû le soigner et ils sont tous repartis bredouilles. D'après leurs enfants, la seule chose que les habitants des Murs Blancs cachaient parfois, c'était des familles dans le besoin qui débarquaient d'Algérie. Elles trouvaient refuge dans la cave de la maison jaune. C'était Jacqueline Baboulène qui en avait la charge. Les policiers ne sont jamais venus chez eux ni descendus au sous-sol. Pourtant, Jean Baboulène publiera en février 1957 dans les *Cahiers du Témoignage chrétien* le *Dossier Jean Muller*[1], qui révéla aux Français les exactions commises par l'armée en Algérie. Leurs collègues de *L'Humanité* en reproduisirent certains passages et furent immédiatement sanctionnés par une descente de police. Les flics saisirent tout.

Si nos grands-parents ont eux aussi échappé à la perquisition, nous avons pu lire dans le journal de notre

1. Jean Muller : chef scout mobilisé puis tué en Algérie. Ses lettres posthumes ont été publiées par les *Cahiers du Témoignage chrétien* en 1957.

grand-père le récit de ses interrogatoires par les agents de la DST. Ses écrits sont teintés d'humour. Il est stupéfait par leur grande confusion et leur amateurisme. Pourtant, il prend la menace très au sérieux, puisque lors du « putsch des généraux[1] » en avril 1961, il part de Châtenay en pleine nuit, par peur d'un coup de filet généralisé de la police aux Murs Blancs. Notre père se souvient de l'avoir vu enfourcher sa moto, et de sa mère lui expliquant qu'il allait « chasser l'ennemi ». Jim brûlait de répondre à l'appel de Debré, alors Premier ministre : « Des avions sont prêts à lancer ou à déposer des parachutistes sur divers aérodromes afin de préparer une prise du pouvoir. [...] Dès que les sirènes retentiront, allez-y, à pied ou en voiture, convaincre des soldats trompés de leur lourde erreur. » Jim va en fait trouver refuge chez son frère, dans l'attente de pouvoir prendre les armes, quand retentiraient les sirènes. Il n'y eut ni armes ni sirènes. S'il est resté éveillé toute la nuit, prêt « à jeter des cailloux » aux séditieux qui auraient voulu marcher sur Paris, il rentre chez lui le lendemain matin auprès de toute sa famille médusée et prête à prendre le maquis.

À l'époque, le général de Gaulle a repris les rênes du pouvoir, et malgré le profond attachement de notre

1. Tentative de coup d'État, le 21 avril 1961, par des généraux de l'armée française en Algérie contre la politique de De Gaulle et de son gouvernement qu'ils accusent d'abandonner l'Algérie française.

grand-père, en souvenir de ses années de maquis, la revue a fait campagne contre son retour lors du référendum de 1958. Ricœur ne partageait pas cette passion française pour les hommes providentiels : « Il est hors de question de miser sur un homme quel que soit son nom. » Il avait peur de ce que pourrait faire de Gaulle avec des pouvoirs si étendus, dans ce contexte de crise. À tel point qu'il a été à l'origine d'un appel pour créer le Comité universitaire de défense de la République contre de Gaulle avec, entre autres, Laurent Schwartz[1], Alfred Kassler[2] et Vladimir Jankélévitch[3]. Une prise de position qui lui vaudra aussi des ennuis.

Le 9 juin 1961, à six heures du matin, la DST tape à la porte de l'appartement du rez-de-chaussée de la maison jaune. Les fonctionnaires de police le mettent à sac et Ricœur reste une journée entière en garde à vue. La plupart des ouvrages et documents compromettants sont cachés dans l'appartement de son fils Jean-Paul et de sa femme, dans la maison du gardien, mais ils sont absents le jour de la perquisition et les policiers ne pensent pas à fouiller chez eux. Cette perquisition a lieu après la parution du « Manifeste des 121 », qui a définitivement placé les habitants des Murs Blancs et la revue *Esprit* dans la

1. Mathématicien (médaille Fields 1950), professeur à Polytechnique (1915-2002).

2. Physicien (prix Nobel de physique 1966), professeur à la Faculté des sciences de l'université de Paris (1902-1984).

3. Philosophe, professeur à la Sorbonne (1903-1985).

case ennemis de l'État. Cet appel à l'insoumission devait être publié par *Vérité-Liberté* en juillet[1], un feuillet édité par la revue *Esprit* dont Pierre Vidal-Naquet avait la charge. Au départ, *Vérité-Liberté* avait pour but de remplacer *Témoignages et documents*, une publication qui republie les articles et livres saisis par les autorités. Sauf que très vite, *Vérité-Liberté* donne la parole aux intellectuels « pro-insoumission » qui œuvrent pour le FLN, au plus grand désarroi de notre grand-père et des habitants des Murs Blancs. Nous retrouvons dans les archives de Jim une lettre cinglante datant du 18 août 1960, qu'il adresse à Pierre Vidal-Naquet, dans laquelle il lui reproche le ton trop « va-t-en-guerre » de la parution, alors qu'« il était convenu que l'éditorial de *Vérité-Liberté* nous engageait collectivement ». Un mois plus tard c'est *Vérité-Liberté* qui aurait dû publier le fameux manifeste en premier. Cette « Déclaration sur le droit à l'insoumission dans la guerre d'Algérie » signée par 121 intellectuels et artistes de gauche fait grand bruit mais n'est signée par aucun des habitants des Murs Blancs. Dans son journal Jim précise qu'on ne le lui aurait « même pas proposé ».

En fait, peu importe ce que ces hommes ont fait ou écrit, ils sont tous mis dans le même sac par les autorités : « À cette époque, les flics ne comprenaient rien,

1. La police a saisi le feuillet avant publication. Le texte publié à l'étranger, son existence sera signalée dans *Le Monde* qui publiera la liste des signataires le 30 septembre 1960.

nous raconte Paul Thibaud. Qui participait à quoi et comment. J'ai été arrêté, Domenach et Vidal-Nacquet poursuivis pour atteinte à la sûreté de l'État, mais ils ont bénéficié d'un non-lieu. Une fois, les policiers ont débarqué en pleine réunion à *Esprit*. Ils voulaient savoir où était imprimé *Vérité-Liberté*. Or, moi-même je ne savais pas, ça changeait tout le temps. »

À la suite de la perquisition de Ricœur, les habitants des Murs Blancs décident d'enterrer tous leurs ouvrages et documents compromettants au fond du jardin. Ce sont Fraisse et Ricœur qui s'en chargent. Certains des enfants, dont Jean-Paul Ricœur, se souviennent encore des deux hommes en train de creuser près du vieux puits.

Les habitants des Murs Blancs sont aussi menacés par les actions des militants pro-Algérie française. À partir de 1958, l'instabilité politique se joue aussi dans les rues de Paris. L'Action française reprend du service : attaques des kiosques des vendeurs de journaux de gauche, meetings, manifestations qui dégénèrent... Dans la capitale, les partisans du FLN ou du MNA[1] s'affrontent et les bagarres entre militants d'extrême droite et intellectuels de gauche se multiplient au Quartier latin. L'année précédente, l'ami des habitants des Murs Blancs Georges Suffert, directeur de *Témoignage chrétien*, a été enlevé quelques heures à Nancy.

1. Mouvement national algérien : mouvement politico-militaire pour l'indépendance de l'Algérie.

En février 1961, les tensions s'intensifient. Les locaux de la revue rue Jacob sont saccagés. Notre père se souvient du choc des habitants des Murs Blancs. Très vite, la propriété est prise pour cible et le fameux sigle de l'OAS[1] tagué sur le mur en pierre de la propriété. Il est évident pour tous les habitants que la police ne fera rien pour leur venir en aide, c'est à eux d'assurer leur sécurité.

1. Organisation de l'armée secrète : organisation politico-militaire clandestine créée en février 1961 et déterminée à défendre la présence française en Algérie par tous les moyens, y compris le terrorisme à grande échelle.

Avril 1961, 0 h 09

Nuit noire aux Murs Blancs. Les fenêtres sont illuminées ici et là par les faisceaux des lampes de bureau des travailleurs ou des lampes de poche des enfants qui lisent en cachette sous leurs couvertures. C'est le cas de Jean-Luc Domenach. Jean Fraisse lui a prêté *Tintin au Tibet.* Alors que Tchang, perdu dans la neige, vient de croiser le yéti, la sonnerie du téléphone retentit. L'adolescent sursaute. La sonnerie continue. Une fois, deux fois… dix fois, personne ne répond. Son cœur s'accélère. À côté de lui ses deux frères dorment profondément. Sa mère est absente. Elle est partie voir sa sœur à Lyon pour le week-end. Son père travaille dans son bureau, il n'a pas dû entendre. Jean-Luc attend un instant. Le téléphone s'arrête. Soulagé, il reprend sa lecture. Deux minutes plus tard, la sonnerie retentit à nouveau. Jean-Luc prend une grande inspiration, se lève, et marche jusqu'au salon. Il hésite à décrocher. Cela fait plusieurs mois qu'ils reçoivent des appels anonymes. Mais là il est vraiment tard, c'est peut-être une urgence. Il prend son courage à deux mains et se décide à décrocher : « Allô…, dit-il d'une voix mal assurée.

— Dis à ton père qu'on va le pendre à un croc de boucher ! » lui lance une voix rauque avant de raccrocher.

CHAPITRE 14

Les Murs Rouges

> « Qu'aurions-nous pu faire contre l'OAS ? Nous étions des gosses et personne n'était armé. »
>
> Vincent DOMENACH

Les Murs Blancs devenus une base arrière du combat pour l'indépendance de l'Algérie, les enfants s'y trouvent mêlés : « Tous nos parents avaient été des résistants, il s'agissait là de résister à nouveau. Et les enfants participaient. Même si on ne comprenait pas tous les tenants et aboutissants, nous étions unis contre un ennemi commun », raconte Jérôme Baboulène. Leur excitation se mêle à une véritable peur. Ils regardent le ciel en permanence pour voir si les avions arrivent d'Algérie. Les adultes chuchotent dans les couloirs : un tel ou un tel a eu des ennuis… un tel ou un tel a été arrêté… La propriété redevenue un centre *Esprit* vit au rythme des événements, sur le qui-vive.

Pour les adultes, partir aurait été une façon de se laisser intimider, d'arrêter ce combat qui leur paraît si juste. Pourtant Jean Fraisse se souvient d'avoir surpris une conversation entre son père Paul et notre grand-père : si eux faisaient le choix de rester aux Murs Blancs, ne devaient-ils pas envoyer leurs enfants en pension ? En tout cas cette conversation l'a marqué, sans doute la première et la dernière où il a ressenti de la chaleur entre les deux frères ennemis. Cette guerre d'Algérie, comme la Seconde Guerre mondiale, a rapproché ces hommes qui depuis la mort de Mounier n'avaient fait que s'éloigner. Ils se sentent à nouveau en « état de tension et de guerre permanente », et retrouvent un ennemi contre lequel se battre malgré leurs clivages et leurs différends personnels.

Au printemps 1961, les habitants convoquent une réunion de crise pour organiser leur sécurité. Ils ont l'idée de demander aux jeunes de la paroisse de Châtenay ainsi qu'aux étudiants des environs de faire des rondes de surveillance aux Murs Blancs.

Les étudiants, qui patrouillent par cinq ou six, installent leur campement dans la salle de réunion au rez-de-chaussée de la maison du gardien afin de s'y relayer nuit et jour. Chaque famille sera tour à tour responsable de les accueillir et de les sustenter. Les adultes se mettent d'accord pour que leurs enfants les plus âgés prennent eux aussi leur tour de garde. Ces derniers ne sont pas peu fiers d'être investis d'une si grande responsabilité, même si leur mission semble un peu vaine. « Qu'aurions-nous pu faire contre l'OAS ? Nous étions des gosses et personne n'était armé », s'interroge notre oncle Vincent.

Notre père nous a raconté ces fameuses « rondes de nuit ». Elles durèrent deux mois. Comme lui, tous les enfants se souviennent d'avoir été fascinés par le ballet des lampes torches des étudiants la nuit dont les faisceaux dansaient sur la grande pelouse. Loin de les rassurer, ces rondes leur montrent que le danger est bel et bien là : « Je me souviens d'être allée une ou deux fois fermer la porte du parc la nuit. Je mourais de peur », nous dit Claire Fraisse. Étienne Ricœur, pourtant encore petit, se rappelle avoir dormi caché par ses parents derrière des meubles, sans comprendre pourquoi. De leur côté, loin de considérer ce gardiennage comme une corvée, les étudiants de la résidence universitaire d'Antony étaient honorés et excités de pouvoir enfin pénétrer dans ce lieu célèbre. Depuis le début du conflit algérien, les Murs Blancs sont devenus l'objet de tous les fantasmes pour le voisinage : une « secte », « un repaire secret anti-Algérie française », « un repaire de communistes », ou les « Murs Rouges ». Un surnom qui les a poursuivis pendant de nombreuses années.

16 mai 1961, 8 heures

Alors qu'il descend les marches du perron de la maison blanche, Paul Fraisse aperçoit au loin une masse sous le hêtre pourpre. Il s'approche avec prudence. C'est une grosse sacoche marron. Une sueur froide lui parcourt le corps. Il essaye de se raisonner : elle doit forcément appartenir à quelqu'un de la communauté. En tout cas, pas à l'un des enfants. C'est une sacoche en cuir beaucoup trop onéreuse. Et puis ils savent qu'ils ne doivent rien laisser traîner dans le jardin, surtout en ce moment. Aux adultes alors ? Ricœur pourrait être capable d'une chose pareille. Il se précipite au rez-de-chaussée de la maison jaune pour lui poser la question. Ce dernier, un peu surpris, répond par la négative. Fraisse frappe chez Marrou, puis Baboulène : le sac n'appartient à personne. Chez les Domenach et les Mounier – même réponse.

Il pose la question chez lui, par acquit de conscience,

mais comme il s'y attendait, personne ne reconnaît l'objet. De plus en plus paniqué, il réussit à communiquer sa peur à tous les habitants : si cette sacoche n'appartient à personne, cela ne peut être qu'une bombe. Il crée alors un périmètre de sécurité autour de la pelouse avec l'aide des étudiants qui viennent de prendre la relève de la garde de nuit. Il intime l'ordre aux femmes et aux enfants de rester barricadés chez eux. Fraisse et Domenach songent à appeler la police mais… vu les rapports conflictuels qu'ils entretiennent avec « ces fachos », ce n'est pas une bonne idée. Il faudrait que quelqu'un s'approche pour en avoir le cœur net. Mais qui ? Alors qu'ils réfléchissent à une solution, un étudiant franchit à toute allure le périmètre de sécurité fait de cordes reliées par des chaises, et se précipite sur la sacoche : « Malheureux ! lui crie Fraisse.

— C'est la mienne ! Je l'ai oubliée hier pendant mon tour de garde. Il y a tous mes cours dedans ! » répond le garçon qui attrape sa sacoche et repart aussi vite qu'il est arrivé, sans s'apercevoir de l'émoi provoqué par son étourderie.

13 février 1993, 15 h 37

Hugo, sept ans, croise Jim sur le perron de la maison blanche. Il porte un sweat-shirt à capuche barré des trois grosses lettres de la marque GAP. « Salut l'homme-sandwich ! » lui assène son grand-père. Interloqué, il ne sait pas quoi répondre. Il n'est pas en train de manger un sandwich. Il ne voit pas où il veut en venir.

« C'est quoi un homme-sandwich ? ose-t-il enfin.

— Un homme-sandwich, c'est quelqu'un qui déambule en portant sur lui des placards publicitaires pour faire connaître une marque.

— Je ne suis pas un homme-sandwich !

— Alors pourquoi te balades-tu avec une marque inscrite en gros sur ton pull ?

— C'est mon sweat préféré », répond-il, penaud.

Il ne le savait pas à l'époque, mais son grand-père était un pourfendeur de la société de consommation. Il était même l'inventeur de cette expression.

CHAPITRE 15

La société de consommation

> « C'est Domenach qui est l'inventeur de cette expression. »
>
> Jacques JULLIARD

Signés le 18 mars 1962, les accords d'Évian mettent un terme définitif à la guerre d'Algérie. Outre la question de la sortie de la guerre, un autre point a cristallisé des désaccords durant ces années entre les membres d'*Esprit*, ainsi qu'aux Murs Blancs : l'entrée dans une société dite de « consommation ». Un épiphénomène pour certains, un grand péril pour d'autres, dont notre grand-père. Jacques Julliard nous a raconté que lorsqu'il est rentré en France, après deux ans de service militaire en Algérie, Jim l'a convoqué dans son bureau avec Joseph Rovan, qui revenait lui aussi d'Algérie. Il leur a expliqué que « la France avait changé depuis leur départ. Qu'ils étaient entrés dans "la société de consommation" ». Selon Julliard, c'est notre grand-père qui a inventé l'expression.

À l'époque, peu de gens prenaient la mesure du bouleversement que cela pouvait représenter. « J'ai pris conscience vers 1955 que ce n'était plus la lutte des classes, que le prolétariat était en train de s'embourgeoiser, des choses que nos camarades ne voulaient pas accepter. Qu'on entrait, je crois que c'est moi qui ai inventé le mot, en société de consommation, dont on voyait un modèle inquiétant aux États-Unis. C'est à ce moment-là que j'ai fait appel à des sociologues comme Michel Crozier en particulier », raconte notre grand-père à François Dosse, lors de son interview pour son livre *Paul Ricœur : les sens d'une vie*.

Cette société de consommation va devenir l'ennemi commun des gens d'*Esprit* et des Murs Blancs. Pourtant, ils vont devoir commencer eux aussi à vivre avec leur temps. Dans le courant des années 1960, la buanderie n'est déjà plus commune aux six familles. Chacune a désormais sa machine à laver et cet espace, qui se trouve face à la maison du gardien et qui fut l'ancienne écurie, est désormais un garage. Chaque famille possède une, voire parfois deux voitures. La télévision va elle aussi, peu à peu et avec beaucoup de réticence, faire son entrée dans chaque appartement. Notre père se souvient encore qu'avec sa sœur et ses frères, ils n'avaient le droit de regarder que les programmes adoubés par le « code catholique » de *Télérama*.

Le niveau de vie des habitants s'améliore et la frugalité de l'après-guerre est derrière eux, même si certains continuent à avoir des fins de mois difficiles. Chez les

Ricœur l'argent sort aussi vite qu'il entre. Paul Ricœur n'a que faire des contingences matérielles, les rendez-vous, les dates, l'argent, tout cela l'embarrasse… Notre grand-père raconta à François Dosse, pour son livre sur le philosophe, le nombre de ses étourderies, comme les fois où on appelait chez les Domenach, parce que Ricœur s'était trompé au pressing ou à la poste. Dans les *Murs Blancs cancans*, les enfants se moquent eux aussi de l'oncle Paul, qui abîme une fois sur deux sa voiture en la rentrant dans son garage. Ricœur ne sait donc pas très bien ce qu'il fait de son argent mais apprécie quand même de vivre dans un certain confort et de pouvoir emmener sa famille l'été dans leur maison de vacances à Préfailles, dans l'ouest de la France. Résultat, sa femme a souvent emprunté de l'argent à Fraisse ou à Baboulène – désormais ingénieur, celui-ci gagne correctement sa vie. Et s'il y a une chose sur laquelle Fraisse ne rechigne jamais, c'est d'avancer de l'argent à un couple pour qu'il puisse régler les charges de la propriété, conscient que sa situation financière est la plus confortable des Murs Blancs. Quant à notre grand-père, il s'est longtemps tué à la tâche sans gagner grand-chose, malgré le succès de la revue. Pourtant il gardait le sourire : « C'est nous qui devrions payer pour exercer les métiers que nous faisons », avait-il coutume de dire. Sa situation s'est améliorée grâce à Marrou qui, dans le courant des années 1960, lui a donné des articles à écrire pour un journal canadien.

Dans ces années-là, leur statut de propriétaires des Murs Blancs va lui aussi changer. Pratique au départ, la société anonyme qu'avait fondée Mounier pour acquérir le lieu est devenue compliquée à gérer : ce statut convient mieux aux actionnaires d'une entreprise qu'à des intellectuels qui vivent en communauté. Les aménagements des uns et des autres dans les appartements les ont amenés à revaloriser leurs parts dans le capital de départ, et poussés à organiser des montages financiers de plus en plus complexes. Lorsque Ricœur arrive en 1957, la question se pose déjà de changer de statut et de racheter les parts extérieures de la propriété, qui appartiennent encore à la revue ou à certains de ses membres, pour que les six familles en deviennent les propriétaires exclusifs à parts quasi égales.

Dans la « Situation des associés des Murs Blancs » de janvier 1961, document retrouvé dans les archives de notre grand-père, le contexte est très clairement décrit : ils doivent racheter cinquante-cinq parts aux éditions Esprit et soixante-huit parts à des « amis détenteurs ». Une situation qu'ils ne régleront qu'en 1967 en vendant une petite partie du verger. Ils pourront alors changer de statut et transformer la société anonyme en une simple assemblée de copropriétaires. Enfin, simple… la valeur de chaque appartement des Murs Blancs a déjà triplé depuis l'après-guerre. Autour d'eux, le paysage a changé. Les bottes de foin et les vaches ont disparu ainsi que les fermiers aux alentours. La Butte-Rouge est devenue une cité-dortoir et les maraîchers du vieux Châtenay ont été remplacés par des banques et des concessions automobiles. La valeur des terrains n'est plus la même que du temps de Mounier et les promoteurs sont à l'affût. Deux barres d'immeubles, des HLM, vont être construites sur la partie du verger vendue par les murblanquistes. Ces bâtiments renvoient aux habitants des Murs Blancs une image insupportable : leur propriété est devenue un signe extérieur de richesse. Et sans qu'ils l'aient voulu, une belle affaire immobilière.

27 juin 2009, 14 heures

« Monsieur Crozier a des moments d'absence. Parfois il est lucide, parfois il est difficile de tenir une conversation avec lui. En tout cas il est ravi de vous recevoir, il se souvient très bien de vous », annonce au téléphone l'assistante de Michel Crozier alors que Léa l'appelle pour convenir d'un rendez-vous.

Lorsqu'elle franchit la porte de son petit appartement du XIVe arrondissement de Paris, son accueil est chaleureux. Son visage et sa voix sont familiers. Elle l'a effectivement croisé plusieurs fois aux Murs Blancs, sans trop savoir qui il était. Une pointe de nostalgie la saisit et comme souvent, elle éprouve le regret de ne pas avoir eu conscience de toute la richesse intellectuelle que nous avions à portée de main : « Vous ressemblez beaucoup à votre grand-mère », lui dit Crozier, flatteur. Lui, avec sa casquette de base-ball et son pull en cachemire rose, ne fait pas du tout ses quatre-vingt-onze ans.

Il l'invite à s'asseoir à côté de lui au salon. Son débit est lent, parfois saccadé. Elle lui demande de raconter sa première rencontre avec notre grand-père. Les larmes lui montent aux yeux : « Jean-Marie était un homme de bonne foi. Qui aimait sa patrie et le général de Gaulle. » S'ensuit un long silence. Léa essaye de lui poser des questions sur des souvenirs un peu moins affectifs : la société de consommation, l'expression « société bloquée » qu'il a inventée et décryptée dans *Esprit* pour dénoncer une administration engoncée, un manque de renouvellement des élites, une bureaucratie centralisée, une France opposée à la modernisation et à la démocratisation véritable. Une résistance au changement qui présageait, selon lui, une crise grave. Crozier lui prend affectueusement la main : « J'aimais le climat à *Esprit*, celui qu'avait réussi à faire régner votre grand-père. Personne n'était d'accord sur rien mais on pouvait débattre de tout. Je suis parti quand il est parti. »

La conversation continue. Décousue. Chargée d'émotion : « Jean était mon ami. J'adorais venir aux Murs Blancs pour discuter avec lui. L'ambiance était joyeuse… sauf avec Fraisse. » Le temps est suspendu. Son assistante passe une tête et lui fait un signe de la main. Cela fait deux heures qu'ils discutent, il doit être fatigué.

Alors qu'il insiste pour raccompagner Léa jusqu'à la porte, toujours en lui tenant la main, il la serre longuement dans ses bras. Enfin, dans un éclair de lucidité il se recule et lui dit : « Mai 68. Il faut que vous parliez de Mai 68. Je n'étais d'accord avec personne à *Esprit* et Jean-Marie m'a laissé faire une conférence aux Murs Blancs. C'est l'un de mes plus beaux souvenirs. »

TROISIÈME PARTIE

Dimanche 5 mai 1968, 18 h 30

Sur la grande pelouse, à l'ombre du tulipier aux fleurs naissantes, une quarantaine de jeunes gens entre quinze et vingt-cinq ans forment un grand cercle. Certains sont assis, d'autres allongés les yeux fermés, profitant de la douceur de mai. Parmi eux, des enfants des Murs Blancs, devenus de jeunes adultes. On retrouve Geneviève et sa sœur Claire Fraisse. Geneviève est en première année de philosophie à la Sorbonne. Elle est revenue vivre aux Murs Blancs après en être partie pendant un an. Claire, elle, y vit encore et vient d'entamer sa deuxième année de médecine, tout comme Anne-Catherine Baboulène, assise à côté d'elle. Du côté des Ricœur, il y a Étienne, seize ans, fauteur de troubles en seconde au lycée de Châtenay-Malabry, et Olivier, vingt-deux ans, étudiant en cinéma. Un peu plus loin, Jérôme Baboulène et notre père Nicolas, allongés dans l'herbe.

Cheveux longs, pantalons pattes-d'éléphant, chemise ouverte, foulard autour du cou. Jérôme s'est laissé pousser une magnifique moustache. Sa grande sœur Thérèse est partie faire des études en Italie, tout comme notre oncle Vincent qui, lui, est parti à Lyon. Jérôme Baboulène est en première et notre père doit passer le bac cette année. Fanny, la plus petite des Domenach, est présente avec des amies du lycée. Cheveux jusqu'aux fesses, elles bavardent en jetant des regards admiratifs vers les plus grands des garçons. Surtout vers notre père, dont les grands yeux gris-bleu ne laissaient pas les filles indifférentes. Jean-Luc, notre oncle, l'aîné des Domenach, est assis avec quelques-uns de ses camarades de Sciences Po. Cheveux bruns un peu en bataille, trench-coat noir ajusté, petites lunettes rondes, lui et sa bande ont l'air déjà beaucoup plus adultes que la plupart des jeunes gens présents.

Jean Fraisse a organisé une réunion aux Murs Blancs pour faire le point sur les révoltes étudiantes et les événements qui s'enchaînent depuis le début du mois de mai. Depuis deux jours, le soulèvement des étudiants de Nanterre menés par Daniel Cohn-Bendit a gagné le Quartier latin. La faculté où Paul Ricœur dirige désormais le département de philosophie est fermée depuis jeudi 2 mai. Les « contestataires » ont rejoint la Sorbonne qui est occupée dès le vendredi 3. L'évacuation par la police va provoquer la première soirée d'émeutes du fameux mouvement de mai 68. Un vent de révolte qui contraste avec l'atmosphère paisible des Murs Blancs ce jour-là. Pourtant on y retrouve une partie des responsables des manifestations.

En premier lieu Jean Fraisse, debout au milieu de ce petit monde. Il a fière allure. D'après notre père, il était beau garçon et avait du succès auprès des filles. Selon la rumeur, aux Murs Blancs, « il avait les faveurs des bonnes ». Comprendre qu'il devait fricoter avec les jeunes filles au pair. Désormais étudiant à l'Institut de géographie et membre actif de l'UNEF, il porte fièrement une chemise fleurie et un pantalon noir moulant. Jean Terrel est assis à côté de lui. Président de l'UNEF, lui-même étudiant en philosophie à Nantes, il est monté à Paris depuis le début du mois pour être au plus près du mouvement étudiant. Les deux garçons sont de toutes les réunions et ont pris une part active à la journée de vendredi. Ils racontent à leurs camarades la violence qu'ils ont subie de la part des « fascistes », des membres de l'organisation d'extrême droite Occident et de la police.

Si les leaders de l'UNEF les ont rassemblés aux Murs Blancs, c'est pour discuter de la suite. Pour ces socialistes réformistes, une révolution, ça ne s'improvise pas. Leurs revendications doivent être précises. Ils ont donc préparé une lettre sous forme de tract qu'ils feront voter en assemblée générale et qu'ils veulent leur présenter. En face d'eux, d'autres membres de l'UNEF mais aussi des lycéens, chefs de file de certains « comités Vietnam de base[1] », venus grossir les rangs des manifestants de la Sorbonne. Des maoïstes, des trotskistes, des spontanéistes, des étudiants de Nanterre, Antony et Sceaux. La gauche étudiante dans toute sa complexité. À l'image de leurs parents, les enfants

1. Groupes à tendance maoïste fondés en 1967 pour lutter contre l'invasion américaine au Vietnam.

devenus jeunes adultes font des Murs Blancs la base arrière de leur combat. Et comme les adultes n'avaient pas l'habitude de les inviter, ils leur rendent la pareille.

Jean Fraisse et Jean Terrel leur présentent les points fondamentaux sur lesquels ils doivent débattre : le pouvoir des étudiants et ce qu'il va advenir des manifestants enrôlés dans le mouvement ; le rôle futur des syndicats ; le poids de la parole des étudiants dans le fonctionnement universitaire ; la sélection à l'entrée de la fac. Enfin, l'extension de leur lutte aux travailleurs, s'ils veulent faire tomber le pouvoir en place. Après leur exposé, les questions fusent. Certains, déjà présents au Quartier latin vendredi, ne se sentent pas de passer leurs nuits à faire des barricades. Ne doivent-ils pas éviter la violence à tout prix ? D'autres pensent qu'ils subissent une violence sociale depuis bien trop longtemps. Ils veulent agir et tout renverser. Une petite brune au teint mat, camarade de Jean Fraisse à l'UNEF, prend la parole : boursière, elle ne comprend pas pourquoi on s'en prend au symbole universitaire qui reste une chance pour elle. Ils veulent renverser le pouvoir en place et la bourgeoisie, soit, mais tout n'est pas mauvais dans le système. Elle a pu comme tous les boursiers, enfants d'immigrés, de prolétaires, accéder au savoir. Le débat s'enflamme, elle ne se démonte pas. Un peu plus loin, notre oncle Jean-Luc regarde, fasciné, cette jeune fille brillante et pleine de bagou qu'il voit pour la première fois. Elle s'appelle Geneviève Chich. Il l'épousera deux ans plus tard.

CHAPITRE 1

Derrière les Murs

> « Nous sommes tout le temps dehors et de tous les combats. »
>
> Nicolas DOMENACH

« Et toi papa, tu faisais quoi en 68 ? » Tous les enfants de baby-boomers ont au moins posé une fois cette question au cours d'un dîner familial. Nous l'avons posée à notre père, qui fêtait ses dix-huit ans cette année-là. Chef de file des mouvements lycéens d'Antony, il en garde un souvenir joyeux, surtout que cet élève très moyen obtiendra son bac « avec mention bien ! » au mois de juin. Pour le faire enrager, nous aimons lui rappeler qu'il l'a un peu « volé », puisqu'il n'a passé aucune épreuve écrite.

À l'époque, son engagement dans les révoltes étudiantes lui semble logique : « Lorsque les événements de Mai commencent, avec mon frère Jean-Luc, on prend nos mobylettes et on fonce à la Sorbonne. Évidemment, personne ne nous en empêche et je trouve ça normal de rencontrer papa au Quartier latin. Nous sommes tout le temps dehors et de tous les combats : il faut être du côté des résistants jour et nuit. » Notre oncle Jean-Luc se souvient aussi de cette période : « Moi j'ai plutôt eu de la chance, on montait des barricades mais on n'était pas avec les vrais énervés, les "gauchards de la Sorbonne". Les flics nous disaient : vous avez jusqu'à minuit et si vous remballez ensuite, il n'y aura pas de grabuge. » Comme eux, la plupart des enfants des Murs Blancs se sont mobilisés. Nous pensions que pour beaucoup c'était la première fois qu'ils prenaient part aussi activement à un combat. En fait la majorité avaient protesté contre la guerre du Vietnam quelques mois plus tôt. Des comités lycéens pour protester contre la guerre du Vietnam avaient fleuri un peu partout dans les facs mais surtout dans les lycées. Un premier pas pour eux dans l'autonomisation de leur combat vis-à-vis des adultes, entérinée par Mai 68, qui marque une véritable rupture générationnelle. Après avoir passé leur enfance à être spectateurs du combat de leurs aînés, ils ont enfin l'âge de se battre et ne s'en privent pas. Cette lutte, ils la mènent aussi contre leurs parents. Geneviève Fraisse se souvient : « 68 est une fracture totale : c'est la fin de mon engagement au PSU (Parti socialiste unifié), mouvement de la deuxième gauche dans lequel s'ancraient traditionnellement les adultes des Murs Blancs, dont mes parents. C'est le début de ma position à l'extrême gauche Mao puis de mon engagement féministe dans le mouvement des femmes. 68, c'est la déflagration. » Vécue par toute une jeunesse française sur les barricades, cette rupture a été impressionnante chez les enfants des Murs Blancs, car pour la première fois, leurs engagements et donc leur vie se déroulaient à l'extérieur.

Notre oncle Jean-Luc évoque un petit problème de socialisation, après une enfance et une adolescence où ils se suffisaient à eux-mêmes : « Il faut se rendre compte que j'ai pris mon premier café avec des copains à l'extérieur, à l'âge de vingt ans. » Ces adultes en devenir aimaient de moins en moins rentrer chez eux. Plus ils grandissaient, plus les Murs Blancs devenaient pour eux un rêve d'enfance : « À l'adolescence j'ai vu mon monde se rétrécir, comme j'ai vu le parc se rétrécir. Je ne le voyais plus avec mes yeux d'enfant. J'avais besoin d'autre chose », se souvient Étienne Ricœur. Exclu du lycée de Châtenay, il fugue quelques mois plus tard pour vivre dans une communauté des Pyrénées-Orientales et fabriquer des bijoux artisanaux. Il a juste laissé un mot sur l'oreiller pour prévenir ses parents alors qu'il s'entendait très bien avec eux. Agnès, la petite dernière des Fraisse, l'imite l'année suivante. « Je crois que je suis parti pour faire vivre un esprit qui n'était plus aux Murs Blancs, voire qui n'y avait jamais été », analyse Étienne Ricœur.

Avec 68, ces enfants devenus adultes font leur crise d'adolescence et interrogent le modèle de leurs parents. Pour la première fois, ils osent remettre en cause ces mythes. Eux qui n'avaient jamais le droit à la parole s'émancipent enfin, à l'extérieur, sans se soucier de leurs regards si pesants.

Et pour une fois ces intellectuels en avance sur leur temps et si prompts à anticiper, comprendre, et résoudre les problèmes de société, se retrouvent dépassés, incapables de comprendre ce qui se jouait de l'autre côté de leurs Murs.

CHAPITRE 2

Dépassés

« Papa était malheureux car il n'y comprenait rien. »

Jean-Luc DOMENACH

En mai 68, Paul Ricœur se retrouve en première ligne. Quatre ans plus tôt, il a quitté sa confortable chaire de professeur à la Sorbonne pour diriger le département philosophie de la nouvelle université de Nanterre avec son ami Mikel Dufrenne. La démocratisation du monde universitaire est l'un de ses nouveaux chevaux de bataille. À Nanterre, il fait venir ses amis philosophes et enseignants de renom, Emmanuel Levinas[1], Sylvain Zac[2],

1. Philosophe d'origine lituanienne, dont les travaux sont centrés autour de l'éthique et de la métaphysique (1906-1995). Spécialiste de Husserl et de Heidegger.

2. Enseignant chercheur en philosophie, d'origine roumaine, spécialiste de l'histoire de la philosophie aux XVIIe et XVIIIe siècles.

Henry Duméry[1], des hommes engagés comme lui dans ce combat et qui sont d'autant plus méritants qu'à l'époque, Nanterre ressemble davantage à un chantier entouré de bidonvilles qu'à une faculté. Les conditions de travail y sont déplorables. Alors que le nombre d'étudiants en France est passé de 200 000 à 600 000 en huit ans, aux premières loges, Ricœur a vu la colère monter. Dans *Esprit* il publie dès 1964 un article intitulé « Faire l'Université » pour dénoncer la centralisation ainsi que la sélection à l'université, qui ne lui paraît « ni souhaitable, ni possible », car elle pourrait déboucher sur une « explosion scolaire ». Prédiction qui se réalisera. Pour que Ricœur puisse raconter aux habitants et aux curieux comment il vit les événements de l'intérieur, Paul Fraisse organise une conférence aux Murs Blancs, animée par le philosophe à la fin du mois de mai 68. Devant une trentaine de personnes, Ricœur explique que s'il soutient les étudiants dans leurs revendications, il n'accepte pas que ceux-ci malmènent l'institution. Dans son université, il est aussi membre de la commission disciplinaire devant laquelle comparaissent Cohn-Bendit et les autres « enragés de Nanterre ». Ricœur a beau condamner les actes du jeune homme et de ses camarades, avec ses collègues Alain Touraine[2] et Henri

1. Philosophe français, dont les travaux portent sur la religion et la phénoménologie (1920-2012).

2. Sociologue, à l'époque professeur à Nanterre puis directeur d'études à l'EHESS.

Lefebvre[1], il s'est indigné qu'on menace de renvoyer le jeune insurgé en Allemagne. Si Ricœur n'est pas d'accord avec les étudiants, il considère qu'il ne faut rien céder sur les droits de l'homme.

Sa position d'avocat des étudiants convainc la direction que cet homme de dialogue serait apte à devenir le doyen de la faculté de Nanterre. Un poste qu'il accepte d'endosser dans le courant de l'année 1969. Lui qui déteste les responsabilités se retrouve à gérer une colère loin d'être apaisée. Il refuse toute protection policière et trouve son bureau sans cesse envahi par les étudiants. Ricœur y est quotidiennement insulté, menacé et reçoit même une poubelle sur la tête. En mars 1970, suite à une journée de manifestation mémorable où le gouvernement envoie les forces de l'ordre sur le campus sans le prévenir, entraînant plus de 187 blessés, Ricœur donne sa démission, amer.

Pour ce qui est de ses enfants, il ne voit pas venir la fugue d'Étienne. Malgré leur inquiétude, Simone et lui n'ont eu d'autre choix que de l'accepter et de le laisser partir. Il n'aura aucune nouvelle du jeune homme pendant deux mois. Pourtant, à son retour, il l'accueille comme si de rien n'était.

Si beaucoup de participants gardent un souvenir chaleureux de cette réunion aux Murs Blancs où Ricœur prend la parole, d'autres sont frappés par le fossé entre les générations. Comparé à Ricœur qui montre une certaine

1. Philosophe marxiste dont les travaux ont porté principalement sur la sociologie, la géographie et à l'urbanisme (1901-1991).

retenue dans ses propos, « Fraisse était beaucoup moins mesuré, et aurait bien fait griller les fauteurs de troubles sans autre forme de procès », se souvient notre oncle Jean-Luc. Pourtant, selon Françoise Parrot, son ancienne étudiante, la position de Fraisse n'est pas manichéenne. En mai 68, Fraisse est directeur d'un ensemble de laboratoires et d'un Institut de psychologie surnommé la « Maison de la rue Serpente ». Si de ses propres aveux, il écrit dans ses *Souvenirs* s'être battu contre l'« agitation ambiante » pour que « cette maison garde une certaine qualité », il fait comprendre discrètement à ses étudiants qu'il est conscient des réformes qu'il y a à mener. Il va jusqu'à intervenir contre l'arrestation et la garde à vue de Françoise Parrot et de certains de ses jeunes collègues après une manifestation qui dégénère. Pourtant, pour les enfants des Murs Blancs, il est comme tous les autres adultes : un représentant de l'ordre moral.

Marrou se retrouve lui aussi dans une situation compliquée. L'historien a beaucoup travaillé sur les problèmes d'éducation, notamment dans l'enseignement supérieur. Par ses écrits et son engagement syndical, il a œuvré pour la réformer. Décrit par tous ses étudiants comme un professeur hors pair, très jeune dans sa tête, il aurait pu épouser leur cause. Sauf que le professeur émérite est choqué par ce que de Gaulle appellera « la chienlit ». Lorsque la bibliothèque de la Sorbonne est occupée, les premiers jours de mai, Marrou demande à l'une de ses étudiantes de confiance d'en sauver les livres et papiers précieux. Il n'accepte pas les interventions intempestives dans ses cours et maintient les soutenances de ses étudiants, même lorsque l'amphithéâtre est envahi : ses élèves ont travaillé trop dur pour attendre plus longtemps et lui, boursier de la République, ne peut admettre de tels excès. Ses enfants déjà grands, il ne voit pas chez eux la même révolte et la même agitation que chez les benjamins des Murs Blancs.

De son côté, notre grand-père est complètement largué. « Papa était malheureux car il n'y comprenait rien. C'est à ce moment-là qu'il a commencé à décrocher », raconte notre oncle Jean-Luc. Pourtant, ce n'est pas faute d'avoir essayé de s'y intéresser et d'éprouver une véritable curiosité intellectuelle à l'égard de leur combat. Quelques jours avant les premiers événements de Mai, s'est tenu le dernier congrès d'*Esprit* où il a insisté pour que la revue, dont il est toujours rédacteur en chef, suive de près le mouvement. Lui-même donne de sa personne. Notre père se souvient que lorsqu'il s'est embarqué dans l'aventure du théâtre militant, intitulé « Théâtralisons les luttes », de la résidence universitaire d'Antony avec Jérôme Baboulène, Jim est venu voir leur spectacle. Il se terminait par un homme nu sur scène, ce qui était scandaleux à l'époque : « Il allait voir par curiosité intellectuelle même s'il ne comprenait pas tout. » Notre père se souvient aussi de l'avoir retrouvé parfois au Quartier latin, toujours intéressé et curieux d'interroger des étudiants. Rien n'y fait pourtant, s'il entend les revendications sociales, leur colère le dépasse. Parfois Jim grommelle : « La théorie du coup de pied au cul ! »

13 mai 1971, 18 h 26

En rentrant chez lui, à une centaine de mètres des Murs Blancs, Paul Fraisse aperçoit une forme blanche au-dessus du portail. À mesure qu'il s'approche, il distingue une immense banderole barrée d'un acronyme en lettres capitales : FHAR. Les passants qui s'arrêtent pour la regarder confirment son mauvais pressentiment : il se passe quelque chose d'inhabituel devant chez lui. Il s'approche un peu plus, plisse les yeux et peut enfin lire le sous-titre : « Front Homosexuel d'Action Révolutionnaire ». La lecture d'un second message sous le premier : « Pédés et lesbiennes en lutte ! » l'achève. Qui a bien pu… ? Derrière lui, Nicolas Domenach et Olivier Ricœur, la petite vingtaine insolente, sont assis sur le banc de l'arrêt de bus de la rue des Vignes, hilares.

Ricœur sort à son tour de la propriété, sans se rendre compte de rien. Fraisse le regarde s'éloigner, médusé.

Il se dirige d'un pas décidé à l'intérieur : ils vont voir ce qu'ils vont voir ! Arrivé sous les fenêtres du bureau de notre grand-père, il tape au carreau : « Jean-Marie, ton fils a encore fait des siennes ! »

CHAPITRE 3

Les tabous

« Avec 68 sont arrivées aux Murs Blancs l'homosexualité et la drogue. »

Paul FRAISSE

Tous les familiers d'*Esprit* et des Murs Blancs en 1968 et dans les années qui suivent s'accordent à dire que la révolution sexuelle n'est pas passée par là. À part Ricœur le protestant, ces familles sont catholiques. Si elles rejettent le dogmatisme de l'Église, les mœurs conservatrices sont ancrées en elles : « Ma mère était très soucieuse des conventions pour ses filles », relate Anne-Catherine Baboulène : « Adolescentes, nous n'avions pas le droit de mettre des shorts ou des pantalons. » Notre grand-père, lui, est très inquiet du comportement de notre père qui a, selon lui, à l'adolescence une « vie dissolue ». Comprendre qu'il ne fout rien à l'école, qu'il sort avec tout un tas de filles et qu'il prend « de la drogue ». Jacques Julliard se souvient de Jim demandant des conseils à son jeune secrétaire de rédaction, Paul Thibaud, au sujet de notre père.

De manière générale, la sexualité est taboue. Les adultes n'en parlent pas entre eux, et surtout pas avec leurs enfants. Et lorsque Olivier Ricœur et Geneviève Fraisse osent flirter ensemble, l'espace de quelques semaines, alors qu'ils ont une quinzaine d'années, cela fait scandale dans la communauté. À tel point que Paul Fraisse envoie sa fille voir un psy. À l'âge de vingt ans, alors qu'elle a déjà quitté la maison, Geneviève Fraisse part seule avec un garçon en Algérie, contre l'avis de ses parents. Son père en reste alité une semaine.

Cette posture morale des adultes des Murs Blancs se retrouve dans les pages d'*Esprit*. Le journal a beau être en avance sur les combats politiques de son temps, il est archaïque sur la question des mœurs. Camille Bourniquel se souvient de notre grand-père lui disant : « Je ne veux pas mettre dans la revue ce que je ne voudrais pas voir dans les mains de mes fils. » Alfred Simon, critique de théâtre, nous décrit la revue comme « la citadelle de la masculinité », et d'après lui, c'est entièrement la faute de notre grand-père qui « pensait que certaines choses ne pouvaient être débattues qu'entre hommes ». Alors que toutes les autres revues dans les années 1970 commencent à s'ouvrir aux femmes, *Esprit* leur reste désespérément fermée. Simone Paumelle va plus loin. D'après elle, « tout ce qui touchait à la séduction les gênait profondément dans leur manière de penser ».

Lorsque Philippe Meyer, un ancien de la revue, ex-brillant animateur de « L'esprit public » sur Radio France, propose à notre grand-père de venir assister à une réunion du Front homosexuel d'action révolutionnaire, Jim éclate de rire : « Farceur, va », lui a-t-il dit. Pour Jean Lebrun, autre célèbre journaliste et voix de la radio publique, qui a également commencé dans les colonnes de la revue, « il y avait un vrai problème avec l'homosexualité. Pour des gens élevés dans le culte du guerrier, ça n'existait pas ». Ceux qui représentent la revue à l'extérieur, nous a raconté Jean Lebrun, ont d'ailleurs tous des « allures de séminariste » avec « un comportement adéquat à adopter ». Et eux, les jeunes qui y entrent, ne peuvent que se conformer à ce modèle.

Pourtant, et c'est toujours l'ambiguïté avec ceux qu'on appelle les « cathos de gauche », dès que la question des mœurs rejoint celle des droits de l'homme ou touche à la liberté d'expression, ils n'hésitent pas à prendre parti. Notre grand-père était machiste, mais il est l'un des seuls journalistes de sexe masculin à avoir défendu publiquement *Le Deuxième Sexe* de Simone de Beauvoir : « Je crois que les chrétiens qui, sous prétexte d'érotisme et d'obscénité, attaquent Simone de Beauvoir et la tentative qu'elle représente, se trompent du tout au tout », écrit-il dans *Esprit* en juin 1949, alors qu'elle est conspuée, en particulier par le milieu catholique. Autre fait d'arme, dans le numéro d'*Esprit* de mai 1971, il écrit un édito « Avortement : quelle liberté ? » qui, s'il ne se prononce pas ouvertement pour, ouvre le débat. Anne-Catherine

Baboulène se souvient aussi de sa mère qui était contre l'avortement mais qui, lors d'un vote dans la commune de Châtenay, se prononce pour. La raison : ce n'est pas parce que cela heurte ses convictions qu'elle se sent le droit d'imposer aux autres de ne pas pouvoir avoir ce choix.

Pas étonnant que les enfants des Murs Blancs prennent le contre-pied. Geneviève Fraisse devient l'éminente philosophe et spécialiste du féministe que l'on connaît : « Aux Murs Blancs, je ne comprenais pas pourquoi les hommes et les femmes ne faisaient pas la même chose, ça me paraissait illogique. Ma génération est la première à passer le même bac que les garçons. Les adultes ne se rendaient pas compte de cette nouvelle génération de femmes qui arrivaient. » Enfin, surtout les hommes, car Geneviève Fraisse admet avoir eu, lors de ses études, le soutien discret de sa mère, qui s'intéresse déjà de loin à la question du féminisme. Quant à notre grand-mère, elle est une ardente militante du Planning familial de Châtenay, organisation alors décriée par la bonne société. Pourtant elle ne sait pas que certains des grands enfants des Murs Blancs apportent eux aussi leur soutien au MLAC (Mouvement pour la liberté de l'avortement et de la contraception) en leur prêtant cuisines et chambres de bonne pour qu'ils puissent organiser des avortements clandestins.

Aux Murs Blancs, les champions de la transgression sont notre père et Olivier Ricœur, qui profitent de la discrétion du parc pour se défoncer joyeusement. Certains groseilliers ont été remplacés par des plants de cannabis et le fond de la propriété leur sert de cachette avec leurs amis pour essayer toutes formes de psychotropes. À dix-huit ans, Olivier assume déjà sa préférence pour les garçons. Ce qui est vu d'un très mauvais œil par la grande majorité de la communauté. Loin de s'interroger ou de comprendre, notre grand-père et Paul Fraisse ont mis ça sur le compte des « événements de 68 ». Ils ont accusé les enfants d'être en partie responsables de l'effondrement de leur communauté. Jim raconte qu'à partir de 1968, il y a eu « un phénomène de pourrissement dû à la drogue amenée dans le parc par ces jeunes gens ». Quant à Fraisse, il écrit dans ses *Souvenirs* qu'« avec 68 sont arrivées aux Murs Blancs l'homosexualité et la drogue ». Comme si cela n'avait jamais existé avant… La bulle qu'ils avaient créée pour se protéger du monde extérieur avait éclaté.

CHAPITRE 4

La célébrité

> « On ne se rend pas compte de la célébrité des gens des Murs Blancs dans les années 60-70. »
>
> Éric CONAN

Entre 1965 et 1970, presque tous les enfants ont quitté les Murs Blancs. Il ne reste qu'Emmanuel Baboulène, né en 1965, loin de quitter le nid, et Olivier Ricœur, pourtant adulte. La communauté des fondateurs, elle, est encore là et continue à vivre autour d'*Esprit*. Jim, toujours directeur, a à cœur de former les nouvelles générations d'intellectuels et de journalistes engagés. Plusieurs d'entre eux sont revenus avec nous sur leurs années à *Esprit*, alors qu'ils n'étaient encore pour la plupart que des étudiants, ou tout juste sortis de leurs études : « Stéphane Khémis[1],

1. Historien et journaliste.

Jacques Julliard, Jean Lebrun, Philippe Meyer sont des gens qui ont été faits par *Esprit* », nous a raconté Éric Conan, journaliste, lui-même passé par l'école de la revue. Philippe Meyer se souvient de la première fois où il a rencontré notre grand-père lors d'une conférence qu'il donnait au Québec où il faisait ses études. Il avait rédigé son mémoire sur « L'application des techniques des sciences humaines sur la délinquance ». Jim et Paul Thibaud, alors secrétaire de la rédaction, lisent ses écrits et lui proposent de s'occuper d'un numéro spécial de la revue sur le travail social. Nous sommes en 1972, il a vingt-deux ans et n'a jamais écrit un papier de sa vie.

Philippe Meyer comme Jacques Julliard nous disent avoir presque tout appris des plumes expérimentées d'*Esprit*, dont notre grand-père, qui leur faisait réécrire leurs papiers des dizaines de fois. Nous avons pu interviewer Julliard en 2009, à l'occasion d'une conférence qu'il donnait aux Murs Blancs pour son dernier ouvrage : *L'Argent, Dieu et le Diable. Péguy, Bernanos, Claudel face au monde moderne*, invité par l'Association des Amis d'Emmanuel Mounier. Après son intervention publique, nous passons un moment à discuter dans ce qui fut le bureau de notre grand-père. Julliard est très ému de s'y retrouver assis à la place de celui qui lui avait donné sa chance lorsqu'il n'était encore qu'un jeune homme. Il parle de lui comme d'un mentor, un écrivain hors pair, un militant comme on n'en fait plus. Même s'ils se sont éloignés à la fin de sa vie, Julliard sait qu'il lui doit beaucoup : « Votre grand-père c'était le cœur qui va dans la plume », se remémore-t-il le regard pétillant. Philippe Meyer confirme : « J'ai fait mon université à *Esprit*. Je ne suis jamais allé en cours. J'ai tout appris là-bas. »

Le philosophe et dissident polonais Krzysztof Pomian, contributeur de la revue, se souvient avec émerveillement de la fin des années 1970 à *Esprit*. Pour lui, il y avait les meilleures plumes et les meilleurs spécialistes de sa matière, mais aussi de l'histoire, du cinéma, etc. Chacun avait sa place. Même si personne n'était d'accord, il régnait une véritable liberté de ton, notamment dans le « Journal à plusieurs voix, » où l'on pouvait retrouver la plume de l'écrivain Camille Bourniquel, du célèbre acteur Alain Cuny, ou encore de Serge Fuster, alias Casamayor, magistrat lors du procès de Nuremberg et auteur d'une vingtaine de livres consacrés à la justice… La majorité de ces gens étaient de culture chrétienne, mais les autres religions, comme les athées, s'y côtoyaient : « C'était un espace d'accueil pour tous », se souvient Conan.

Cette effervescence au sein de la revue rayonne aux Murs Blancs, même si la jeune génération a pu avoir quelques réticences à pénétrer dans ce lieu : « Quand on arrivait à *Esprit* on imaginait d'abord les Murs Blancs d'une façon un peu bizarre : un lieu clos, à part, où on se moquait de Paulette Mounier, la veuve qui tenait encore un bout de chemise ayant appartenu au saint des saints Mounier », se souvient Philippe Meyer. Il a finalement participé à beaucoup de dîners et de déjeuners dans le parc et en garde un bon souvenir : « À cette époque

Jean-Marie voulait faire des Murs Blancs un lieu de convivialité et de liberté. Il aimait boire, manger, chanter, recevoir des gens. »

Les amis d'*Esprit* à Paris mais aussi ceux du réseau étranger sont toujours les bienvenus. Nos grands-parents offrent aussi le gîte ou prêtent leur appartement à de nombreux amis quand ils le désertent pour les vacances d'été : Stanley Hoffmann, Ivan Illich, Dick Howard[1]… Notre père se souvient, alors qu'il était déjà parti vivre sa vie d'adulte, d'être revenu écouter Illich qui donnait des conférences l'été sur la pelouse, déjeuner avec Régis Debray[2] de retour de captivité, ou encore marcher dans le parc avec des dissidents de l'Est.

Lorsque nous avons demandé au réalisateur Chris Marker[3], collaborateur de la revue et ami de notre grand-père, de nous raconter ses souvenirs aux Murs Blancs qu'il a beaucoup fréquentés dans les années 1970, il s'est excusé par email de ne pouvoir donner suite à notre requête : « Ma mémoire est comme une commode aux multiples tiroirs qui souvent restent fermés malgré moi. Quand celui où sont rangés mes souvenirs des Murs

1. Philosophe, critique littéraire et professeur à l'université Stony Brook (New York).

2. Régis Debray, écrivain, philosophe, engagé auprès de Che Guevara, emprisonné à plusieurs reprises en Amérique du Sud.

3. Réalisateur, écrivain, photographe et poète français (1921-2012).

Blancs et de votre grand-père s'entrouvre parfois, je ressens un souffle d'intelligence et de liberté. »

Marrou a lui aussi pris l'habitude de recevoir ses étudiants aux Murs Blancs. Il est de plus en plus sourd, et quand la compagnie l'ennuie, il débranche son Sonotone. Quant à l'appartement des Ricœur, il est devenu un lieu de passage et d'accueil. Pour ses étudiants, pour les amis de leurs enfants, pour leurs amis en général. Ricœur déteste les lieux clos, il veut que sa maison vive même lorsqu'il est absent. Après avoir démissionné du poste de doyen de Nanterre, en 1971, le philosophe intègre le département de philosophie de l'université de Chicago. Avec Simone, ils passent la moitié de l'année aux États-Unis. Pendant ce temps-là, ils accueillent chez eux des étudiants ou anciens étudiants comme Kathleen Blamey, devenue traductrice de certaines de ses œuvres en langue anglaise, qui se souvient que Ricœur lui avait « prêté Châtenay » pour se mettre à l'abri d'un été caniculaire, alors qu'elle venait d'accoucher. Son homologue italienne, philosophe enseignante à l'université de Rome, Daniella Iannotta, ou bien son collègue, Charles Reagan, ancien élève devenu professeur de philosophie à l'université du Kansas, ou le philosophe canadien John Hellman, sont tous venus passer quelques mois dans l'appartement de la maison jaune. Ils gardent un souvenir ému de leur passage et des gens des Murs Blancs sauf… de Fraisse, surveillant général et rabat-joie.

Le psychologue ne supportait pas ces mouvements, ces visites… Pourtant dans ses *Souvenirs*, il parle de cette période avec émotion. Kathleen, elle, se souvient de Fraisse l'épiant à travers les rosiers. Quant à Charles Reagan, il avait construit un petit barbecue à côté du garage, pour faire plaisir aux habitants. Après son départ, Fraisse l'a immédiatement détruit. Ricœur a aussi invité un jour Cesare Cofone, un artiste argentin qui avait besoin d'un grand espace vert pour réaliser une performance artistique sur lady Macbeth. Auparavant, Cofone a demandé l'autorisation à Fraisse, qui a accepté sur le principe. Cofone commençait à avoir une certaine renommée ainsi que Daniel Boudinet, le photographe qui l'accompagnait. Sauf que quand il a vu le trou énorme qu'a fait l'artiste dans le parc, pour enterrer sa lady Macbeth, son sang n'a fait qu'un tour : « Heureusement que je n'ai pas taillé ses buissons comme j'avais prévu de le faire, nous explique Cofone, sinon il m'aurait tué. »

Cette anecdote a amusé Ricœur, que nous soupçonnons d'avoir pris un malin plaisir à faire enrager Fraisse. C'était peut-être sa façon de lui résister et de se réapproprier le parc. Notre grand-père n'a jamais trouvé la sienne. La vie avec Fraisse au-dessus de sa tête lui est devenue insupportable : « Il s'en plaignait souvent à la revue », se souvient Paul Thibaud. Notre grand-mère a même attendu quarante ans pour installer tables et chaises dans le parc : elle ne voulait pas être « sous l'œil de Moscou ».

Pourtant leur inimitié ne les empêche pas de s'engager dans les causes communes. Jusqu'à la fin des années

1970, à *Esprit* comme aux Murs Blancs, les visiteurs ou sympathisants sont toujours aussi politisés. En 1971, notre grand-père fonde avec le philosophe Michel Foucault, le psychiatre Philippe Paumelle et l'historien Pierre Vidal-Naquet, le GIP (Groupe d'information sur les prisons), pour dénoncer les conditions de détention inhumaines des prisonniers. Alliage prestigieux et détonnant : « Foucault détestait cette race d'intellectuels catholiques qui venaient d'*Esprit*. Pourtant ils se battaient ensemble au nom d'un idéal commun », témoigne Philippe Meyer. Un combat auquel tenait notre grand-père, puis notre père qui se souvient d'avoir retrouvé Jim pour manifester devant la prison de Fresnes : « Nous avons été arrêtés par les flics et je faisais du karaté à l'époque ; alors que j'essayais de rendre les coups, mon père me hurlait : "Ne fais pas le crétin !" », nous raconte-t-il. Ils ont été relâchés ensemble en pleine nature.

En 1978, Jim s'engage aussi au CIEL (Comité intellectuel pour l'Europe des libertés), aux côtés de Raymond Aron et de cent cinquante intellectuels et artistes dont la plupart des habitants des Murs Blancs. Présidé par Eugène Ionesco pendant plus de dix ans, le Comité apporte son soutien aux dissidents venus de l'Est et dénonce le communisme soviétique et l'emprise persistante du marxisme, encore très prégnant en France. Appels, colloques, manifestations, textes individuels et collectifs, le CIEL devient une véritable caisse de résonance anticommuniste. Tout comme *Esprit* qui se mobilise encore pour soutenir les tentatives contestataires des pays de l'Est, comme le mouvement syndicaliste Solidarnosc en Pologne.

Olivier Abel, ami d'Étienne Ricœur et fils de Jean Abel, le pasteur de Châtenay, se souvient qu'à cette époque, les intellectuels des Murs Blancs comptent dans la vie locale de Châtenay. Ils s'expriment peu mais quand ils émettent une opinion, ils sont écoutés dans la commune. Par exemple, aux élections législatives de 1967, les habitants des Murs Blancs ont signé un appel à voter pour Robert Levol, même si c'est un communiste, plutôt que pour le candidat de la droite, soupçonné de corruption. Grâce à cela, Levol a été élu dans cette circonscription traditionnellement au centre.

Leur influence s'étend au-delà de la banlieue sud de Paris. Après les événements de Mai 68, le ministère de l'Éducation a été proposé à Ricœur qui le refuse. C'est Edgar Faure qui récupère le poste. Proche de Mitterrand, Jean Baboulène fait partie de son *shadow government* entre 1966 et 1968. Puis il participe à l'élaboration de son programme commun avec les communistes à la fin des années 1970. Quant à notre grand-père, il va rendre régulièrement visite au général de Gaulle. Éric Conan se souvient de Jim leur racontant ses passages à l'Élysée et les visages éberlués des gardes quand il entrait dans la cour avec sa moto BMW et son blouson en cuir noir. Dans son numéro spécial sur l'histoire de la revue, *Esprit* relate un dialogue entre le Général et notre grand-père qui eut lieu en 1968 : « Bonjour mon Général, il y a onze ans que je ne vous ai pas vu…

— Mais je vous lis, je vous lis.

— Ça m'étonnerait, vous avez autre chose à faire.

— Alors, comment va *Esprit* ? Vous n'avez pas beaucoup de publicité, hein ?

— On se débrouille autrement. »

Éric Conan nous confirme l'influence et l'aura qu'ils avaient tous à cette époque : « On ne se rend pas compte de la célébrité des gens des Murs Blancs dans les années 1960-1970. Quand votre grand-père appelait *Le Monde*, il faisait la une. Ces intellos étaient des stars. »

CHAPITRE 5

Le début de la fin

« Quelque chose s'est brisé. »

Paul Fraisse

Le 2 mai 1971, la famille Baboulène quitte les Murs Blancs. Les enfants des Murs Blancs partis, c'en est fini des grandes tablées, des cris dehors, des ballons qui tapent sur les murs. Le parc paraît vide et beaucoup trop grand pour Jean et Jacqueline, d'autant qu'ils ont perdu leur fille aînée Marie-Françoise en 1967 à l'âge de vingt-sept ans, des suites de son diabète. Les Baboulène remettent en cause leur mode de vie « communautaire ». Pourquoi continueraient-ils à supporter la régence de Fraisse ? Ce parc est devenu pour eux le symbole d'un patrimoine qu'ils n'arrivent plus à assumer. Ce que Fraisse conteste dans ses *Souvenirs.* Pour lui, à partir du moment où ils vendraient ce bien, ils passeraient du statut de « privilégiés », que lui n'avait aucun problème à assumer, au vu de l'histoire du lieu, à celui de « riches » qu'ils abhorraient. Il en veut aux Baboulène de quitter ainsi la communauté. Il accuse Jean, qui passe beaucoup de temps à l'étranger à cause de son travail d'ingénieur consultant, de ne s'être jamais intégré. Il reproche aussi aux Ricœur en général, et à Olivier Ricœur en particulier, d'avoir précipité leur décision.

Les grands enfants, qui ont expérimenté drogues en tout genre aux Murs Blancs, sont partis faire leur vie ailleurs et ont complétement décroché. Pas Olivier, resté chez ses parents et qui travaille sur des films pour gagner sa vie. Il est notamment l'assistant de Robert Bresson. Il donne aussi un coup de main à son père en triant son courrier. Mais il a un problème d'addiction à l'alcool et à l'éther. Les habitants des Murs Blancs l'ont retrouvé plus d'une fois ivre en train d'arpenter le parc, ou rentrant à des heures indues avec la voiture de son père, après être allé chercher de l'éther dans une pharmacie de garde. Sans compter qu'Olivier ramène des garçons chez ses parents. Paul et Simone, parents libéraux, acceptent. S'ils n'en parlent pas avec les autres, l'homosexualité de leur fils ne leur a jamais posé de problème. Ils tolèrent aussi ses addictions. S'ils finissent par l'envoyer en centre de désintoxication, ils ne lui fixent pas de limites et le laissent vivre sa vie. Pour les enfants Baboulène, pas de doute : leurs parents sont partis parce qu'ils voyaient la situation dégénérer. Ils avaient peur de la mauvaise influence que pourrait avoir Olivier Ricœur sur Emmanuel, leur petit dernier. Ils seraient d'ailleurs partis à regret, d'après leur fille Anne-Catherine. Les Marrou veulent leur emboîter le pas. Jeanne vient d'avoir un infarctus et ne peut plus monter les escaliers avec autant d'aisance. Finalement ils construisent un balcon au premier étage qui lui permet de profiter de la vue sans avoir à descendre. Ils resteront aux Murs Blancs encore quelques années.

Ce départ crée une brèche dans les Murs Blancs : qui va pouvoir remplacer ces membres historiques ? Notre grand-père propose la place à Philippe Meyer. Ce dernier ne sait pas comment refuser. Il n'en aura pas l'occasion car Fraisse met son veto pour la simple et bonne raison que le jeune homme n'est pas marié. Ils trouvent finalement le remplaçant idéal en la personne de Michel Winock. L'historien, maître de conférences à l'université de Vincennes, prépare un livre sur la revue *Esprit*. Notre grand-père pense à lui pour prendre sa succession à la revue. Sa candidature est acceptée, comme le veut la règle, par tous les membres de la communauté à l'unanimité. Winock s'installe avec sa femme Françoise et leur fils au deuxième étage de la maison jaune. Sauf que les choses ne se passent pas comme prévu et que l'intégration ne prend pas. Fraisse, dans ses *Souvenirs*, accuse Winock d'être responsable de la « mort » de la communauté. D'abord parce que, avec son arrivée, les dîners communautaires, imposés une fois par mois jusqu'alors, disparaissent. Ensuite, parce qu'il a l'affront de demander à déplacer le portail pour construire des petites dalles dans l'allée jusqu'à l'entrée de la maison jaune, afin de ne pas salir ses chaussures. Une demande restée en travers de la gorge de Fraisse : pour qui se prend-il ? D'après Geneviève Fraisse, le malaise venait du fait que Winock n'était pas vraiment « le style de la maison ». Elle évoque une discordance entre « deux bourgeoisies » : celle, provinciale et plus traditionnelle, des habitants historiques, et une autre, plus parisienne, plus « nouveaux riches », incarnée par Winock. Pour Fraisse, Winock n'a jamais réussi à s'intégrer parce qu'il n'a jamais essayé. Dès son arrivée, « quelque chose s'est brisé », raconte-t-il. Par contre, lui ne se pose pas la question de savoir s'il a fait l'effort d'intégrer ce nouvel arrivant.

Lorsque nous interrogeons Winock sur son expérience aux Murs Blancs, celui-ci n'en garde pas que des mauvais souvenirs et préfère se remémorer « les bons moments » : le parc, les conférences certains dimanches après-midi, les discussions avec les uns et les autres, surtout avec ses voisins de la maison jaune, les Marrou et les Ricœur avec qui il s'entend bien. Quand il emménage à Châtenay, ce n'est plus une communauté mais « une copropriété amicale » comme le lui avait expliqué notre grand-père avant son installation. S'il reconnaît que son intégration n'a pas pris, il ne s'en sent pas responsable. Fraisse créait une ambiance détestable et le machisme ambiant, auquel il ne s'attendait pas, a beaucoup pesé sur lui et sa femme, ainsi que les problèmes de drogue d'Olivier Ricœur. Selon certains témoins, son seul « tort » est de ne pas avoir pris la place d'« héritier » que notre grand-père avait taillée pour lui, en refusant de reprendre les rênes de la revue. Il n'aurait pas joué le jeu jusqu'au bout et

Jim ne l'aurait pas supporté, lui reprochant à jamais son « absence de caractère et sa mollesse » à la revue comme aux Murs Blancs. Sauf que, selon Winock aujourd'hui, Jim ne lui aurait jamais proposé officiellement la direction de la revue.

Winock part en 1978. Les habitants ne trouvent personne qui fasse l'unanimité pour racheter l'appartement du deuxième étage de la maison jaune. Ils le louent pendant deux ans à un ingénieur allemand, jusqu'à trouver un acheteur en la personne de François Denoël. Étudiant chercheur et lecteur d'*Esprit*, son directeur de laboratoire, le père Chambre, est un proche de Fraisse. Denoël et sa femme semblent posséder le bon pedigree pour intégrer la communauté. Le jeune homme, qui habite déjà à Bourg-la-Reine, s'installe avec sa famille en 1981. Son emménagement et son intégration se passent bien.

Denoël n'aura pas connu les Marrou. En 1976, Jeanne Marrou meurt, suivie un an plus tard par Henri, son mari. Les Murs Blancs sont abasourdis. D'un commun accord avec la mairie de Châtenay, qui compte comme adjoints au maire deux anciens assistants de l'historien, la rue d'Antony devient la rue Henri-Irénée-Marrou. Une fête est organisée dans le parc, comme un dernier hommage à leur ami disparu. Leur appartement est repris par la nièce des Marrou, Cécile Flament-Marrou, qui vivait chez eux dans les dernières années de leur vie, afin de terminer ses études de droit à Paris. Les enfants Marrou sont déjà installés, certains en province, et n'ont pas voulu reprendre l'appartement. C'est donc Cécile, jeune avocate, qui en a hérité.

Dans les années 1980, les Murs Blancs accueillent encore quelques événements heureux. D'abord, le mariage de nos parents qui a lieu dans le parc en juin 1984. À part notre père, très peu des enfants des Murs Blancs ont choisi de se marier ici : Françoise Marrou dans les années 1960, puis Thérèse Baboulène dans les années 1970. À chaque fois, toute la communauté est invitée. Nos deux parents se souviennent de leur mariage aux Murs Blancs comme d'un vrai moment de joie. La fameuse salle de ping-pong, qui servait de base arrière à l'Association des Amis d'Emmanuel Mounier, est investie comme salle de réception. De grandes tentes sont plantées dans le jardin en cas de pluie.

Autre moment important, le goûter d'anniversaire organisé pour les quatre-vingt-dix ans de Paulette Mounier en 1986. Tous les enfants et petits-enfants des Murs Blancs sont invités. Certains reviennent dans le parc, alors qu'ils n'y avaient pas remis les pieds depuis leur adolescence. D'autres n'y ont jamais remis les pieds depuis cet événement. Ricœur y fait un discours très émouvant. Un beau moment, sans doute l'un des derniers.

CHAPITRE 6

Les Murs Carnivores

> « Qui êtes-vous pour vous sentir responsables de la mort d'Olivier ? »
>
> Le pasteur de Robinson

Olivier Ricœur plane comme une ombre sur chaque ligne de ce livre. Le suicide d'un ami, d'un frère, d'un fils, d'un cousin, reste toujours inexplicable. Chacun essaye d'en comprendre les raisons, voire de trouver un coupable. S'il en faut un, pour nous, il est tout désigné, ce sont… les Murs Blancs. Olivier a été le symptôme de tout ce qui pouvait être étrange, névrotique, étouffant dans ce lieu. Comme s'il incarnait la part d'ombre de la communauté.

« Les racines de son mal-être se sont ancrées dans l'incapacité de cette communauté à accepter la différence. » C'est la théorie qu'avance Geneviève Fraisse. Enfant, Olivier est « rejeté », car il ne participe pas à cette compétition d'esprit et de corps dans laquelle sont engagés tous les autres. S'il a des amis en la personne de Geneviève, Thérèse Baboulène ou notre père, il est souvent raillé et moqué par les plus grands. Olivier est aussi en échec scolaire. Le seul à être inscrit à l'École alsacienne, dans le privé : « Il est inadapté aux structures sociales », d'après Simone, sa mère. Il échoue au bac une première fois. Geneviève Fraisse se souvient d'avoir elle aussi raté l'examen, presque par « solidarité », alors qu'elle était bonne élève. Elle se rappelle aussi Paul Ricœur, son père, qui tentait de l'aider : « Il lui parlait comme à un élève en thèse. Olivier ne comprenait rien et il se sentait encore plus mal. » Olivier est aussi celui qui n'a pas pu, pas su, pas voulu quitter complètement les Murs Blancs. Il n'a pas « décroché », comme il n'a pas décroché de l'alcool et de la drogue qui l'ont consumé à petit feu.

Dès les années 1970, sa présence aux Murs Blancs est un point de cristallisation des tensions. Comme pour les Baboulène, pour Winock, cela ne fait aucun doute : la cause de leur départ c'est Olivier. À cette époque Olivier vit dans l'appartement de ses parents avec deux amis, l'écrivain Christophe Donner et le réalisateur Jean-Michel Barjol, tous deux en couple. Olivier travaille comme assistant sur les films de Jean-Michel, malgré ses cuites mémorables et son addiction à l'éther qui le rendent incontrôlable. Dans une espèce d'échange tacite, Paul et Simone ont accueilli le jeune couple chez eux : les deux garçons veillent sur leur fils quand les Ricœur partent en déplacement.

Le témoignage le plus marquant de cette histoire est sans doute celui de Christophe Donner dans *L'Esprit de vengeance.* Marquant d'abord, parce que ce livre, publié aux éditions Grasset, sort dans un premier temps avec les noms des protagonistes, ce qui lui vaut un procès de la part de la famille Ricœur, qui fait retirer leurs noms. Beaucoup d'enfants et de proches d'Olivier Ricœur se sont d'ailleurs refusés à le lire. Dans son récit, Donner raconte son installation aux Murs Blancs, et le transfert affectif qui s'est joué entre lui et Paul Ricœur au détriment de son fils Olivier. Christophe est le petit-fils de Jean Gosset, philosophe chrétien, ami de Mounier, résistant mort dans les camps à l'âge de trente-deux ans. Une figure de martyr pour ces « chrétiens de gauche ». Mounier avait d'ailleurs pensé à lui pour rejoindre sa communauté à la fin de la guerre. Après la guerre, la mère et la grand-mère de Donner, qui habitent Sceaux, se rendaient aux conférences des Murs Blancs en tant que veuve et orpheline de l'ami disparu. Elles connaissent les Marrou, les Domenach, Paulette Mounier et même les Fraisse, car Simone Fraisse donnait bénévolement des cours de français à la mère de Donner qui n'était encore qu'une toute jeune fille. Pourtant, c'est par l'effet du hasard que Donner se retrouve à vivre ici. Un hasard empoisonné, car très vite il fait de Ricœur son grand-père de substitution. Dans son *Esprit de vengeance*, si Donner donne tous les torts à la communauté et désigne Fraisse comme le coupable de la fermeture d'esprit du lieu, il y fait aussi une grande déclaration d'amour à Paul Ricœur.

Jean-Michel Barjol et Christophe Donner s'installent au rez-de-chaussée de la maison jaune en 1975. Ils ont un chien, un peu sauvage, qui fait peur aux habitants et qu'ils sont contraints d'enfermer quand les petits-enfants Fraisse viennent voir leurs grands-parents, un dimanche par mois. Fraisse ne supporte ni le chien ni ses maîtres, même si l'animal a évité un jour à la propriété d'être cambriolée : « Vous avez là un formidable chien de garde », leur a dit la police sous son regard médusé. Puis, les deux jeunes garçons décident de s'occuper du parc. Le jardinier, monsieur Le Pen, fait son travail comme il peut. Pourtant, le parc est dans un état de quasi-abandon. Jean-Michel et Christophe ont l'idée de couper le lierre qui mange la plupart des arbres de la propriété jusqu'à les étouffer. Fraisse le prend comme un affront personnel. Pour leur faire part de ce crime intolérable, il convoque Paul et Simone, sans Olivier et ses amis, car comme le veut la bonne vieille règle murblanquiste, on ne convoque pas les enfants aux réunions des adultes. Donner et Barjol s'excusent dans le bureau de Fraisse, en lui expliquant qu'ils ont fait cela pour le parc, car le lierre risquait de tuer ses plus beaux spécimens. Fraisse ne veut rien entendre. « Laissez-moi mourir avec mes arbres », lance-t-il, furieux. Ce qui ne les a pas empêchés de continuer.

Il est clair que Donner et Barjol ne sont pas acceptés aussi à cause de leur homosexualité. Les témoignages divergent, mais l'un des habitants aurait surpris les deux hommes nus à la fenêtre en train de s'embrasser, ce qui crée un premier scandale, à la suite duquel Winock va demander à Ricœur de les mettre dehors. Le philosophe, qui est à Chicago, lui fait part de son refus par lettre. S'ils partent, il partira lui aussi, menace-t-il. Winock finit par s'excuser. Deuxième acte : un jour, les enfants de Winock retrouvent Olivier à moitié nu et défoncé dans le parc. C'en est trop pour lui. Il envoie une nouvelle missive à Ricœur : ce sera lui ou Olivier et ses amis. Fraisse raconte dans ses *Souvenirs* : « En 1978, Ricœur veut partir car la situation avec Winock devient invivable. Mais les autres habitants insistent pour que Ricœur reste même avec son fils drogué et ses amis homosexuels et que Winock parte. »

À partir de là, nous raconte Jean-Michel Barjol, « il s'est ensuivi une véritable cabale contre Olivier et nous ». Enfin surtout contre Olivier… Fraisse pense que si Olivier en vient à ne plus supporter la vie aux Murs Blancs, il partira et que ses amis le suivront : « Mon père était devenu une image paternelle négative pour Olivier », se souvient Geneviève Fraisse. Il le surveillait et le poursuivait pour tout : les poubelles pas vidées, les saletés dans le parc, les portes mal fermées… « Celui qui s'opposait à la dérive ou à la prise de pouvoir de la bande d'Olivier, c'était mon père. Les autres étaient ailleurs. » Paul Ricœur, en particulier, qui ne s'est jamais occupé de ses enfants, et encore moins des derniers : « La tragédie, c'est la paternité », a-t-il confié un jour à notre grand-père. Ce qui n'a pas manqué d'énerver ce dernier, comme il le raconte à François Dosse : non seulement Ricœur ne s'occupe pas de ses enfants – en la matière, notre grand-père n'a pas trop de leçons à donner – mais surtout il s'est vanté devant lui « de ne jamais avoir dit non ». « C'est pour ça qu'il a laissé s'installer ces deux zozos. » Jim lui reproche aussi ses absences à répétition, et d'avoir dû faire « tampon » entre Fraisse et la bande d'Olivier, alors que Ricœur « planait au-dessus de tout ça ». Pour exprimer son ressentiment, faute de mieux, il le théorise : « J'ai écrit *Une morale sans moralisme* contre la tentation d'être ce qu'il est [Ricœur], c'est-à-dire une action qui ne correspond pas à la parole. Il a eu une conduite personnelle catastrophique », conclut-il dans son entretien avec Dosse. Notre grand-père était intransigeant. Sur tout. Pour lui, « accepter un peu, c'est se compromettre beaucoup ».

Olivier Ricœur finit par partir après un simulacre de procès organisé par Fraisse au sein des Murs Blancs. Les adultes de la communauté y sont invités à voter pour ou contre son départ. Il paraît que notre grand-père a voté blanc : « Tant qu'on ne m'emmerde pas, je n'emmerde personne », mais le résultat est sans appel : Olivier est exclu. Et cette fois, Ricœur ne met pas son départ dans la balance pour garder son fils aux Murs Blancs, comme il l'avait fait pour Jean-Michel Barjol et Christophe Donner. Le couple reste chez les Ricœur. Geneviève Fraisse se souvient de Simone Ricœur affirmant : « Ce sont nos enfants. » Pour certains, comme Nathalie Ricœur, la petite-fille du philosophe, cette relation filiale n'a jamais traversé l'esprit de son grand-père. Pourtant Donner était le seul à pouvoir utiliser le bureau de Paul Ricœur, et le philosophe était très fier de ses écrits. Petit à petit, Donner a pris auprès de Paul Ricœur la place qu'Olivier, son fils, avait toujours voulu occuper.

Olivier parti vivre rue du Temple avec son petit ami, leur présence aux Murs Blancs devient de plus en plus compliquée à gérer, nous raconte Jean-Michel Barjol. En tout cas cette situation est invivable pour Olivier. Ses amis le voient sombrer dans une grande dépression. Le jeune homme passe ses journées à dormir, même sur les tournages où il assiste encore Jean-Michel. Olivier décide d'ailleurs de mettre fin à leur collaboration, persuadé d'être un boulet à sa charge et l'accusant de n'avoir qu'une envie, « de le remplacer par Christophe », comme le raconte Donner dans *L'Esprit de vengeance*. Pour d'autres, c'est Jean-Michel qui, lassé de ses sautes d'humeur, le limoge sans autre forme de procès. Quelques jours après leur rupture professionnelle, Olivier envoie une lettre à son père lui demandant de mettre Christophe et Jean-Michel dehors, la situation étant devenue insupportable pour lui. Ricœur finit par mettre les deux hommes à la porte. Quelques jours plus tard, Olivier saute par la fenêtre de son appartement de la rue du Temple. Nous sommes en 1986, il n'a pas quarante ans.

Tous les membres de la communauté sont présents à son enterrement, sauf Donner et Barjol, qui n'ont pas été conviés. Un véritable traumatisme, surtout pour les Ricœur, inconsolables et ravagés par la culpabilité. Dans son homélie funèbre, le pasteur s'adresse à la communauté et les rappelle à l'humilité : « Qui êtes-vous pour vous sentir responsables de la mort d'Olivier ? » leur demande-t-il. Ce « vous » englobe l'ensemble de la communauté. Olivier n'a laissé ni lettre ni testament. Juste une société de production qu'il avait baptisée : « Les Murs Carnivores ».

CHAPITRE 7

L'effondrement des mythes ?

> « C'est beau que les petits-enfants de Domenach fassent ce livre… »
>
> Bernard-Henri Lévy

« Vous savez que j'ai écrit des choses très dures sur votre grand-père ? » nous prévient Bernard-Henri Lévy lorsque nous prenons rendez-vous avec lui. C'est bien pour cette raison que nous voulions le voir ! Nous le rassurons : nous n'avons aucune animosité envers lui. La polémique qui l'a fait s'affronter aux gens d'*Esprit* et des Murs Blancs date d'il y a plus de quarante ans.

Le 14 janvier 1981, le plus fracassant des « nouveaux philosophes » publie *L'Idéologie française* chez Grasset. Ce courant philosophique apparu dans les années 1970 (dont se revendiquent les philosophes André Glucksmann, Christian Jambet, Guy Lardreau, Jean-Paul Dollé…) a pour but de s'engager contre toutes les formes de totalitarisme et de se faire une place au soleil de la pensée, en poussant parfois leurs illustres aînés. BHL avait déjà mis un bon coup de pied dans la fourmilière avec ses deux précédents livres, *La Barbarie à visage humain* et *Le Testament de Dieu*, qui fustigeaient les idéologies contemporaines et s'en prenaient à de célèbres philosophes comme Gilles Deleuze. Avec *L'Idéologie française*, il s'attaque à la génération des intellectuels qui habitent aux Murs Blancs et s'expriment dans la revue *Esprit*. BHL reprend dans son livre les thèses de l'historien israélien Zeev Sternhell, qui affirme que le catholicisme social, dont se revendiquait Mounier, portait en lui les germes du pétainisme et du régime de Vichy. Ici il dénonce Péguy, Proudhon, Mounier, l'École d'Uriage[1], et la revue *Esprit*, mais aussi le marxiste Georges Sorel et le socialiste Jules Guesde qu'il met dans le même sac que Charles Maurras, théoricien du nationalisme intégral et l'un des principaux acteurs de l'Action française. Il les accuse d'être eux aussi des producteurs d'idéologie et de discours « presque indiscernables », qui alimentent un fascisme spécifiquement français, préexistant au régime nazi. Un fascisme nourri d'une « longue révolution

---

1. L'« École nationale des cadres de l'État français » est une institution créée en 1940 par Pierre Dunoyer de Segonzac, dans le cadre de la « Révolution nationale » voulue par le maréchal Pétain, et dont le but est de former l'élite française du futur. Dissoute en décembre 1942, nombre de ses membres rejoindront la Résistance en novembre 1943.

conservatrice », dédouané par des « auteurs a priori insoupçonnables », comme Péguy ou Mounier.

Le livre déclenche une immense controverse. Le jeune homme s'attaque à des monuments qui ont conquis leur respectabilité grâce à leur passé de résistant ou à leur opposition ferme au régime de Vichy. *L'Idéologie française* fait couler beaucoup d'encre. À Saint-Germain-des-Prés, beaucoup se sentent visés. Dans *L'Express*, Raymond Aron énumère les défauts du livre qui l'« horripile » : « La boursouflure du style, la prétention à trancher les mérites et démérites des vivants et des morts, l'ambition de rappeler à un peuple amnésique la part engloutie de son passé, les citations détachées de leur contexte et interprétées arbitrairement. » Si ses défenseurs ne sont pas tous aussi prestigieux et surtout aussi nombreux que ses détracteurs, BHL compte certains alliés de poids. Jean-François Revel répond à Raymond Aron, dans *L'Express* : « Si cet épisode [Uriage], somme toute minuscule, de la Seconde Guerre mondiale demeure, après quarante ans, susceptible de déchaîner une aussi intolérante véhémence c'est sans doute qu'il y a quelque part un cadavre dans le placard. » BHL répond lui-même à chaque attaque par de nouvelles tribunes et interviews, expliquant que le flot d'indignation excessif provoqué par son livre n'est que la confirmation de ses analyses.

Un jour de juillet, Bernard-Henri Lévy nous donne rendez-vous dans le salon feutré d'un hôtel chic, à quelques encablures des Champs-Élysées. BHL arrive très en retard, mais confus, et élégant avec sa chemise blanche et son costume noir. Son visage ressemble toujours beaucoup à celui du jeune homme qui figure sur la couverture de la vieille édition poche de *L'Idéologie française*, que nous avons trouvée dans le bureau de notre grand-père. Face à nous, sa position est ambivalente. Il assume son livre sans en être totalement fier. Il nous assure même ne pas « l'avoir relu depuis quarante ans ». En revanche, il ne revient pas sur la thèse qu'il y a défendue : « Je disais que moralement ces hommes-là étaient grands mais qu'idéologiquement ils étaient atroces. » Moralement grands, car ils avaient pris les armes à partir de 1943, mais idéologiquement atroces, car d'après lui ils étaient « les cousins des machines réactionnaires qui déferlaient sur l'Europe ».

Concédons à Lévy que dans cette période complexe, certains de ces hommes ont connu des errements. Ricœur, le premier, a avoué s'être laissé tenter par les « cercles Pétain[1] ». Cinquante ans plus tard, il évoque ce « manque de discernement politique » en rappelant que « son orientation ultérieure vaut désaveu ».

Quant à Mounier, il s'est rendu à Rome à l'invitation de Mussolini en 1934, mais reconnaît son erreur dès son retour. Il est aussi intervenu comme professeur à l'École d'Uriage, censée former les futurs cadres du régime de Vichy, et y a eu notre grand-père comme stagiaire. Sauf

1. Des universités internes aux Oflag visant à promouvoir l'idéologie pétainiste auprès des prisonniers.

que, plutôt que de servir la propagande de la « Révolution nationale », Mounier y exige une totale liberté de parole et impose son personnalisme comme la doctrine de référence de l'institution. Sous leur impulsion, l'école prend ses distances avec le gouvernement de Pétain jusqu'à ce que la plupart de ses membres rejoignent la résistance active en novembre 1943 : « Pour faire basculer Uriage dans la Résistance, il fallait un certain nombre d'années, retourner les gens, les convaincre. C'était un travail très risqué, ce que ce freluquet de Lévy ne peut pas comprendre », a expliqué notre grand-père à notre père Nicolas. C'est ce que les détracteurs de Lévy lui reprochent le plus : une méconnaissance historique de la période et une analyse anachronique : « Il faudrait revisiter au carbone 14 tout ce qui s'est dit et écrit pour que ces jeunes gens comprennent ce qu'il s'est vraiment passé car ils le transforment avec leur regard d'aujourd'hui sur la Shoah », a conclu Jim devant notre père. Dans *Esprit*, Paul Thibaud écrit une réponse cinglante à BHL, où il accuse le philosophe de tronquer les textes dont il étaye sa thèse. Il lui reproche aussi de confondre « esprit de 40 » et « vichysme ».

S'ils sont touchés par la polémique, les gens des Murs Blancs ne prennent pas tout de suite la mesure du séisme qu'elle provoque : « C'était une génération portée par la Résistance et les sacrifices qu'ils avaient faits. Être accusés d'être des quasi-collabos leur semblait tellement stupide qu'ils n'imaginaient pas que cela puisse avoir un écho au-delà de Saint-Germain-des-Prés », se souvient notre père. BHL nous assure que, s'il savait que son livre n'allait « pas plaire à *Esprit* », il n'avait « aucune intention de les insulter ». En même temps, il reconnaît avoir reçu la visite de ses éditeurs dont Françoise Verny, qui, après avoir lu son manuscrit, devant le potentiel scandale à venir, lui avaient demandé d'atténuer son propos, ce qu'il avait refusé. Il ne s'attendait pas à ce que la suite des événements prenne un tour aussi violent. Paul Thibaud, dans un élan de colère, aurait ainsi lancé, paraphrasant la phrase de Goebbels : « Quand j'entends le nom Lévy, je sors mon revolver. » Bernard-Henri Lévy évoque « un tract sorti de la rue Jacob où était imprimée la revue sur lequel était écrit : "Qui écrit un brûlot doit s'attendre à être brûlé" ». Et parle d'un véritable « cordon sanitaire autour de lui pour éviter la publicité autour du livre ». D'ailleurs il tient à préciser que « si le livre a créé un vrai malaise, il n'a pas si bien marché que ça », par rapport à ses autres livres qui « sont des énormes "best-sellers" : Je n'en ai vendu que quarante mille exemplaires, ce qui n'est pas beaucoup pour l'époque ».

S'il n'a pas vendu autant qu'il aurait voulu, Bernard-Henri Lévy a beaucoup fait parler de lui. Contrairement à ses cibles, le jeune homme sait manier les nouveaux codes médiatiques. *L'Idéologie française* raconte aussi une bataille générationnelle entre des intellectuels qui ont grandi marqués par l'influence de revues comme *Esprit* ou *Les Temps modernes*, et une nouvelle génération plus impétueuse, moins scrupuleuse, et maîtrisant les codes de son époque. BHL profite de l'émergence de la télévision pour vendre son livre, notamment chez Bernard Pivot, alors que notre grand-père et ses amis refusent de se soumettre au diktat cathodique de l'immédiateté. « Dites que la tour Eiffel est en fer, vous n'intéresserez personne. Affirmez qu'elle est en nougat et l'on vous écoutera trois minutes, le temps de passer à la télévision », écrit notre grand-père dans le journal *Le Matin*. Son papier est titré : « La régression française ». Nous sourions parfois en nous imaginant ce qu'il aurait pensé de Twitter. Pourtant, BHL trouve cette lecture « générationnelle » réductrice : « Ce n'est pas une question de génération. Ce n'est pas un malentendu mais une polémique sérieuse et frontale. La cogne n'était pas générationnelle mais idéologique. » Pourtant, il nous explique avoir écrit ce livre pour se démarquer de ses aînés qui « dominaient la scène politique et intellectuelle française » : « J'avais vu deux personnes à l'époque, Jean de Fabrègues, patron de presse catholique, et Jean-Marie Domenach. Ils voyaient tous les deux chez les nouveaux philosophes une reprise des non-conformistes des années 1930, un écho de ce qui avait compté dans leur jeunesse. J'ai peut-être écrit *L'Idéologie française* pour rompre avec ce malentendu, pour me dégager de quelque chose, d'une proximité possible, d'un mauvais voisinage. Quelqu'un qui réfléchirait à mon travail pourrait dire ça, je ne sais pas si c'est vrai, mais ce n'est pas l'hypothèse la plus bête », analyse-t-il.

Et lorsque nous lui demandons s'il a encore des échos de cette polémique aujourd'hui, il nous répond que beaucoup de gens ne lui ont jamais pardonné son livre. « Je me revois il y a quinze ans, rencontrant François

Bayrou pour défendre Cesare Battisti, accusé de terrorisme. Nous sommes ravis d'être du même côté de la barricade. Mais au cours de notre conversation, il me dit : "Il y a une chose que je vous ne pardonnerai jamais. Ce que vous avez écrit sur Uriage." »

Parmi toutes les « victimes » de *L'Idéologie française*, c'est notre grand-père qui est le plus affecté. Nous comprenons maintenant pourquoi, dans « L'amour et la guerre », ce livret bleu écrit par nos grands-parents à leurs petits-enfants pour leurs cinquante ans de mariage, dans lequel ils racontent leur rencontre sous l'Occupation, Jim ne cesse de vouloir prouver qu'il a toujours été du bon côté. « Mon journal le prouve : j'étais résistant le 17 juin, et même avant, si cela peut avoir un sens. Je ne fus pétainiste que pendant la dizaine de minutes où, dans la salle des faillites, j'avais cru qu'on avait nommé Pétain pour continuer la guerre. Courte erreur, mais suffisante pour que je comprenne que d'autres aient pu prolonger cette illusion plus longtemps – mais pas après novembre 1942, car, alors que la fiction de Vichy avait disparu, il fallait être naïf ou collabo pour y croire encore », écrit-il.

Notre grand-père a sûrement aussi été meurtri par les accusations de BHL, car elles le faisaient passer indirectement pour antisémite, alors que dès 1940, il avait provoqué une émeute avec ses camarades de khâgne à Lyon pour empêcher la projection du film *Le Juif Süss*. « C'était son affaire Dreyfus à lui », se souvient l'historien Daniel Lindenberg. Sauf que sept ans plus tard, une déclaration malheureuse ternira un peu plus son image. Le 7 septembre 1989, Jim donne une interview à *L'Événement du Jeudi* pour réagir à l'affaire du Carmel d'Auschwitz[1], qui provoque une crise grave entre les juifs et l'Église catholique. Il commence par condamner « le non-respect par l'Église catholique des accords signés », avant de tenir des propos très durs : « Je n'accepte pas l'exploitation de cette tragédie [Auschwitz] au bénéfice d'une communauté, d'un État, ou même pis encore, d'une carrière. Je n'admets pas que les gens qui n'ont pas donné des preuves de leur combat contre le racisme touchent aujourd'hui les dividendes d'Auschwitz. » En relisant l'intégralité de ses propos, il est tentant de les interpréter comme une réponse aux attaques de BHL. Geneviève Chich, la femme de notre oncle Jean-Luc, trouve cette interprétation réductrice. Pour elle, à l'époque notre grand-père était « aigre » et « dépressif », et « en voulait au monde entier ». « Quand il a quitté *Esprit* pour laisser une nouvelle génération émerger, il n'avait que cinquante ans. Il était sûr qu'on allait lui proposer plein de choses passionnantes. Il a été professeur au Centre de formation des journalistes et à Polytechnique, mais rien à la hauteur de ce qu'il imaginait. » Notre père ne souscrit pas à cette théorie. « Papa n'était

1. Dans les années 1980, des carmélites s'étaient installées dans un bâtiment situé à l'intérieur du camp d'extermination d'Auschwitz-Birkenau classé au patrimoine mondial de l'Unesco. Plusieurs personnalités juives mais aussi catholiques s'élèveront contre cette « christianisation de la mémoire » de la Shoah.

pas aigre, je pense plus qu'il était en révolte contre ceux qui faisaient de la captation du malheur. »

Nous posons la question à BHL : « Pensez-vous que notre grand-père était antisémite ? » Il réfléchit un temps qui nous semble très long : « Votre grand-père, non… Et vous ? nous demande-t-il. Qu'en pensez-vous ? » Il apprend que nous sommes juifs tous les deux par notre mère et que la question nous touche d'autant plus. Nous répondons qu'il ne l'était pas, mais qu'il restait un homme de son époque, élevé dans la bourgeoisie catholique lyonnaise avec des stéréotypes ancrés, bien que sa propre mère fût une juive convertie : « C'est beau que les petits-enfants de Domenach fassent ce livre. Surtout deux petits-enfants juifs », conclut-il.

16 août 1966, 19 h 38

Geneviève Fraisse, Jean Fraisse et Jean-Luc Domenach, la vingtaine, sont assis sur la grande pelouse devant la maison blanche. Chacun parti vivre sa vie à l'extérieur des Murs, ils s'interrogent sur l'avenir de la propriété. Aucun d'entre eux n'a envie de revenir y habiter un jour. Il en est de même pour leurs frères et sœurs. Ils ne connaissent pas les intentions des enfants Marrou et Ricœur, mais aucun n'a émis le souhait de reprendre l'appartement de leurs parents : « Que va devenir la propriété, une fois que nos parents auront disparu ? » s'enquiert Jean-Luc. Ce serait bien si eux faisaient quelque chose : « Nos pères y ont peut-être déjà pensé ? » interroge Jean. En tout cas, pour eux il ne fait aucun doute qu'il faut d'ores et déjà qu'ils y réfléchissent. Ce serait dommage que les Murs Blancs s'éteignent avec eux : « Peut-être pourrait-on créer une fondation pour continuer à faire vivre le lieu ? » leur propose Jean. Jean-Luc et Geneviève s'enthousiasment à cette idée. Geneviève propose d'aller en parler à son père qui doit être à son bureau à l'heure qu'il est. Connaissant son attachement aux Murs Blancs, il trouvera forcément l'idée excellente.

Geneviève frappe timidement au bureau de Paul Fraisse, puis s'avance vers lui : « Papa, on a discuté avec Jean et Jean-Luc et on s'est dit que ce serait vraiment dommage que les Murs Blancs disparaissent quand plus personne n'y habitera. On s'est dit que ce serait une bonne idée de créer une fondation. Qu'en penses-tu ? »

Le psychologue la regarde, éberlué : « Vous voulez nous enterrer vivants, c'est ça ? »

Geneviève abasourdie essaye de bredouiller un « non » de principe puis s'en va sans demander son reste. « Après eux le déluge », murmure-t-elle pour elle-même.

CHAPITRE 8

La mémoire, l'histoire, l'oubli

> « Que meure le personnalisme et que vive la personne. »
>
> Paul RICŒUR

En 1976, notre grand-père passe la main à la revue et nomme Paul Thibaud à sa tête. La succession est difficile pour Jim qui a du mal à partir, mais qui dès 1968 sent la nécessité de transmettre le flambeau : « Les générations passent et je ne comprends rien », confie-t-il à Philippe Meyer. Il met plus de huit ans à quitter les locaux de la rue Jacob et encore plus longtemps à lâcher la bride à Thibaud. Thibaud a pour ambition de rompre avec le personnalisme et donc avec l'héritage de Mounier. Lui, comme sa génération, se revendique de Paul Ricœur, qui entérine la rupture de la revue avec le personnalisme lors du cinquantième anniversaire d'*Esprit*, en 1992. Ricœur écrit dans les pages de la revue : « Que meure le personnalisme et que vive la personne. » Ce tournant amorcé avec Paul Thibaud est poursuivi par Olivier Mongin, qui prend les rênes de la revue en 1988. À partir de là, *Esprit* adopte une approche plus philosophique. Elle continue aussi à collaborer avec une génération proche de Ricœur. Daniel Lindenberg, historien, se souvient de ce passage de témoin : « Les nouveaux de la revue ne juraient que par Ricœur et traitaient Mounier et le personnalisme avec condescendance. »

La succession de notre grand-père est vécue comme un coup de poignard par Fraisse, qui est en même temps limogé du conseil d'administration. Il se confie dans ses *Souvenirs* : « Il fallait accepter la candidature de Thibaud ou dire que l'aventure *Esprit* était finie. » La jeune génération consent à garder le titre *Esprit* en y ajoutant un sous-titre : « Changer la culture et la politique ». Notre grand-père parti, la revue va se faire exclusivement hors des Murs Blancs, et rompre avec la mémoire de Mounier. Fraisse, qui s'est tant battu pour qu'elle (sur)vive après sa mort, décide de continuer à l'honorer à travers l'Association des Amis d'Emmanuel Mounier, l'AEM, et organise divers colloques et conférences à travers la France. L'AEM vit grâce à la location des deux chambres au-dessus de la bibliothèque Mounier à des étudiants étrangers venus faire des recherches sur le personnalisme. À la mort des habitants des Murs Blancs, c'est Guy Coq[1] pendant quinze ans puis Jacques Le Goff[2] qui en ont successivement accepté la charge.

---

1. Philosophe et membre de la rédaction d'*Esprit*.

2. Inspecteur du travail puis professeur des universités en droit public.

En parallèle, preuve que la revue garde toujours un petit lien avec les Murs Blancs, Ricœur devient le personnage central de la propriété. D'abord parce qu'il est l'un de ceux qui y a vécu le plus longtemps. Paulette Mounier meurt en 1993 suivie en 1996 par Paul Fraisse, et un an plus tard par notre grand-père. Geneviève Fraisse garde en mémoire une image marquante de Jim, quelques mois seulement après la disparition de son père : « Je le revois encore descendre les marches du perron de la maison blanche et venir vers moi paniqué : "Je ne peux pas m'occuper de tout ça." » Tout ça, c'était la charge des Murs Blancs, que Fraisse gérait seul depuis tant d'années. Jim meurt trois semaines plus tard. Notre grand-mère reçoit des centaines de lettres de condoléances. Nous-mêmes avons le droit à un mot gentil de la part de certains de nos professeurs ou d'inconnus à qui pourtant nous n'avons rien dit. Sur sa tombe, l'un de nos cousins prononcera un émouvant discours, avouant qu'il regrettait de ne pas l'avoir mieux connu, sentiment que nous, petits-enfants, nous partagions tous.

L'année suivante, c'est au tour de Simone Ricœur de nous quitter, malade depuis plusieurs années durant lesquelles Paul Ricœur a multiplié les assistants et les aides à domicile pour s'occuper d'elle. Si sa santé à lui se détériore petit à petit, intellectuellement il reste toujours aussi actif. Il sombre après la mort de sa femme dans une profonde dépression que la tempête de 1999 va finir d'aggraver : « Les Murs se détruisent et ne se reconstruisent pas », a confié Ricœur à Antoine Garapon[1], aujourd'hui codirecteur de la rédaction d'*Esprit*, devant l'état de la maison du gardien après la tempête. Ricœur est désespéré d'assister à la décrépitude de ce lieu qu'il aime tant. Catherine Goldenstein, qui a été l'une de ses assistantes, se souvient qu'à la fin de sa vie, le philosophe a fait construire un petit muret devant la maison jaune avec un phénix en pierre, qui symbolise son envie de voir renaître les Murs Blancs. Ricœur est aussi opposé à l'ouverture de la propriété pour les Journées du patrimoine. Un jour, lors de ces journées, une visiteuse a demandé en regardant sa fenêtre : « C'est là que vit le vieux philosophe ? » « Paul ne voulait pas être un vieux philosophe, ni un monument historique », se souvient Catherine Goldenstein.

C'est en fait seulement à partir des années 1980-1990, que Ricœur devient un philosophe de référence en France et dans le monde entier. Alors que la pensée des autres murblanquistes est déjà oubliée et ringardisée. Lui, qui fut beaucoup décrié professionnellement, devient tout à coup *bankable*. Un fait qui a beaucoup étonné notre grand-père. « Après avoir essuyé la méchanceté de l'intelligentsia parisienne, il est devenu célèbre, il passe à la télé, on le voit un peu partout, cela fait bien de le citer, et puis il a ce rayonnement aux États-Unis qui l'a réconforté. Alors que pendant longtemps on se

1. Essayiste et magistrat français.

demandait ce qu'il valait. C'est à partir de soixante-dix ans qu'il acquiert une notoriété. Pour moi, c'est une énigme. »

Ricœur devient célèbre au point d'avoir, plus que jamais, l'oreille des politiques. Celle de Michel Rocard d'abord. Incarnation de cette deuxième gauche soutenue par *Esprit*, la revue comme les Murs Blancs ont compté dans sa vie politique et tout particulièrement la pensée de Paul Ricœur, protestant comme lui, avec qui il est devenu ami. Ils ont beaucoup échangé lors du passage de ce dernier à Matignon, entre 1988 et 1991, ils ont même failli écrire un livre ensemble qui deviendra un dialogue dans les pages de la revue en 1991.

En 1995, alors que la gauche attend la réponse de Jacques Delors pour sa future candidature aux élections présidentielles, à la demande du parti socialiste, Ricœur tente d'intervenir pour le convaincre de se présenter. Le philosophe trouve « indispensable que Delors y aille, il y va de l'honneur de la gauche ». Malgré ses arguments, Delors refuse. D'après notre tante Geneviève Domenach-Chich, après le refus de Delors, « Ricœur était malheureux comme tout ».

Ricœur ne connaîtra pas sa véritable influence politique de son vivant, qui pourtant va achever de le transformer en figure centrale des Murs Blancs : celle qu'il a ou aurait eue sur Emmanuel Macron. En effet, d'après le Président de la République, c'est grâce à Ricœur qu'il est là où il en est aujourd'hui : « C'est Ricœur qui m'a poussé à faire de la politique parce que lui-même ne l'avait pas fait », a confié Emmanuel Macron dans un entretien à la revue *Numéro 1* en juillet 2015. C'est François Dosse qui présente le jeune homme à Ricœur. Nous sommes en 2000, Macron est son étudiant à Sciences Po et Ricœur a besoin d'un assistant pour terminer son ouvrage *La Mémoire, l'histoire, l'oubli.* Dosse met les deux hommes en contact, certain que le courant passerait. Ce fut le cas.

Alors que nous écrivons ces lignes, nous n'avons toujours pas obtenu d'entretien avec le Président de la République. Nous avons dû, au fil des témoignages, nous faire notre propre opinion sur le lien qui unissait Ricœur et Macron. Si nous avons plusieurs fois changé d'avis, aujourd'hui nous pensons que Macron n'a pas usurpé cette « filiation spirituelle » avec le philosophe qu'il revendique. En revanche, nous ne croyons pas qu'il ait existé un « lien si particulier entre eux », cet adoubement, cette reconnaissance de pairs (ou de père) dont le Président s'est vanté. La place qu'il a offerte à Macron, Ricœur l'a laissée à beaucoup d'autres… Le philosophe a exercé une véritable influence sur les gens. En ce sens il a remplacé Mounier, même si contrairement à lui, « Ricœur ne voulait pas de disciple », témoigne Antoine Garapon. Il disait toujours « être le contemporain de ses successeurs ». Son humilité et son humour le rendant aussi très accessible. Nous avons croisé des dizaines de ses proches et de ses anciens étudiants qui comme Emmanuel Macron, Christophe Donner, Olivier Abel, que les enfants Ricœur surnommaient « le faux frère », ou Catherine Goldenstein, se sont attribué ou ont pris une place quasi filiale auprès de lui parce qu'il les laissait faire. En y réfléchissant, c'est un point commun entre tous ces hommes des Murs Blancs. Toute une génération d'intellectuels revendique une filiation directe ou indirecte avec eux, une place, au détriment de leurs propres enfants qui, eux, ont souvent eu du mal à trouver la leur. Aucun des « héritiers » des habitants historiques n'a d'ailleurs voulu revenir habiter dans ce lieu : « C'est normal que personne n'ait voulu reprendre les Murs Blancs et que le contact ait été perdu entre nous. Cela montre la difficulté de faire son trou dans ce nid fondateur dont l'exigence avait quelque chose d'inatteignable », nous explique Jean Fraisse. À part notre appartement en indivision et celui de Grégory Lambert, le voisin du troisième étage de la maison blanche, qui est très sensible à l'histoire de ces lieux, les autres appartements ont été vendus aux plus offrants. Et les Murs Blancs, malgré les efforts de l'Association des Amis d'Emmanuel Mounier, n'ont jamais été classés monument historique : « À part Delors, aucun des illustres personnages venus faire leurs classes ici ne nous a donné un coup de main pour faire aboutir notre démarche », déplore Guy Coq, alors président de l'association.

Paul Ricœur meurt en 2005, deux ans après Simone Fraisse, malade depuis de nombreuses années. Notre grand-mère, dernière habitante historique des Murs Blancs, meurt, elle, en 2009, à la suite d'une longue maladie d'Alzheimer. C'est lorsqu'elle tombe malade que Léa et notre cousine Élise, conscientes que la mémoire des Murs Blancs était en train de disparaître, commencent un travail d'archivage qui nous a permis aussi d'écrire ce livre. Mamita s'est éteinte le jour où elle a quitté la propriété pour vivre dans un EHPAD. Comme si ce lieu et ces arbres qu'elle voyait depuis la fenêtre de sa chambre étaient la dernière chose qui la raccrochait à la vie.

CHAPITRE 9

Rencontre au sommet

« Je trouve que… vous êtes un peu injustes avec Paul. »

Emmanuel MACRON

26 août 2020, 11 heures

« Allô, bonjour secrétariat du Président de la République… Le Président a lu votre livre, il souhaite vous recevoir. » Ce coup de téléphone nous ne l'espérions plus. Au point que nous nous étions résignés à publier le livre sans avoir obtenu notre entretien avec Emmanuel Macron. Pariant sur l'été, notre éditeur lui avait fait porter les épreuves, comme une dernière invitation à participer à cette aventure. Un dernier coup de poker. Cela avait fonctionné. « Comme quoi, nous glisse amusée la secrétaire du Président, il ne faut jamais désespérer. » Jamais désespérer et se tenir au garde-à-vous : le rendez-vous était fixé au lendemain matin onze heures à l'Élysée ! Heureusement nous étions prêts. Nos questions dormaient dans un tiroir depuis maintenant trois ans.

Le lendemain donc, apprêtés et impatients, nous nous rendons au 55 rue du Faubourg-Saint-Honoré. Dans le hall de réception, nous rencontrons son nouveau conseiller en communication. Débarqué le jour même, nous sommes son premier rendez-vous officiel. Nous le sentons un peu nerveux lui aussi, ce qui nous rapproche assez vite. Pendant la demi-heure d'attente que nous partageons, nous plaisantons pour détendre l'atmosphère ; sur le fait qu'il n'a pas encore de bureau ou sur le code couleur à respecter à l'Élysée pour choisir ses chaussures… Puis un huissier vient nous chercher pour nous conduire dans le bureau que le Président occupe pendant que le sien est en travaux. Emmanuel Macron nous reçoit souriant et joint les mains au milieu de la poitrine pour exécuter un « namaste », salut de rigueur à l'Élysée, en période de Covid-19. Nous lui rendons la pareille et prenons place, masqués, sur un fauteuil et un canapé en cuir noir.

Assez vite, le Président nous met à l'aise. Il a trouvé notre livre « très chouette » et y a « appris plein de choses ». Assis dos à une fenêtre qui donne sur les jardins, il tient notre manuscrit entre ses mains, souligné et corné. Preuve supplémentaire qu'il l'a lu attentivement, il nous fait remarquer une coquille oubliée sur un titre et nous glisse la page en question, en nous lançant malicieusement : « Vous le direz à votre éditeur. » Curieux, nous voulons en savoir plus sur ce qu'il en a pensé. Il est un peu gêné : ce n'est pas son rôle… mais bon… si on veut vraiment savoir… il finit par nous faire partager quelques idées sur comment améliorer notre récit, et salue notre « formidable travail documentaire ». Il s'enquiert d'ailleurs de savoir comment nous avons procédé pour rassembler une telle somme d'informations.

La conversation s'embraye naturellement. Il nous explique que pour lui les Murs Blancs sont « le fil directeur » de sa relation avec Ricœur. Puis il s'arrête, l'air un peu embarrassé : « Je trouve quand même que… vous êtes un peu injustes avec Paul. Il ressort un peu lâche. Il n'était sans doute pas fait pour la vie communautaire… » Une manière de se situer directement face à nous en gardien du temple ricœurien. Il sait bien que l'enjeu politique de notre rencontre réside aussi dans sa véritable relation avec Ricœur, qu'une partie des héritiers du philosophe considère comme usurpée. Selon lui, c'est Ricœur lui-même qui est à l'origine de ces conflits. « Il y a eu toutes ces polémiques ridicules, car Ricœur avait réussi à organiser des concours de jalousie. Il faut dire ce qui est. Dosse a fait un livre assez factuel pour rétablir ce qui a été[1]. Moi je n'en ai jamais fait un instrument de promotion mais je sais ce que je lui dois… lui je ne sais pas trop, je ne peux pas parler pour lui. » Pourtant il

1. Dans son ouvrage *Le Philosophe et le Président*, François Dosse raconte la rencontre de Ricœur et de Macron dont il est à l'origine, la relation qui les a liés pendant deux ans et l'inspiration ricœurienne de la politique du Président.

comprend la position des enfants Ricœur qui ont eu une relation compliquée avec leur père. Celle de Jean-Paul en particulier. Macron se souvient de ce dernier disant : « Ce que représente Emmanuel, je connais ça on l'a déjà eu plusieurs fois… On a toujours été jaloux de ces gens qui, comme lui, débarquaient. Il avait un rapport avec eux, il leur parlait, nous il ne nous parlait pas. » Puis il analyse : « La filiation génétique créée chez Ricœur, comme quelque chose qu'il n'arrivait pas à embrasser, à maîtriser totalement. Sans doute lié à son propre parcours et au fait que pour lui l'identité se construisait par le récit. Par un travail », avant de conclure : « Il était un professeur avant tout. »

Et lui alors ? Comment qualifie-t-il sa relation avec le philosophe ? Il marque un silence. Puis évoque « une relation entre deux contemporains ». Avant d'ajouter : « Une relation de transmission. » Le Président nous dit avoir appris à lire un texte philosophique à ses côtés, et être entré à *Esprit* grâce à lui, une revue à qui il doit beaucoup. Il lui doit aussi son engagement en politique. Il se souvient d'une scène décisive, qui eut lieu un été aux Murs Blancs. En lisant un texte du philosophe, il se rend compte que ce dernier l'a écrit après ses soixante ans. « Je n'avais même pas vingt-cinq ans et je me suis dit : jamais je ne ferai ça. Je n'attendrai pas soixante-cinq ans pour écrire un livre. Moi ça me démange trop. » C'est à ce moment-là, raconte-t-il, qu'il a décidé de faire l'ENA alors que l'école n'avait jamais été pour lui une vocation. Ricœur l'y a poussé. Comme les gens d'*Esprit*, il lui a insufflé cet intérêt pour la chose publique. En revanche, le Président est bien conscient de ne pas avoir été le seul à avoir créé une telle relation avec le philosophe. Il nous parle d'Olivier Abel qui pour lui représente le « fils adoptif ». De Donner dont le livre a été vécu comme un « viol » par Ricœur. Ainsi que de ses élèves, de ses traducteurs et traductrices autour desquels il avait recréé une « communauté » : « Il disait toujours qu'au fond, ce qu'il cherchait, c'était un rapport avec sa famille, c'est pour ça que j'avais ce terme tout à l'heure, de contemporains. Je pense qu'il n'a jamais pris ses enfants pour ses contemporains », analyse-t-il.

Nous revenons ensuite avec lui sur la première fois où il s'est rendu aux Murs Blancs. S'en souvient-il ? A-t-il été marqué par le parc, par les gens ? Par ce monument historique dans lequel il s'apprêtait à entrer ? Emmanuel Macron en garde un souvenir très précis. Un samedi après-midi d'été, il prend le RER et se perd dans Châtenay-Malabry, avant d'arriver au 19 de la rue Henri-Irénée-Marrou, son plan à la main. Il n'a pas le trac. « Complètement ignare », de son propre aveu, il connaît mal le philosophe. Il n'a aucune idée de ce que sont les Murs Blancs ni des gens qui y vivent. Alors étudiant à Sciences Po, il a accepté la proposition de son professeur François Dosse d'assister Ricœur car il avait « besoin d'argent ».

De cette première visite, il n'évoque pas l'immense parc aux arbres majestueux. En revanche, il garde un souvenir clair et impressionné de l'appartement de

Ricœur : « sa salle à manger tapissée de livres », « le petit salon également rempli de livres, notamment sur l'historiographie », « sa chambre à coucher où il y avait tous les Platon et les Aristote en édition Belles lettres avec généralement ses traductions au crayon à papier à côté ». Il ne se souvient pas exactement du cœur de leur conversation, seulement qu'ils ne se sont pas rendu compte du temps qui passe, car la nuit était tombée et Ricœur n'a pas pris la peine d'allumer les lumières : « Pour moi les Murs Blancs, c'est ça. Une espèce de temps irréel, fermé, dans son bureau. » Emmanuel Macron nous raconte que leur collaboration a duré deux ans, pendant lesquels il retourne aux Murs Blancs chaque semaine. Il y vient aussi l'été, quand Ricœur part en vacances dans sa maison à Préfailles et lui laisse les clés du rez-de-chaussée de la maison jaune pour qu'il y vienne travailler.

Il nous dit ne pas avoir connu les autres habitants des Murs Blancs. Le Président a commencé à fréquenter les lieux au début des années 2000. Simone Ricœur venait de mourir, la communauté s'était depuis longtemps délitée. S'il a appris à *Esprit* l'histoire du lieu, il n'a jamais « senti » ce qu'avait été cette communauté. Sauf une fois… Un souvenir marquant qu'il partage avec nous. Les quatre-vingt-dix ans de Paul Ricœur dans le parc, « sous un grand arbre ». À cette occasion beaucoup de gens qui ont bien connu les Murs Blancs se sont réunis, « ses enfants, ses proches, ses éditeurs successifs, ses anciens élèves, toute la bande d'*Esprit*, Mongin, Geneviève Fraisse… » : « C'est là où j'ai pleinement mesuré ce qu'avaient pu être les Murs Blancs et les traumatismes qu'ils avaient engendrés », nous raconte-t-il.

Il ajoute aussi que Ricœur lui parlait peu de la communauté. S'il sentait une vraie fidélité du philosophe au travail de Mounier, Marrou, Domenach, il s'étendait rarement sur le domaine de l'intime. Il ne lui a jamais parlé des relations avec les autres membres des Murs Blancs. Comme il lui a très peu parlé de son fils Olivier, dont Macron sentait pourtant que Ricœur portait dans le drame de son suicide « une certaine responsabilité ». « Ricœur était quelqu'un de pudique. Il transmettait par le texte et l'herméneutique. Il fonctionnait comme ça. » Amusant, car nous ne sentons pas non plus le Président très à l'aise sur le terrain de l'intime. Très souvent, il revient aux concepts et aux idées avec lesquels il jongle habilement. Et commence à s'animer avec passion lorsque nous entrons dans la sphère politique.

Aujourd'hui, que pense-t-il avoir gardé de Ricœur dans son action ? « Ce qui m'a toujours aidé dans ma vie politique, c'est que mes lectures et ma formation auprès de Ricœur m'ont gardé du cynisme », répond-il d'emblée. Est-ce qu'il se dit parfois que le philosophe n'aurait pas été d'accord avec lui ? Qu'il l'aurait engueulé ? Il sourit : « Comme vous l'avez très bien décrit, Ricœur n'était pas le genre à engueuler qui que ce soit. » Puis il nous affirme s'inspirer souvent du philosophe dans ses décisions politiques. Et plus que jamais aujourd'hui, il souhaite « y revenir » : à « l'identité narrative », à « la pensée éthique » à laquelle Ricœur l'a introduit. Il nous donne un exemple concret : « Ricœur m'a beaucoup marqué sur les questions de bioéthique, notamment dans le dialogue que j'ai pu avoir avec les religions. On a fait une quinzaine de dîners ici avec des religieux pour préparer le texte qu'on a porté et que je crois juste. » Il nous dit aussi réfléchir souvent à la notion de « moindre mal » que Ricœur a théorisée et dont ils ont « beaucoup discuté ». « Ce que vous faites ne peut jamais être parfait. C'est une espèce de déséquilibre éthique permanent qui consiste à toujours se dire qu'on aurait pu faire autrement », explique-t-il. Puis il poursuit : « Parfois vous faites des erreurs. Mais vous assumez de décider parce que le pire c'est de ne pas décider. » Décider, c'est précisément ce que Ricœur était incapable de faire. Il en convient. Alors que lui sa fonction l'oblige à faire des choix tous les jours. Nous rebondissons : est-ce qu'aujourd'hui, il porte toujours une part d'utopie, notion fondamentale dans la pensée politique de Ricœur ? Il s'anime : « Évidemment ! Il faut de l'utopie sinon on meurt ! Il faut essayer d'emmener un pays vers un idéal qui rassemble les uns les autres. » Il nous confie, un peu déçu : « Beaucoup de gens ont perçu ce que je représentais ou l'idéal que je portais uniquement comme un idéal de réussite personnelle. » Nous sentons que le sujet lui tient à cœur.

Ainsi, d'un article de François Dosse dans *Le Monde* qui accusait le Président d'avoir tenu des propos sur l'immigration en « rupture majeure avec la pensée ricœurienne », il nous confie : « Je n'ai pas été vexé, j'ai été blessé. J'ai répondu à Dosse dans une lettre personnelle, je lui ai dit que c'était très peu ricœurien ce qu'il faisait. » Pour lui, Dosse critiquait une phrase qu'il n'avait pas vraiment lue. Le problème, selon lui, c'est qu'il avait osé attaquer la deuxième gauche, qui s'est « embourgeoisée », embourbée dans « la bien-pensance » sur les questions d'immigration. « Ce n'est pas moi qui ai pris mes distances avec la deuxième gauche, c'est la deuxième gauche qui a pris ses distances avec elle-même », nous dit-il pour justifier son éloignement idéologique avec sa formation politique d'origine. C'est lorsqu'elle a trahi ses promesses qu'il s'en est éloigné. « Si elle avait continué à porter ses idéaux, je n'aurais pas existé. » Puis il ajoute : « Je ne crois pas à l'opportunisme en politique. » Nous échangeons un regard dubitatif, qu'il capte immédiatement. Il précise : « Je crois à un socle d'idées. Et nous sommes dans un temps où il faut structurer ces idées intellectuellement. »

En revanche, il revendique encore une partie de cette filiation avec la « deuxième gauche », au sujet de la décolonisation. Ce pour quoi il a reconnu la responsabilité de l'État dans le meurtre de Maurice Audin est, assure-t-il, directement lié à elle : « L'anticolonialisme et les prises de position très courageuses de cette époque me viennent des Murs Blancs. De ces intellectuels de la deuxième gauche naissante, de Rocard alors jeune étudiant qui fait le premier rapport sur les camps en Algérie sous un pseudonyme. Ça a beaucoup compté pour moi. » Il ajoute que ce qu'il admire chez ces gens avant tout, c'est leur capacité à s'engager dans des combats : « Ce sont des gens qui ne se sont jamais réfugiés derrière l'académisme ou leur spécialité. » Ce qui, pour lui, n'a plus cours aujourd'hui, où « beaucoup d'intellectuels se réfugient derrière le débat dans leurs champs académiques. Et se sentent peu autorisés à avoir une réflexion. Cette génération d'*Esprit* a montré que le débat intellectuel avait un impact dans la vie des sociétés ».

Le temps passe à toute vitesse. Nous finissons par oublier que nous sommes assis en face du Président de la République. Après tout, nous avons presque le même âge et il nous parle d'égal à égal, sans jamais nous prendre de haut. Il nous demande même si notre père a lu notre livre et ce qu'il en a pensé, puis il nous parle de l'importance pour lui que notre génération se soit emparée de ce sujet, que les idées puissent renaître « comme des herbes folles, que chacun puisse aller braconner ».

Nous lui posons une dernière question. Celle qui fâche un peu plus que les autres. Le nouveau conseiller en communication, resté jusque-là sagement assis à prendre des notes, lève même un sourcil et laisse échapper un petit rire nerveux : « Vous dites aujourd'hui vouloir revenir à Ricœur, vous acceptez au bout de trois ans de nous recevoir pour parler de cette histoire. Y aurait-il une intention derrière ? » Il sourit : « Quand j'ai lu votre livre j'ai trouvé ça ambitieux d'avoir effectué un tel travail et je me suis dit que ce n'était pas sympa de ma part de ne pas vous recevoir. » Après, il assure ne pas vouloir particulièrement faire revenir Ricœur maintenant. C'est aussi le livre qui l'a replongé dans sa pensée : « C'est un cheminement que je partage avec vous. » Puis il s'arrête et réfléchit : « Mais peut-être que le temps est venu aussi de réconcilier certaines histoires. »

Si le Président ne nous apprend pas grand-chose sur les Murs Blancs, il nous confirme ce que nous pensons de son héritage. Comme beaucoup d'autres, il a pris auprès de Ricœur la place que celui-ci a bien voulu lui laisser. Il n'est pas « son héritier » mais n'a pas usurpé son rôle à ses côtés. Cette expérience, en tout cas, l'a vraiment marqué : « C'est très bien de ne pas laisser partir cette génération avec ce qu'elle porte… », conclut-il avec enthousiasme avant de nous dire au revoir.

CHAPITRE 10

Retour aux Murs Blancs

« L'avenir est à Dieu. »

Paul Fraisse

Le soleil s'éloigne et il fait froid lorsque nous fermons enfin le portail vert des Murs Blancs. Nos cousins nous laissent, devant le 19 de la rue Henri-Irénée-Marrou, avec la lourde responsabilité de « bien fermer à clé », mais aussi de raconter une histoire qui est un peu la leur et à laquelle personne ne s'était jamais attaqué. Jusque-là, seul Paul Fraisse dans ses *Souvenirs* avait laissé une trace écrite de cette histoire. À la fin du recueil, il s'interroge sur l'avenir : « Que deviendront les Murs Blancs après ma mort ? Est-ce que les enfants s'occuperont du parc ? La municipalité ? L'avenir est à Dieu », finit-il par conclure. Nous sourions en imaginant sa tête et celle de notre grand-père découvrant que deux de leurs petits-enfants avaient eu ensemble deux enfants, après s'être rencontrés pour la première fois aux Murs Blancs.

En tournant la clé, nous partageons la même interrogation : reviendrons-nous un jour ? Et après tout, quelle importance maintenant que nous avons écrit leur histoire. Les murs peuvent tomber, les hommes et les femmes peuvent disparaître, mais les idées, les valeurs et les combats, eux, pourront toujours renaître.

BIBLIOGRAPHIE

Ouvrages généraux

Jean-Louis Loubet del Bayle, *Les Non-conformistes des années 30. Une tentative de renouvellement de la pensée politique française*, Seuil, 1969.

Chistophe Donner, *L'Esprit de vengeance*, Grasset, 1992.

Michel Winock, *Le Siècle des intellectuels*, Seuil, 1997.

Jean Lacouture, *Une vie de rencontres*, Le Seuil, 2005.

Jacques Julliard, *L'Argent, Dieu et le diable. Péguy, Bernanos, Claudel face au monde moderne*, Flammarion, 2008.

Michel Winock et Jacques Julliard, *Dictionnaire des intellectuels Français*, Seuil, 2009.

Esprit

Michel Winock, *« Esprit ». Des intellectuels dans la cité (1930-1950)*, Seuil, 1997.

Cécile Parisot, *La Revue Esprit de 1932 à 1935*, Paris-IV-Sorbonne, 1999.

Goulven Boudic, *Esprit 1944-1982. Les métamorphoses d'une revue*, IMEC, 2005.

Personnalisme

Manifeste au service du personnalisme, Aubier-Montagne, 1936, Seuil, 1961.
Emmanuel Mounier, *Écrits sur le personnalisme*, Seuil, 2000.
Emmanuel Mounier, *Traité du caractère*, Seuil, 1974.
Le Personnalisme, collection Que sais-je, PUF, collection poche, 2001.

Seconde Guerre mondiale

Jean-Marie Domenach, *Gilbert Dru : Celui qui croyait au ciel*, ELF, 1947.
Bernard-Henri Lévy, *L'Idéologie française*, Grasset, 1981.
Paul Fraisse, *Écrits de captivité 1940-1943*, Maison des sciences de l'homme, 1995.
Denise Domenach-Lallich, *Demain il fera beau : Journal d'une adolescente (novembre 1939-septembre 1944)*, Permezel, 2001.
Denise Domenach-Lallich, *Une jeune fille libre*, Les Arènes, 2005.

Guerre d'Algérie

Colette et Francis Jeanson, *L'Algérie hors-la-loi*, Seuil, 1956.
François Mauriac, *Bloc-Notes 1952-1957*, Seuil, 1993.
Pierre Vidal-Naquet, *Mémoires,* t. 2 : *Le trouble et la lumière*, Seuil, 1998.
Pierre Vidal-Naquet, *L'affaire Audin 1957-1978*, Éditions de Minuit, 1989.
Esprit, Écrire contre la guerre d'Algérie 1947-1962 (recueil d'articles), Pluriel/Hachette, 2002.

Mai 68

Jean-Pierre Le Goff, *Mai 68, l'héritage impossible*, La Découverte, 1998.

Emmanuel Mounier

Coll., *Emmanuel Mounier et sa génération. Lettres, carnets et inédits*, Parole et Silence, 2000.
Goulven Boudic, *Emmanuel Mounier : de l'exil intérieur à la refondation d'« Esprit » La Revue des revues*, n° 28, 2000.
Jean-Marie Domenach, *Emmanuel Mounier*, Seuil, 2014.

Paul Ricœur

Paul Ricœur, *Réflexion faite. Autobiographie intellectuelle*, éditions Esprit, Série Philosophie, 1995.
Olivier Abel, *Paul Ricœur. La promesse et la règle*, Michalon, 1996.
François Dosse, *Paul Ricœur : les sens d'une vie*, La Découverte, 1997.
Olivier Mongin, *Paul Ricœur*, Le Seuil, 1998.
Paul Ricœur, *La mémoire, l'histoire, l'oubli*, Seuil, 2000.
Paul Ricœur, *Philosophie de la volonté*. Tomes 1 et 2, Seuil, 1997.
Olivier Mongin, *Paul Ricœur : de l'homme coupable à l'homme capable*, ADPF, 2005.
François Dosse, *Le Philosophe et le Président*, Stock, 2017.

Henri Marrou

Henri-Irénée Marrou, *Histoire de l'éducation dans l'Antiquité*, Persée, 1950.

Henri-Irénée Marrou, *Saint Augustin et la fin de la culture antique*, Persée, 1950.
Pierre Riché, *Henri-Irénée Marrou, historien engagé*, Cerf, 2003.

Nicole et Jean-Marie Domenach

Jean-Marie Domenach, *Le Retour du tragique*, Seuil, 1967.
Michel de Certeau et Jean-Marie Domenach, *Le Christianisme éclaté*, Seuil, 1974.
Nicole Domenach, *Femmes libres : le métier, les amours, la vie*, Le Félin, 1991.
Jean-Marie Domenach, *Beaucoup de gueule et peu d'or : journal d'un réfractaire*, Seuil, 2001.

Simone et Paul Fraisse

Simone Fraisse, *Péguy et le monde antique*, Armand Colin, 1972.
Simone Fraisse, *Péguy*, Seuil, coll. « Les Écrivains de toujours », 1979.
Simone Fraisse, *Péguy et la terre*, Le Sang de la terre, 1988.
Françoise Parot, *La Psychologie française dans l'impasse*, Éditions Matériologiques, 2017.

Documents personnels

Souvenirs de Paul Fraisse, « L'amour et la guerre » de Nicole et Jean-Marie Domenach. Une partie de la correspondance des familles Mounier, Domenach, Marrou, Baboulène et

Fraisse se trouve à l'IMEC. Celle de Ricœur est archivée au Fonds Ricœur.

Articles **Esprit** *cités*

« Refaire la Renaissance », *Esprit*, octobre 1932.

« Des pseudo-valeurs spirituelles fascistes », *Esprit*, janvier 1934.

« La colonisation, son avenir, sa liquidation », *Esprit*, décembre 1935.

« L'argent, misère du pauvre, misère du riche », *Esprit*, décembre 1935.

« La femme est aussi une personne », *Esprit*, juin 1936.

« Une nouvelle réalisation *Esprit* », *Esprit*, juin 1939.

« Supplément aux *Mémoires d'un âne* », *Esprit*, juillet 1941.

« Prévenons la guerre d'Afrique du Nord », *Esprit*, avril 1947.

« Masse et personne », *Esprit*, janvier 1951.

« Il est hors de question de miser tout sur un homme, si grand que soit son nom », *Esprit*, avril 1957.

« La société bloquée », *Esprit*, mai 1963.

Tous les articles de la revue *Esprit* sont disponibles sur le site internet de la revue : https://esprit.presse.fr/tous-les-numeros

Archives télévisuelles disponibles (hors Ina)

Paul Ricœur : le tragique et la promesse, documentaire d'Olivier Abel pour Présence protestante France Télévisions.

REMERCIEMENTS

Cet ouvrage est un travail de longue haleine commencé à l'été 2009. Il est le fruit de plus de cent rencontres, qui ont eu lieu à diverses époques, ainsi que de nos lectures, visionnages, travaux d'archives au cours des dix dernières années. Nous remercions toutes celles et ceux qui nous ont consacré du temps, témoins, amis, proches, compagnons de route, et bien sûr membres des familles des Murs Blancs.

Un grand merci pour leurs témoignages précieux et en premier lieux aux enfants et petits-enfants des Murs Blancs : Anne-Catherine Baboulène, Jérôme Baboulène, Thérèse Baboulène, Emmanuel Baboulène, Agnès Fraisse, Claire Faisse, Jean Fraisse, Catherine Marrou, Françoise Marrou, Martine Mounier, Étienne Ricœur, Jean-Paul Ricœur, Marc Ricœur, Nathalie Ricœur, Noëlle Ricœur.

À ceux qui y ont vécu ou grandi : Jean-Michel Barjol, François Denoël, Christophe Donner, Michel Winock. À nos cousins et en particulier à Mathilde Domenach, Muriel Domenach,

Raphaël Domenach, Sylvain Cochard, Chloé Fraisse-Bonnaud. Et nos frère et sœur Louise et Alexandre Domenach.

Aux collaborateurs anciens et nouveaux de la revue *Esprit* : Olivier Abel, Jean Boissonnat, Camille Bourniquel, Éric Conan, Michel Crozier, André de Peretti, Jean-Claude Eslin, Antoine Garapon, Alfred Grosser, Pierre Hasner, Stéphane Khémis, Jean Lebrun, Jean-Pierre Le Goff, Daniel Lindenberg, Chris Marker, Philippe Meyer, Olivier Mongin, Maurice Mourier, Marc-Olivier Padis, Krzysztof Pomian, Jean-Louis Schlegel, Alfred Simon, Paul Thibaud, Alain Touraine.

Aux amis des Murs Blancs : Goulven Boudic, Cesare Cofone, Kathleen Blamey, Attilio Danese, Monique Canto-Sperber, Mireille Delbraccio, Ghuilerme d'Oliveira Martins, Catherine Goldenstein, John Hellman, Stanley Hoffmann, Daniella Iannotta, Gérard Lurol, Paul Martin, Charles Reagan, Françoise Parot, Simone Paumelle, Maria Villela-Petit.

Aux institutions qui ont facilité nos recherches : l'Association des Amis d'Emmanuel Mounier (AAEM) et en particulier son ancien président Guy Coq, l'IMEC où est archivé l'essentiel de la correspondance des habitants des Murs Blancs, le Fonds Ricœur.

Un merci tout particulier à :
Élise Domenach, notre cousine et éclaireuse philosophe avec qui ce minutieux travail d'archivage et d'entretiens a commencé un jour d'été 2009.

À nos oncles et tantes : Fanny Domenach, Vincent Domenach, Jean-Luc Domenach et Geneviève Domenach-Chich pour leur témoignage et leur précieuse disponibilité.

François Dosse, qui a eu la gentillesse de nous mettre entre les mains ses entretiens pour son livre *Ricœur : les sens d'une vie* et l'espace d'un instant faire vivre à nouveau la voix de notre grand-père.

Geneviève Fraisse pour son témoignage et ses archives, grâce à qui nous avons pu avoir entre les mains tous les numéros des *Murs Blancs cancans*.

Bernard-Henri Lévy, pour avoir accepté de revenir avec bienveillance sur une polémique vieille de quarante ans.

Jacques Julliard, qui en plus de nous avoir livré son témoignage est revenu le temps d'un après-midi se prêter au jeu d'une interview filmée aux Murs Blancs.

Grégory Lambert, voisin et ami des Murs Blancs qui nous a confié ses connaissances et sa documentation sur Châtenay-Malabry.

Anaïs Andreassian, Damien Boisson-Berçu, Lucas Masson, Julie Moens, Arnold Mongault, qui ont aidé à capturer quelques instants de grâce.

Guy Ratovondrahona, l'un des premiers à avoir été émus par ce récit.

Tous ceux qui ont essayé de nous faire rencontrer Emmanuel Macron. Ils se reconnaîtront.

Taklith Boudjelti, Julie Boisson, Clémence Dargent, Véronique Esposito, Déborah Grundman, Héloïse Hérault, Dorothée Lachaud, Raphaëlle Le Pen, Alix Pearson et François Uzan pour leur écoute attentive.

Claude et Linda Le Pen-Capoano pour leur résidence d'écriture estivale. Une pensée particulière pour Claude qui aurait, nous en sommes sûrs, aimé lire ce livre.

L'agence Films Talents et en particulier Juanita Fellag, notre agent.

Merci à Jean-Marc Turc, documentaliste au *Point*, pour les trésors arrachés au passé.

Au Président de la République, Emmanuel Macron, d'avoir trouvé notre livre « très chouette ».

À nos premiers lecteurs :

Émilie Lanez, depuis le départ, persuadée qu'il y avait là une magnifique histoire à raconter et grâce à qui ce livre est devenu concret.

Notre éditeur Grasset et en particulier Christophe Bataille pour sa confiance et Pierre Marlière pour ses conseils avisés.

Geoffrey Le Guilcher pour ses commentaires détaillés et sa passion pour les carcasses d'hélicoptère.

Louise Nadal pour son entrain et sa pertinence.

Aïtor Alfonso, soutien de taille autant dans sa lecture attentive de nos écrits que dans nos émois d'écrivains.

Claudia Del Prado Sartorius pour son regard précieux et le feu contagieux de son enthousiasme.

Notre mère Michèle Fitoussi pour ses encouragements, sa relecture et cette confiance qui nous a permis d'arriver au bout.

Notre père Nicolas Domenach, notre « témoin référent », relecteur attentif qui a fait beaucoup plus que « planter la petite graine de la démocratie chrétienne ».

À tous ceux qui ont fait les Murs Blancs et qui ne sont plus là aujourd'hui pour témoigner : Jacqueline et Jean Baboulène, Paul et Simone Fraisse, Henri-Irénée et Jeanne Marrou, Emmanuel et Paulette Mounier, Paul et Simone Ricœur et surtout Jean-Marie et Nicole Domenach, nos grands-parents, qui, nous l'espérons, auraient aimé lire ce livre autant que nous avons aimé l'écrire.

Cet ouvrage a été imprimé sur Roto-Page
par l'Imprimerie Floch à Mayenne
pour le compte des éditions Grasset
en avril 2021

Mise en pages PCA
44400 Rezé

PAPIER À BASE DE
FIBRES CERTIFIÉES

Grasset s'engage pour
l'environnement en réduisant
l'empreinte carbone de ses livres.
Celle de cet exemplaire est de :
700 g éq. CO_2
Rendez-vous sur
www.grasset-durable.fr

N° d'édition : 21998 – N° d'impression : 98114
Première édition, dépôt légal : février 2021
Nouveau tirage, dépôt légal : avril 2021
Imprimé en France